W0240013

John Green/Maureen Johnson/Lauren Myracle

Tage wie diese

John Green · Maureen Johnson · Lauren Myracle

Tage wie diese

Aus dem Amerikanischen
von Barbara Abedi

Arena

FSC
www.fsc.org
MIX
Papier aus verantwortungsvollen Quellen
FSC® C110508

1. Auflage als Sonderausgabe 2017
Die Originalausgabe erschien 2008 unter dem Titel
Let It Snow. Three Holiday Romances
Bei *Speak*, einem Imprint der Penguin Group (USA) Inc.
The Jubilee Express Copyright © Mercury Girl, Inc., 2008
A Cheertastic Christmas Miracle Copyright © John Green, 2008
The Patron Saint of Pigs Copyright © Lauren Myracle, 2008
Published by Arrangement with John Green, MERCURY GIRL INC.,
and Lauren Myracle
© für die deutschsprachige Ausgabe:
2010 Arena Verlag GmbH, Würzburg
Dieses Werk wurde vermittelt durch die
Literarische Agentur Thomas Schlück GmbH, 30827 Garbsen
Alle Rechte vorbehalten
Aus dem Amerikanischen von Barbara Abedi
Umschlaggestaltung: Frauke Schneider
Gesamtherstellung: Westermann Druck Zwickau GmbH
ISBN 978-3-401-60268-4

Besuche uns unter:
Www.arena-verlag.de
www.twitter.com/arenaverlag
www.facebook.com/arenaverlagfans

Inhalt

DER JUBILEE-EXPRESS

Maureen Johnson

Für Hamish, den Verfechter der »Renn-den-Hügel-so-schnell-runter-wie-du-kannst-und-wenn-sich-dir-etwas-in-den-Weg-stellt-kehr-um«-Lehre, der mir beigebracht hat, mit einem verschneiten Abhang fertig zu werden. Und für alle, die sich in Unternehmen mit verkrusteten Regeln abschuften müssen, für alle, die dreitausend Mal am Tag Grande Latte sagen müssen, für jeden armen Teufel, der gezwungen ist, sich im Weihnachtsstress mit einem kaputten Kartenlesegerät herumzuschlagen . . . das hier ist für euch.

KAPITEL EINS

Es war Heiligabend.

Genauer gesagt, es war der Nachmittag vor dem Heiligen Abend. Bevor ich dich jedoch ins pulsierende Herz des Geschehens mitnehme, will ich zunächst eine Sache klarstellen. Wenn ich sie erst später erwähne, lenkt sie dich erfahrungsgemäß so sehr ab, dass du dich auf nichts anderes mehr konzentrieren kannst.

Ich heiße Jubilee Dougal. Nimm dir einen Moment Zeit, um die Information zu verarbeiten.

Siehst du, wenn du sie erst einmal verinnerlicht hast, ist es ganz in Ordnung. Jetzt stell dir vor, du wärst schon mitten in dieser langen Geschichte (die ich dir gleich erzählen werde) und hättest es dann erst erfahren. »Übrigens, mein Name ist Jubilee.« Es hätte dich umgehauen.

Mir ist schon klar, dass Jubilee irgendwie nach Stripperin klingt. Vielleicht denkst du jetzt an eine dunkle Bar und eine Stange auf der Tanzfläche. Nein. Wenn du mich sehen könntest, würdest du auf der Stelle erkennen, dass ich keine Stripperin bin (glaube ich jedenfalls). Ich habe kurze schwarze Haare. Meistens trage ich eine Brille, den Rest der Zeit Kontaktlinsen. Ich bin sechzehn, singe im Chor und beteilige mich an Mathewettbewerben. Ich spiele Hockey, ein Sport, dem die schlangenartige, mit Babyöl eingeschmierte Anmut abgeht, die zum Handwerk einer Stripperin gehört. (Ich habe nichts gegen Stripperinnen, falls eine Stripperin das hier lesen sollte. Ich bin nur keine. Mein Hauptproblem, was Strippen betrifft, ist das Latex. Ich glaube, dass Latex schlecht für die Haut ist, weil sie darin nicht atmen kann.)

An Jubilee stört mich, dass es gar kein Name ist – es ist eher eine Art Party. Aber was für eine, weiß kein Mensch. Hast du schon mal gehört, dass jemand eine Jubilee-Party schmeißt? Und falls ja, würdest du hingehen? Ich jedenfalls nicht. Es klingt nach einer Veranstaltung, für die man ein großes aufblasbares Objekt mietet, Fähnchen aufhängt und einen komplizierten Müllentsorgungsplan ausarbeitet.

Oder nach einem großen Abend der Volksmusik.

Wie auch immer, mein Name spielt in dieser Geschichte eine wichtige Rolle und, wie gesagt, es war der Nachmittag von Heiligabend. Für mich war es einer dieser Tage, an denen man das Gefühl hat, dass das Leben . . . es gut mit einem meint. Die Abschlussprüfungen waren vorbei und wir hatten Ferien bis nach Neujahr. Ich war allein zu Hause und fühlte mich wohl und zufrieden. Ich hatte mich schon für den Abend umgezogen und trug die neuen Klamotten, für die ich gespart hatte – einen schwarzen Rock, Strumpfhosen, ein glitzerndes rotes T-Shirt und neue schwarze Stiefel. Ich trank ein Glas selbst zubereiteten Eierpunsch. Die Geschenke waren eingepackt und fertig zum Mitnehmen. Alles war bereit für die große Party: Um sechs Uhr sollte ich bei Noah sein – Noah Price, meinem Freund – zum Smörgåsbord der Familie Price.

Dieses jedes Jahr an Weihnachten stattfindende Smörgåsbord spielt eine große Rolle in unserer Beziehung. Weil wir bei dieser Gelegenheit zusammengekommen waren. Davor war Noah Price nur ein Stern an meinem Himmel gewesen ... immer da, vertraut, strahlend und hoch über mir. Ich kannte ihn schon seit der vierten Klasse, aber ich kannte ihn so, wie man Leute aus dem Fernsehen kennt. Ich wusste, wie er hieß. Ich beobachtete ihn aus der Ferne. Na gut, ein bisschen näher dran war ich an Noah schon ... aber irgendwie, im realen Leben und wenn es sich um dein eigenes handelt ... dann kann eine Person noch weiter weg und noch unerreichbarer sein als ein echter Promi. Nähe bedeutet nicht automatisch Vertrautheit.

Ich hatte ihn immer schon gemocht, aber ich hatte mir nie vorgestellt, wie es wäre, ihn auf *diese* Art zu mögen. Ich hatte das einfach nie für möglich gehalten. Er war ein Jahr älter als ich und einen Kopf größer, hatte breite

Schultern, strahlende Augen und dicke, kräftige Haare. Noah war einfach umwerfend – sportlich, gebildet und ein hohes Tier in der Schülermitverwaltung –, ein Typ, von dem man unwillkürlich annimmt, er würde sich ausschließlich mit Models treffen oder mit Spionen oder mit Leuten, nach denen Institute benannt werden.

Als Noah mich also im vorigen Jahr zum Smörgåsbord einlud, fielen mir vor lauter Aufregung und Verwirrung fast die Augen aus dem Kopf. Als ich die Einladung bekam, konnte ich drei Tage lang nicht mehr geradeaus laufen. Es wurde so schlimm, dass ich buchstäblich in meinem Zimmer laufen üben musste, bevor ich zu ihm gehen konnte. Ich hatte keine Ahnung, ob er mich eingeladen hatte, weil er mich mochte oder weil seine Mom ihn dazu gezwungen hatte (unsere Eltern kannten sich) oder weil er eine Wette verloren hatte. Meine Freundinnen waren genauso aufgeregt wie ich, sie schienen es nur besser verstehen zu können. Sie versicherten mir, dass er mich beim Mathewettbewerb beobachtet und über meine Versuche gelacht hatte, trigonometrische Witze zu machen, und dass er von mir gesprochen hatte.

Das Ganze war total verrückt . . . genauso unglaublich, als hätte ich herausgefunden, dass jemand ein Buch über mein Leben geschrieben hatte oder so etwas.

An dem Abend im letzten Jahr habe ich mich fast die ganze Zeit über sicherheitshalber in einer Ecke verschanzt und mich mit seiner Schwester unterhalten, die (obwohl ich sie wirklich gerne mag) nicht gerade besonders tiefsinnig ist. Auch wenn man ziemlich viel über Lieblingsmarken von Kapuzenshirts sagen kann, wenn es sein muss, irgendwann stößt die Unterhaltung eben doch an ihre Grenzen. Aber sie kann darüber reden wie ein Weltmeister. Elise hat sich wirklich Gedanken über das Thema gemacht.

Schließlich konnte ich mich loseisen, als Noahs Mom eine weitere Platte hereinbrachte, *die* Gelegenheit für die »Oh-Entschuldigung-aber-das-sieht-einfach-fantastisch-aus«-Ausrede. Ich hatte keine Ahnung, was auf der Platte war, bis ich es als eingelegten Fisch erkannte. Ich wich einen Schritt zurück, doch da sagte seine Mom auch schon: »Du musst unbedingt ein Stück davon probieren.«

Der Lemming gehorchte. Was eine gute Entscheidung war, weil ich merkte, dass Noah mich beobachtete. Er sagte: »Ich bin froh, dass du davon genommen hast.« Ich fragte, warum, weil ich dachte, es gehörte vielleicht zur Wette. (»Okay, ich lade sie ein, aber ihr schuldet mir zwanzig Mäuse, wenn ich sie dazu bringen kann, eingelegten Fisch zu essen.«)

Und er antwortete: »Weil ich auch davon probiert habe.«

Ich stand da und sah wahrscheinlich wie ein totaler Idiot aus, deshalb fügte er hinzu: »Und ich könnte dich nicht küssen, wenn du nichts davon gegessen hättest.«

Was ebenso unverschämt wie atemberaubend romantisch ist. Er hätte ja genauso gut nach oben gehen und sich die Zähne putzen können, aber er war geblieben und hatte mir neben der Fischplatte aufgelauert. Wir schlichen uns in die Garage und knutschten unter dem Regal mit den Elektrowerkzeugen. So hatte es angefangen.

Dieser besondere Heiligabend, von dem ich jetzt erzählen will, war also nicht irgendein Heiligabend: Es war unser einjähriges Jubiläum. Unglaublich, dass wir schon ein Jahr zusammen waren. Es war alles so schnell gegangen ...

Noah hat immer unheimlich viel um die Ohren. Als er, winzig und zappelnd und rosa, auf die Welt kam, ließ er vermutlich nur rasch einen Fußabdruck machen, verließ das Krankenhaus auf schnellstem Wege und eilte zu einem Meeting. Als Oberstufenschüler, als Mitglied des Fußballteams und als Präsident des Schülerrates hatte er auch später so gut wie nie Zeit. Ich glaube, in dem einen Jahr, seit wir zusammen waren, hatten wir etwa ein Dutzend richtige Dates gehabt, bei denen Noah und ich allein irgendwohin gegangen waren. Eins pro Monat. Ansonsten gab es eine Menge Gelegenheiten, zu denen wir als Paar erschienen. Noah und Jubilee beim Schülerrat-Kuchenbasar! Noah und Jubilee bei der Fußballtombola! Noah und Jubilee beim Benefizessen, im Nachhilferaum, bei der Versammlung des Klassentreffen-Organisationkomitees ...

Noah war das durchaus bewusst. Und obwohl der heutige Abend ein Familienfest war, zu dem viele Leute kommen würden, hatte er mir versprochen, dass wir Zeit nur für uns beide finden würden. Er hatte sie erkauft, indem er bei den Vorbereitungen half. Wir müssten nur zwei Stunden auf der Party verbringen, hatte er versprochen, dann könnten wir uns ins Hinterzimmer zurückziehen und unsere Geschenke austauschen und zusammen *Wie der Grinch Weihnachten gestohlen hat* ansehen. Er würde mich nach Hause fahren und wir würden irgendwo parken . . .

Und ausgerechnet da wurden meine Eltern verhaftet und all unsere Pläne waren im Eimer.

Kennst du das Flobie-Weihnachtsdorf? Das Flobie-Weihnachtsdorf gehört so sehr zu meinem Leben, dass ich einfach immer vermute, jeder müsste wissen, um was es sich handelt, aber vor Kurzem hat mir jemand gesagt, ich würde immer viel zu viel vermuten, deshalb erkläre ich es lieber noch mal.

Das Flobie-Weihnachtsdorf besteht aus Sammelfiguren aus Keramik, die man zu einer Stadt zusammenstellen kann. Meine Eltern sammeln sie schon seit meiner Geburt. Seit ich groß genug bin, auf eigenen Beinen zu stehen, habe ich die kleinen Straßen mit ihrem Kopfsteinpflaster immer wieder betrachtet. Wir haben alles – die Zuckerrohrbrücke, den verschneiten See, den Gummibärchenladen, die Pfefferkuchenbäckerei, die Bonbonallee. Die Stadt hat schon eine gewisse Größe. Um sie aufzubauen, haben meine Eltern extra einen Tisch gekauft, der von Thanksgiving bis Neujahr mitten in unserem Wohnzimmer steht. Damit alles richtig funktioniert, braucht man sieben Steckdosen. Um die Umwelt zu schonen, habe ich sie dazu bringen können, nachts alles auszustöpseln, aber es war ein Kampf.

Ich wurde nach dem Flobie-Weihnachtsdorf-Gebäude Nummer vier benannt: Jubilee Hall. Die Jubilee Hall ist das größte Gebäude von allen. In diesem Gebäude werden Geschenke hergestellt und verpackt. Es ist mit bunten Lichtern geschmückt und hat ein Fließband mit Geschenken darauf und davor stehen sich drehende kleine Elfen, die es be- und entladen. Jede der Elfen in der Jubilee Hall trägt ein auf die Hand geklebtes Geschenk – sodass sie aussehen wie eine Horde gefolterter Wesen, die dazu verdammt sind, dasselbe Geschenk immer wieder aufs Neue hochzuheben und abzustellen – bis in alle Ewigkeit oder bis der Motor kaputtgeht. Ich weiß noch, wie ich das als kleines Mädchen zu meiner Mutter gesagt habe, worauf sie nur erwiderte, ich hätte keine Ahnung, worum es dabei geht. Vielleicht stimmte das sogar. Bei diesem Thema waren wir eindeutig unterschiedlicher Meinung, vor allem unter dem Gesichtspunkt, dass diese kleinen Bauwerke ihr so wichtig waren, dass sie ihren einzigen Sprössling danach benannt hat.

Flobie-Sammler neigen zu einer leichten Besessenheit. Es gibt Kongresse, etwa ein Dutzend ernsthafte Websites und vier Zeitschriften. Manche versuchen, ihre Leidenschaft durch die Behauptung zu rationalisieren, dass Flobie-Figuren eine Investition seien. Das ist insofern richtig, als sie tatsächlich eine Menge Geld kosten. Vor allem die nummerierten Stücke. Diese Teile kann man exklusiv nur an Heiligabend im Flobie-Ausstellungsraum kaufen. Wir wohnen in Richmond in Virginia, nur etwa fünfzig Meilen davon entfernt – und so laden meine Eltern jedes Jahr am Abend des Dreiundzwanzigsten Decken, Stühle und Essensvorräte ins Auto und machen sich auf den Weg, um sich anzustellen und zu warten.

Bisher hatte Flobie bei diesen Gelegenheiten immer hundert nummerierte Teile angeboten, erst voriges Jahr haben sie die Anzahl auf zehn heruntergefahren. Seitdem ist der Teufel los. Schon hundert Teile waren nicht annähernd genug, und als sich die Anzahl auf ein Zehntel reduzierte, begannen die Leute, mit Zähnen und Klauen darum zu kämpfen. Im letzten Jahr gab es ein Problem wegen der Plätze in der Schlange – ein Problem, das schnell zu einer Schlägerei wurde, als einige der Wartenden anfingen, sich gegenseitig mit zusammengerollten Flobie-Katalogen zu verprügeln, sich mit Keksdosen zu bewerfen, über fremde Liegestühle zu trampeln und lauwarmen Kakao über weihnachtsmannbemützte Köpfe zu kippen. Die Schlägerei war heftig und lächerlich genug, es in die lokalen Nachrichten zu schaffen. Die Firma Flobie sagte, es würden »Maßnahmen ergriffen«, damit sich so ein Vorfall nicht wiederholte, aber das glaubte kein Mensch. Diese Art von Publicity war einfach unbezahlbar.

Aber daran dachte ich nicht, als meine Eltern losfuhren, um sich für Sammelstück Nummer 68 anzustellen, das Elfenhotel. Und auch, als ich meinen Eierpunsch trank und die Zeit totschlug, bis ich mich auf den Weg zu Noah machen konnte, verschwendete ich noch keinen Gedanken daran. Obwohl mir auffiel, dass meine Eltern, anders als sonst, noch nicht nach Hause gekommen waren. Normalerweise kehrten sie um die Mittagszeit an Heiligabend von ihrem Flobie-Ausflug zurück und jetzt war es schon fast vier Uhr. Um etwas zu tun zu haben, lenkte ich mich mit weihnachtlichen Dingen ab. Noah konnte ich nicht anrufen ... ich wusste, dass er mit Vorbereitungen für das Smörgåsbord zu tun hatte. Also dekorierte ich seine Geschenke mit ein paar extra Schleifen und Stechpalmenzweigen. Ich stöpselte alle Kabel für das Flobie-Weihnachtsdorf ein und setzte die Elfensklaven in Bewegung. Dann legte ich eine CD mit Weihnachtsliedern auf. Gerade wollte ich nach draußen gehen, um die Außenbeleuchtung anzumachen, als ich sah, wie Sam mit Riesenschritten auf unser Haus zukam.

Sam ist unser Anwalt – und wenn ich »unser Anwalt« sage, meine ich damit »unseren Nachbarn, der zufälligerweise ein überaus einflussreicher Anwalt in Washington, DC« ist. Sam ist genau der Richtige, wenn man einen Rechtsbeistand für einen großen Konzern sucht, jemanden, von dem man sich vertreten lassen will, wenn man auf eine Million Dollar Schadenersatz verklagt wird. Aber ein Kuscheltyp ist er nicht. Ich wollte ihn hereinbitten und ihm ein Glas von meinem köstlichen Eierpunsch anbieten, aber er fiel mir ins Wort.

»Ich habe schlechte Nachrichten«, sagte er und schob mich vor sich her ins Haus. »Im Flobie-Showroom hat es wieder eine Schlägerei gegeben. Drinnen. Nun komm schon.«

Ich dachte einen Moment lang ernsthaft, er würde mir gleich mitteilen, dass meine Eltern ums Leben gekommen waren. Er hatte diesen Tonfall drauf. Vor meinem inneren Auge sah ich Berge von Elfenhotels, die vom Fließband flogen und alle Anwesenden unter sich begruben. Ich hatte Fotos vom Elfenhotel gesehen – mit diesen scharfkantigen Zuckerstangensäulen, an denen man sich ganz leicht verletzen konnte. Und wenn es jemanden gab, der jemals durch ein Elfenhotel ums Leben kam, dann wären es meine Eltern.

»Sie sind in Gewahrsam genommen worden«, sagte er. »Sie sind im Gefängnis.«

»Wer ist im Gefängnis?«, fragte ich, weil ich nicht besonders schnell von Begriff bin und weil mir die Vorstellung, dass meine Eltern von einem fliegenden Elfenhotel getroffen worden waren, leichter fiel als die Vorstellung, dass man sie in Handschellen abgeführt hatte.

Sam sah mich nur an und wartete, dass der Groschen fiel.

Nach einem Moment des Schweigens erklärte er: »Als

heute Morgen die Teile präsentiert wurden, kam es wieder zu einer Schlägerei. Es ging darum, wer wem in der Schlange einen Platz frei gehalten hatte. Deine Eltern waren daran nicht beteiligt, aber sie sind auch nicht weggegangen, als die Polizei sie dazu aufforderte. Man hat sie festgenommen. Fünf Leute sind eingebuchtet worden. Die Nachrichten sind voll davon.«

Ich spürte, dass meine Beine anfingen zu zittern, deshalb setzte ich mich aufs Sofa. »Warum haben sie nicht angerufen?«, wollte ich wissen.

»Nur ein Anruf«, sagte er. »Sie haben mich angerufen, weil sie dachten, ich könnte sie rausholen. Aber das kann ich nicht.«

»Wie meinen Sie das, Sie können es nicht?«

Die Vorstellung, dass Sam meine Eltern nicht aus dem Bezirksgefängnis herausholen konnte, war lächerlich. Als würde ein Pilot über Bordlautsprecher verkünden: »He, Leute. Mir ist gerade eingefallen, dass ich nicht besonders gut bei Landungen bin. Deshalb fliege ich einfach so lange im Kreis herum, bis jemand eine bessere Idee hat.«

»Ich habe alles versucht«, fuhr Sam fort, »aber der Richter will nicht nachgeben. Er hat diese Flobie-Vorfälle satt, also will er ein Exempel statuieren. Deine Eltern haben mich angewiesen, dich zum Bahnhof zu bringen. Ich habe nur eine Stunde Zeit, um fünf Uhr muss ich zum Weihnachtsliedersingen und Plätzchenessen zurück sein. Wie schnell kannst du packen?«

All das wurde in demselben rauen Ton vorgetragen, mit dem Sam wahrscheinlich einen Angeklagten einschüchtert, wenn er ihn dazu befragt, warum er blutüberströmt vom Tatort weggelaufen ist. Er schien nicht besonders glücklich darüber zu sein, dass man ihn an Heiligabend mit dieser Aufgabe betraut hatte. Trotzdem – ein Hauch von Oprah hätte der Situation gutgetan.

»Packen? Bahnhof? Was?«

»Du fährst nach Florida zu deinen Großeltern«, sagte er. »Ich konnte keinen Flug buchen – wegen des Schneesturms sind alle Flüge gestrichen.«

»Was für ein Schneesturm?«

»Jubilee«, sagte Sam sehr langsam, nachdem er wohl zu dem Schluss gekommen war, dass ich der unbedarfteste Mensch auf Erden sein musste, »uns steht der schlimmste Schneesturm seit fünfzig Jahren bevor!«

Irgendwie arbeitete mein Hirn nicht richtig – ich begriff immer noch nichts.

»Ich kann nicht wegfahren«, sagte ich. »Ich bin heute Abend bei Noah eingeladen. Und es ist Weihnachten. Was ist mit Weihnachten?«

Sam zuckte mit den Schultern, als wollte er sagen, dass Weihnachten jetzt nicht in seinen Kompetenzbereich gehörte und dass selbst das Gesetz nichts daran ändern könnte.

»Aber . . . warum kann ich nicht einfach hierbleiben? Das ist doch bescheuert!«

»Deine Eltern wollen nicht, dass du über Weihnachten zwei Tage ganz allein bist.«

»Ich kann doch zu Noah gehen! Ich muss zu Noah gehen!«

»Hör mal«, sagte er, »es ist alles arrangiert. Wir können deine Eltern jetzt nicht erreichen. Ihre Verhandlung steht unmittelbar bevor. Ich habe deine Fahrkarte schon gekauft und ich habe nicht viel Zeit. Du wirst jetzt packen, Jubilee.«

Ich drehte mich um und blickte auf die erleuchtete kleine Szenerie neben mir. Sah die Schatten der armen Elfen, die in der Jubilee Hall arbeiteten, das warme Licht aus Mrs Muggins Konditorei, die langsame, aber fröhliche Fahrt des Elfenexpress über die kleinen Eisenbahngleise.

Und ich stellte die einzige Frage, die mir noch einfiel: »Aber . . . was ist mit dem Dorf?«

KAPITEL ZWEI

Ich war noch nie mit einem Zug gefahren. Er war größer, als ich es mir vorgestellt hatte, mit einer Fensterreihe im ersten Stock, hinter der ich die Schlafwagenabteile vermutete. Das Licht im Inneren war trübe und die Leute in den vollgestopften Abteilen sahen aus wie gelähmt. Ich hatte gedacht, dass der Zug puffende Dampfwolken ausstoßen und losschießen würde wie eine Rakete, weil ich in meiner Kindheit zu viel Zeit mit dem Anschauen von Zeichentrickfilmen verbracht hatte, und da ist das so bei Zügen. Dieser Zug jedoch fuhr ganz unspektakulär los, als hätte ihn das Herumstehen gelangweilt.

Natürlich rief ich Noah sofort nach der Abfahrt an. Damit verletzte ich zwar die »Bis-sechs-Uhr-habe-ich-viel-um-die-Ohren-und-wir-sehen-uns-erst-bei-der-Party«-Vorschrift, aber das war in Anbetracht der Umstände wohl mehr als nachvollziehbar. Als er sich meldete, war im Hintergrund fröhlicher Lärm zu hören. Weihnachtslieder und das Klappern von Geschirr – ein deprimierender Kontrast zu der gedämpften, klaustrophobischen Atmosphäre im Zug.

»Lee!«, sagte er. »Es ist gerade sehr ungünstig. Wir sehen uns in einer Stunde?«

Er gab ein leises Ächzen von sich. Es klang, als würde er gerade etwas Schweres hochheben, vermutlich einen der gigantischen Schinken, die seine Mutter immer für das Smörgåsbord besorgte. Wahrscheinlich bekommt sie sie von irgendeiner Versuchsfarm, wo die Schweine mit Laserstrahlen und Superdrogen behandelt werden, bis sie neun Meter lang sind.

»Äh ... darum geht's ja«, sagte ich. »Ich komme nicht.«

»Wie meinst du das, du kommst nicht? Was ist passiert?«

Ich erklärte ihm die Eltern-im-Gefängnis/ich-wegen-Schneesturm-im-Zug/das-Leben-läuft-nicht-wie-geplant-Situation so gut ich konnte. Ich versuchte, es möglichst lässig klingen zu lassen, so als fände ich es komisch, aber das tat ich in erster Linie, damit ich in diesem dunklen Zug voller benommener Fremder nicht in Tränen ausbrach.

Noch ein Ächzen. Es hörte sich an, als würde er etwas durch die Gegend schleppen.

»Alles wird gut«, sagte er nach einer Weile. »Sam kümmert sich drum, oder?«

»Na ja, wenn du damit meinst, dass er sie nicht aus dem

Gefängnis herausholen kann, dann ja. Er schien sich nicht mal richtig Sorgen zu machen.«

»Wahrscheinlich ist es nur ein kleines Bezirksgefängnis«, entgegnete er. »So schlimm wird es schon nicht sein. Und wenn Sam sich keine Sorgen macht, dann wird wohl alles in Ordnung sein. Es tut mir leid, dass das passiert ist, aber wir sehen uns ja in ein bis zwei Tagen.«

»Ja schon, aber es ist doch Weihnachten«, sagte ich. Meine Stimme war belegt und ich schluckte eine Träne hinunter. Er schwieg einen Moment.

»Ich weiß, dass das schwer für dich ist, Lee«, sagte er dann, »aber alles wird wieder gut. Das ist einfach nur dumm gelaufen.«

Mir war klar, dass er mich beruhigen und trösten wollte, aber trotzdem. Dumm gelaufen? Das war nicht dumm gelaufen. Dumm gelaufen ist, wenn dein Auto eine Panne hat oder du dir den Magen verdirbst oder deine kaputte Lichterkette Funken sprüht und deine Hecke in Brand setzt. Das sagte ich ihm und er seufzte, als ihm klar wurde, dass ich recht hatte. Dann ächzte er schon wieder.

»Was ist denn los?«, fragte ich schniefend.

»Ich habe einen riesigen Schinken im Arm«, sagte er. »Ich muss weitermachen. Hör mal, wir feiern Weihnachten nach, sobald du wieder da bist. Versprochen. So viel Zeit muss sein. Mach dir keine Sorgen. Ruf mich an, wenn du da bist, okay?«

Ich versprach es und er legte auf und ging mit seinem

Schinken weiter. Ich starrte auf das jetzt schweigende Telefon.

Seit ich mit Noah zusammen war, hatte ich manchmal Mitleid mit Leuten, die mit Politikern verheiratet waren. Man weiß zwar, dass sie auch ein eigenes Leben haben, aber aus Liebe zu der Person, mit der sie zusammen sind, werden sie unweigerlich zu einem Teil der Maschinerie – und bald stehen sie winkend und ausdruckslos lächelnd vor den Kameras, man sieht, wie ihnen Luftballons auf den Kopf fallen und wie Mitarbeiter sie beiseiteschubsen, um an den megawichtigen Entscheidungsträger, Mr Perfect, heranzukommen.

Ich weiß, dass kein Mensch perfekt ist, dass sich hinter jeder noch so glatten Fassade ein ganzes Gewirr aus Täuschungen und heimlichen Sorgen verbirgt . . . aber selbst mit diesem Wissen kam Noah der Perfektion in meinen Augen ziemlich nahe. Ich hatte nie gehört, dass jemand etwas Schlechtes über ihn gesagt hatte. Er war wie die Schwerkraft über jeden Zweifel erhaben. Indem er mich zu seiner Freundin gemacht hatte, bewies er, dass er an mich glaubte und dass ich seine Überzeugungen teilte. Mein Gang war aufrechter geworden. Ich war selbstsicherer, positiver, wichtiger. Er mochte es, sich mit mir zu zeigen, und deshalb mochte ich es, mit ihm zusammen gesehen zu werden – falls das einen Sinn ergibt.

Klar, seine zahlreichen Verpflichtungen waren manchmal lästig. Aber ich hatte Verständnis. Zum Beispiel dafür, dass man für seine Mom einen großen Schinken transportieren muss, weil gleich sechzig Leute zum Smörgåsbord auftauchen werden. Es muss einfach gemacht werden. In guten wie in schlechten Tagen. Ich zog meinen iPod hervor und nutzte den Rest des Akkus, um mir ein paar Fotos von ihm anzusehen. Dann war der Akku leer.

Ich fühlte mich sehr einsam in diesem Zug . . . eine schreckliche, unnatürliche Art von Einsamkeit, die mir total zusetzte. Es war ein Gefühl jenseits von Angst und irgendwie auch jenseits von Traurigkeit. Ich war müde, aber es war nicht die Art von Müdigkeit, die durch Schlafen vergeht. Es war dunkel und die Stimmung war düster, trotzdem glaubte ich nicht, dass die Dinge besser werden würden, wenn das Licht anginge. Wenn überhaupt, hätte ich dann nur einen besseren Überblick über die unerfreuliche Situation, in der ich steckte.

Ich überlegte, ob ich meine Großeltern anrufen sollte. Sie wussten, dass ich kam. Sam hatte gesagt, er hätte sie angerufen. Sie würden sich über meinen Anruf freuen, aber ich hatte irgendwie trotzdem keine Lust dazu. Meine Großeltern sind sehr nett, aber leicht aus dem Konzept zu bringen. Es reicht, dass im Supermarkt die in der Reklame angepriesene tiefgekühlte Pizza oder die Suppe ausverkauft ist, wegen der sie extra in diesen Supermarkt gegangen sind. Dann diskutieren sie eine halbe Stunde lang darüber, was sie tun sollen. Wenn ich sie jetzt anriefe, müsste jeder Aspekt meines Besuches bis in die kleinste Einzelheit besprochen werden. Was für eine Bettdecke brauchte ich? Aß ich immer noch gern Cracker? Sollte Grandpa noch Shampoo kaufen? Es wäre bestimmt nett gemeint, aber im Moment war es mir zu viel.

Eigentlich halte ich mich für einen Problemlöser. Und deshalb würde mich jetzt ein bisschen ablenken. Ich wühlte mich durch meine Tasche, um zu sehen, was ich in der Eile alles eingepackt hatte, als ich so schnell von zu Hause wegmusste, stellte aber leider schnell fest, dass ich für meine Reise beklagenswert schlecht ausgestattet war. Ich hatte nur das unbedingt Notwendige bei mir – ein bisschen Unterwäsche, Jeans, zwei Pullover, ein paar T-Shirts, meine Brille. Mein iPod war leer. Ich hatte nur ein einziges Buch dabei. *Northanger Abbey,* Bestandteil meiner Leseliste für die Winterferien. Es gefiel mir zwar, aber es ist nicht ganz das Passende, wenn einen gerade ein furchtbares Schicksal ereilt.

Deshalb schaute ich ungefähr zwei Stunden lang nur aus dem Fenster, sah zu, wie die Sonne unterging, wie der bonbonrosa gefärbte Himmel langsam silbern wurde und die ersten Schneeflocken fielen. Ich wusste, dass das alles wunderschön war, aber es ist ein großer Unterschied, ob man nur weiß, dass etwas wunderschön ist, oder ob man es fühlt. Und ich fühlte nichts. Der Schnee fiel immer dichter und immer heftiger, bis nichts anderes mehr zu sehen und alles nur noch weiß war. Die Flocken kamen aus allen Richtungen gleichzeitig, sogar von unten. Vom bloßen Zuschauen wurde ich ganz benommen und mir war leicht übel.

Leute kamen den Gang hinunter und hatten etwas zu essen in den Händen – Chips, Limoflaschen und verpackte Sandwiches. Offenbar gab es irgendwo in diesem Zug eine Nahrungsquelle. Am Bahnhof hatte Sam mir fünfzig Dollar zugesteckt, ein weiterer Fünfziger, den meine Eltern ihm schuldeten, sobald sie wieder frische Luft atmen konnten. Da ich nichts anderes zu tun hatte, stand ich auf und ging in den Bistrowagen, wo man mir lediglich mitteilte, dass bis auf ein paar schlappe Pizzastücke aus der Mikrowelle, zwei Muffins, einige Schokoriegel, eine Tüte Nüsse und einen Rest traurig aussehender Früchte alles ausverkauft war. Ich wollte ihnen eigentlich ein Kompliment machen, weil sie sich so gut auf den Feiertagsandrang vorbereitet hatten, aber der Typ hinter dem Tresen sah echt mitgenommen aus, auch ohne meinen Sarkasmus. Ich nahm ein Stück Pizza, zwei Schokoriegel, die Muffins, die Nüsse und einen heißen Kakao. Wenn die Sachen so schnell ausverkauft waren, hielt ich es für klüger, mich für den Rest der Reise ein bisschen einzudecken. Ich legte einen Fünf-Dollar-Schein in seinen Trinkgeldbecher und er bedankte sich mit einem Kopfnicken.

Dann setzte ich mich auf einen der leeren Plätze an einem an der Wand befestigten Tisch. Der Zug wackelte jetzt ziemlich stark, obwohl er langsamer fuhr. Der Wind kam von beiden Seiten. Ich ließ die Pizza liegen und verbrannte mir die Lippen am Kakao. Das war das Spannendste, was ich ihnen zurzeit bieten konnte.

»Darf ich mich hierhin setzen?«, hörte ich eine Stimme fragen.

Ich blickte hoch und sah einen unglaublich gut aussehenden Typen vor mir stehen. Wieder sah ich etwas, nahm es aber nicht richtig wahr. Trotzdem machte er einen stärkeren Eindruck auf mich als der Schnee. Seine Haare waren so dunkel wie meine, das heißt, sie waren schwarz. Aber seine waren länger als meine, die nur bis knapp übers Kinn gehen. Er trug sie zum Pferdeschwanz zusammengebunden. Mit den hohen Wangenknochen sah er aus wie ein Ureinwohner. Seine dünne Jeansjacke war nicht annähernd warm genug für dieses Wetter. Doch das eigentlich Auffallende war sein Blick – er sah bekümmert aus und so als hätte er Mühe, die Augen offen zu halten. Er hatte sich einen Becher Kaffee gekauft, den er fest umklammert hielt.

»Na klar«, sagte ich.

Er hielt den Kopf gesenkt, als er sich hinsetzte, aber ich merkte trotzdem, wie er einen Blick auf all meine Essensvorräte warf. Irgendwie ahnte ich, dass er sehr viel hungriger war als ich.

»Bedien dich«, sagte ich. »Ich hab mir nur einen kleinen Vorrat angelegt, bevor alles ausverkauft ist. Die Pizza hab ich noch gar nicht angerührt.«

Einen Augenblick lang zögerte er, aber ich schob sie ihm hin.

»Ich weiß, es sieht eher aus wie ein Bierdeckel als eine Pizza«, fügte ich hinzu. »Aber was anderes hatten sie nicht. Nimm ruhig.«

Er lächelte ein wenig. »Ich heiße Jeb«, sagte er.

»Ich heiße Julie«, antwortete ich. Ich hatte keine Lust auf die alte Leier: »Jubilee? Du heißt Jubilee? Was brauchst du für deinen Job – Babyöl oder eher Nussöl? Und wischt jemand danach die Stange ab?« All das, was ich dir am Anfang erklärt habe. Die meisten Leute nennen mich Julie. Noah hat Lee daraus gemacht.

»Wo fährst du hin?«, fragte er.

Ich hatte keine Ausrede parat für meine Eltern oder den Grund, warum ich hier war. Aber die volle Wahrheit erschien mir ein bisschen viel für einen Fremden.

»Ich besuche meine Großeltern«, sagte ich. »Irgendwie haben sich im letzten Moment die Pläne geändert.«

»Und wo wohnen sie?«, wollte er wissen und schaute durchs Zugfenster auf die durcheinanderwirbelnden Schneeflocken. Man konnte nicht erkennen, wo der Himmel aufhörte und die Erde anfing. Die Schneewolken über uns hatten ihre Schleusen geöffnet.

»In Florida«, sagte ich.

»Ganz schön weit weg. Ich fahre nur bis zur nächsten Haltestelle, nach Gracetown.«

Ich nickte. Den Namen Gracetown hatte ich schon mal

gehört, aber ich wusste nicht, wo es lag. Irgendwo auf diesem weiten, verschneiten Weg zwischen mir und dem Nirgendwo. Ich hielt ihm noch einmal meine Schachtel mit Essbarem hin, aber er schüttelte den Kopf.

»Schon okay«, sagte er. »Aber danke für die Pizza. Ich war schon halb verhungert. Wir haben uns einen schlechten Tag zum Verreisen ausgesucht. Obwohl man es sich manchmal nicht aussuchen kann. Dann muss man einfach etwas tun, ohne sicher zu sein . . .«

»Wen willst du denn besuchen?«, fragte ich.

Wieder senkte er den Blick und faltete den Pappteller zusammen, auf dem die Pizza gelegen hatte.

»Meine Freundin. Na ja, sie ist so was Ähnliches wie meine Freundin. Ich wollte sie eigentlich anrufen, aber ich kriege kein Netz.«

»Hier«, sagte ich und zog mein Handy hervor. »Nimm meins. Ich habe noch jede Menge Gesprächsguthaben für diesen Monat übrig.«

Jeb nahm das Handy mit einem breiten Lächeln. Als er aufstand, sah ich, wie groß er war und wie breit seine Schultern waren. Wenn ich nicht so total auf Noah fixiert gewesen wäre, hätte ich ihn umwerfend gefunden. Er machte ein paar Schritte auf die andere Seite des Waggons. Ich sah, wie er die Nummer eintippte und wartete, aber dann klappte er das Handy wieder zu, ohne etwas gesagt zu haben.

»Sie meldet sich nicht«, sagte er, setzte sich wieder hin und gab mir das Handy zurück.

»Aha«, erwiderte ich und lächelte. »Sie ist also so was Ähnliches wie deine Freundin? Du weißt nicht, ob ihr schon richtig zusammen seid?«

Ich konnte mich noch gut an die Zeit erinnern, als Noah und ich ganz frisch zusammen waren und ich nicht sicher wusste, ob ich auch wirklich seine Freundin war. Ich war furchtbar aufgeregt und gleichzeitig unglaublich glücklich gewesen.

»Sie hat mich betrogen«, sagte er geradeheraus.

Oh, da hatte ich wohl falsch gelegen. Sehr falsch. Ich spürte den stechenden Schmerz, der ihn durchfuhr, mitten in meiner Brust. Ehrlich.

»Es ist nicht ihre Schuld«, sagte er einen Moment später. »Nicht ausschließlich. Ich ...«

Ich erfuhr nie, was passiert war, weil plötzlich die Tür des Abteils aufflog und ein Kreischen ertönte, das sich so ähnlich anhörte wie das Geräusch, das Beaker immer gemacht hat – der grässliche, ordinäre Kakadu, den wir in der vierten Klasse in Pflege hatten. Jeremy Rich hatte Beaker beigebracht, ganz laut *Arsch* zu sagen. Beaker liebte das Wort Arsch und konnte es wirklich gut brüllen und kreischen. Man hörte ihn durch die ganze Eingangshalle bis in die Mädchentoilette. Später zog Beaker ins Lehrerzimmer, wo man vermutlich seine schmierigen Flügel ausbreiten und so lange »Arsch« brüllen darf, wie man will.

Aber hier handelte es sich nicht um den *Arsch* brüllenden Beaker. Sondern um vierzehn Mädchen in identischen, eng anliegenden Jogginganzügen mit dem Aufdruck RIDGE CHEERLEADING auf dem Hintern. (Auch eine Art, Arsch zu brüllen, nehme ich an). Bei jeder stand ein Name auf dem Rücken ihrer schicken wärmenden Fleecejacke. Sie versammelten sich um die Snackbar und schrien aus vollem Hals. Ich hoffte und betete, dass sie nicht alle gleichzeitig »Oh mein Gott!« sagen würden, aber meine Gebete wurden nicht erhört, vielleicht weil Gott damit beschäftigt war, ihnen zuzuhören.

»Es gibt nichts mit fettarmem Protein«, hörte ich eine von ihnen sagen.

»Ich hab's dir gesagt, Madison. Du hättest diesen Salatwrap nehmen sollen, als es noch möglich war.«

»Ich dachte, sie würden wenigstens Hühnerbrust haben!«

Zu meiner anhaltenden Bestürzung musste ich feststellen, dass die Mädchen, die diese Unterhaltung führten, beide Madison hießen. Schlimmer noch: Drei weitere hießen Amber. Ich hatte das Gefühl, in einem Experiment festzustecken, bei dem irgendetwas aus dem Ruder gelaufen war – es musste etwas mit geklonten Menschen zu tun haben.

Ein paar Mädchen aus der Gruppe wandten sich uns zu. Wirklich, ich meine *uns*. Sie wandten sich mir und Jeb zu. Na gut, genau genommen wandten sie sich nur Jeb zu.

»Oh, mein Gott!«, sagte eine der Ambers. »Ist das nicht

die schlimmste Reise, die man je erlebt hat? Hast du den Schnee gesehen?«

Sie war eine ganz Schlaue, diese Amber. Was würde ihr als Nächstes auffallen? Der Zug? Der Mond? Die lächerlichen Tücken der menschlichen Existenz? Ihr eigener Kopf?

Ich sagte nichts davon laut, denn Tod durch einen Cheerleader ist nicht wirklich meine bevorzugte Art zu sterben. Außerdem hatte Amber das nicht zu mir gesagt. Amber wusste gar nicht, dass es mich gab. Sie sah nur Jeb. Man konnte die roboterhaften Bewegungen ihrer Hornhäute förmlich sehen, wie sie alle nötigen Anstrengungen unternahmen, seinen Blick einzufangen.

»Ziemlich schlimm«, sagte er höflich.

»Wir fahren nach Florida?«

Sie sagte es genau so, als wäre es eine Frage.

»Da ist es bestimmt schöner«, sagte er.

»Ja, falls wir es bis dahin schaffen? Wir fahren zu den Cheerleader-Regionalwettbewerben? Was hart ist während der Feiertage? Aber wir haben Weihnachten einfach vorgezogen? Wir haben gestern schon gefeiert?«

In dem Moment fiel mir erst auf, dass alles an ihnen brandneu aussah. Glänzende Handys, auffallende Armbänder und Ketten, mit denen sie herumspielten, frisch lackierte Fingernägel und iPods, wie ich sie noch nie gesehen hatte.

Amber eins setzte sich zu uns – sie nahm sehr sorgfältig

Platz, die Knie aneinandergelegt und die Füße nach außen gestellt. Die selbstbewusste Sitzhaltung von jemandem, der es gewohnt ist, von seinem gesamten Umfeld bewundert zu werden.

»Das ist Julie«, sagte Jeb und stellte mich freundlicherweise unserer neuen Freundin vor. Amber teilte mir mit, dass sie Amber hieße, und ratterte dann die Namen der anderen Ambers und Madisons runter. Es gab noch andere Namen, aber für mich hießen sie alle Amber und Madison. Ich fand, dass ich damit irgendwie auf der sicheren Seite war. Ich hatte wenigstens die Chance, richtig zu liegen.

Amber fing an zu schwatzen und erzählte uns alles über den Wettbewerb. Sie schaffte es tatsächlich, mich ins Gespräch einzubeziehen und gleichzeitig zu ignorieren. Außerdem teilte sie mir telepathisch mit – natürlich äußerst unterschwellig –, dass sie wollte, dass ich aufstand und meinen Platz für ihre Sippe frei machte. Dabei hatten sie sich ohnehin schon auf jedem verfügbaren Platz im Abteil breitgemacht. Die eine Hälfte telefonierte, die andere Hälfte machte sich über die Vorräte an Wasser, Kaffee und Cola light her.

Ich beschloss, dass ich das alles nicht unbedingt brauchte, um meinem Leben einen Sinn zu geben.

»Ich geh zurück an meinen Platz«, sagte ich.

Kaum war ich aufgestanden, verringerte der Zug so plötzlich die Geschwindigkeit, dass wir alle nach vorn geschleudert und mit heißen und kalten Flüssigkeiten übergossen wurden. Die Räder erzeugten ein kreischendes Protestgeräusch auf den Schienen und dann kamen wir zum Stehen. Ich hörte, wie überall im ganzen Zug das Gepäck von der Ablage herunterknallte, und dann fielen die Leute reihenweise um. Ich auch. Ich landete auf einer der Madisons und prallte mit Kinn und Wange gegen irgendeinen Gegenstand. Ich weiß nicht, was es war, weil in dem Moment die Lichter ausgingen, was den Schrecken noch viel größer machte. Ich fühlte, wie Hände mir auf die Beine halfen, und ich wusste auch ohne Licht, dass es Jeb war.

»Bist du in Ordnung?«, fragte er.

»Ja, ich glaube schon.«

Es flackerte und dann gingen die Lichter eins nach dem anderen wieder an. Einige Ambers klammerten sich an die Snackbar wie an eine Rettungsleine. Der Boden war mit Essbarem übersät. Jeb bückte sich und hob etwas auf, das einmal sein Handy gewesen und jetzt ordentlich in zwei Teile zerbrochen war. Er hielt es in der Hand wie ein verletztes Vogeljunges.

Es knisterte im Lautsprecher und eine Stimme ertönte, die richtig erschüttert klang – nicht der coole, überhebliche Tonfall, in dem üblicherweise die Haltestellen ausgerufen werden.

»Meine Damen und Herren«, sagte die Stimme, »bitte bewahren Sie Ruhe. Ein Schaffner geht jetzt durch die Abteile, um festzustellen, ob jemand verletzt wurde.«

Ich drückte mein Gesicht an die kalte Scheibe, um zu sehen, was passiert war. Wir standen neben einer breiten, vielspurigen Straße, einer Art Autobahn. Dahinter sah man ein gelbes Schild leuchten, das hoch über der Straße hing. Durch den Schnee war es schwer, überhaupt irgendetwas auszumachen, aber schließlich erkannte ich Farbe und Form. Es gehörte zu einem Waffelhaus. Direkt neben den Gleisen kämpfte sich ein Bahnmitarbeiter durch den Schnee und leuchtete mit einer Taschenlampe unter die Waggons.

Eine Schaffnerin riss die Tür zu unserem Abteil auf und sah jeden von uns prüfend an. Sie hatte ihre Mütze verloren.

»Was ist passiert?«, fragte ich, als sie zu uns kam. »Sieht so aus, als würden wir feststecken.«

Sie bückte sich, starrte angestrengt durchs Fenster und pfiff leise.

»Wir können nicht mehr weiterfahren, Schätzchen«, sagte sie leise. »Wir sind kurz vor Gracetown. Von hier an werden die Gleise abschüssig und sie sind total verschneit. Vielleicht kann man uns morgen früh ein paar Rettungswagen schicken. Aber genau weiß ich es nicht. Ich würde jedenfalls nicht drauf wetten. Seid ihr verletzt?«

»Mir geht's gut«, versicherte ich ihr.

Amber eins hielt sich das Handgelenk.

»Amber!«, rief eine andere Amber. »Was ist los?«

»Es ist verstaucht«, stöhnte Amber eins. »Schlimm.«

»Das ist deine Stützhand für den Basket Toss!«

Sechs Cheerleader gaben mir zu verstehen (nicht unterschwellig), dass ich Platz machen sollte, damit sie ihrer verletzten Kollegin aufhelfen konnten. Jeb war zwischen ihnen eingeklemmt. Die Lichter wurden trüber, die Heizung knackte hörbar und es kam die nächste Lautsprecherdurchsage.

»Meine Damen und Herren«, sagte die Stimme, »wir müssen die Elektrizität ein wenig drosseln, um Energie zu sparen. Wenn Sie eine Decke bei sich haben oder Pullover, dann nehmen Sie sie bitte jetzt heraus. Wenn jemand von Ihnen eine zusätzliche Wärmequelle braucht, werden wir uns bemühen, sie zur Verfügung zu stellen. Wenn Sie mehr als eine Decke haben, geben Sie sie bitte an ihren Abteilnachbarn weiter.«

Ich sah noch einmal auf das gelbe Leuchtschild und dann zurück auf die Gruppe Cheerleader. Ich hatte genau zwei Alternativen – ich konnte entweder hier in diesem kalten, dunklen, feststeckenden Zug bleiben oder ich konnte etwas tun. Und diesen Tag, der mir mehrere Male entglitten war, vielleicht wieder in den Griff bekommen. Es musste doch möglich sein, die Straße zu überqueren und das Waffelhaus zu erreichen. Dort war es vermutlich warm und es gab genug zu essen. Einen Versuch war es jedenfalls wert und ich dachte, dass Noah der Plan gefallen hätte. Aktives Handeln. Vorsichtig bahnte ich mir einen Weg durch die Ambers hindurch zu Jeb.

»Drüben auf der anderen Straßenseite ist ein Waffelhaus«, erklärte ich ihm. »Ich geh rüber und seh nach, ob es geöffnet ist.«

»Ein Waffelhaus?«, entgegnete Jeb. »Wir müssen direkt vor der Stadt sein, an der I 40.«

»Sei doch nicht verrückt«, sagte Amber eins. »Und wenn der Zug nun losfährt?«

»Tut er nicht«, erwiderte ich. »Die Schaffnerin hat es mir gerade gesagt. Wir stecken hier die ganze Nacht lang fest. Da drüben ist es wahrscheinlich warm und es gibt was zu essen und genug Platz, um sich zu bewegen. Was sollen wir denn sonst tun?«

»Wir könnten unsere Anfeuerungsrunden proben«, schlug eine der Madisons mit dünnem Stimmchen vor.

»Willst du allein gehen?«, fragte Jeb. Ich sah ihm an, dass er gern mitgegangen wäre, aber Amber klammerte sich an ihn, als ob ihr Leben davon abhinge.

»Das geht schon in Ordnung«, sagte ich. »Es ist ja direkt gegenüber. Gib mir mal deine Telefonnummer, dann . . .«

Wortlos hielt er die beiden zerbrochenen Handyteile hoch. Ich nickte und nahm meinen Rucksack.

»Ich bin nicht lange weg«, sagte ich. »Ich muss ja wiederkommen, oder? Wo sollte ich sonst auch hin?«

KAPITEL DREI

Als ich aus dem kalten Abteilvorraum, der wegen der offen stehenden Zugtür ganz zugeschneit war, nach draußen spähte, konnte ich gerade noch die Bahnarbeiter mit ihren Taschenlampen erkennen. Sie waren ein paar Waggons weit entfernt und so machte ich mich auf den Weg.

Die eisernen Stufen waren hoch und steil und vollständig mit gefrorenem Schnee bedeckt. Außerdem betrug der Abstand zwischen Zug und Erdboden mehr als einen Meter. Die Schneeflocken fielen auf meinen Kopf, als ich auf der untersten nassen Stufe saß und mich ganz vorsichtig abstieß. Ich landete auf allen vieren im etwa dreißig Zentimeter hohen Schnee, der meine Strumpfhose durchnässte, aber sonst war alles in Ordnung. Ich musste nicht weit gehen. Wir standen nur etwa sechs Meter von der Straße entfernt. Ich musste sie nur überqueren, unter einer Überführung hergehen und dann wäre ich da. Länger als ein oder zwei Minuten konnte es nicht dauern.

Ich war noch nie zu Fuß über eine sechsspurige Autobahn gelaufen. Das hatte sich bisher nie ergeben, und wenn doch, dann wäre es mir als keine besonders gute Idee vorgekommen. Aber es waren weit und breit keine Autos zu sehen. Ich hatte das Gefühl, am Ende der Welt zu sein, am Anfang eines ganz neuen Lebens, wo die alten Regeln nicht mehr galten. Wegen des heftigen Sturms und der Schneeflocken in meinen Augen dauerte es fünf Minuten, bis ich auf der anderen Seite war. Nachdem ich die Autobahn hinter mir gelassen hatte, musste ich einen weiteren Abschnitt überqueren. Es hätte Gras sein können oder Zement oder eine weitere Straße – jetzt war es einfach nur weiß und tief. Was auch immer es war, darunter befand sich ein Bordstein, über den ich stolperte. Ich war pitschnass, als ich schließlich an der Tür ankam.

Im Inneren des Waffelhauses war es warm. Mehr noch, es war derartig überheizt, dass die Fenster beschlagen waren und die großen weihnachtlichen Fensterbilder aus Plastik, die darauf klebten, sich wellten und ablösten. Sanfter weihnachtlicher Jazz ertönte aus den Lautsprechern, ungefähr so fröhlich wie ein allergischer Schub. Es roch hauptsächlich nach Fußbodenreiniger und altem Bratfett, aber es mischte sich auch etwas anderes, Verlockendes hinein. Vor nicht allzu langer Zeit waren hier Kartoffeln und Zwiebeln gebraten worden – und das roch lecker.

Gästemäßig sah es ziemlich bescheiden aus. Von ganz hinten aus der Küche hörte ich zwei Männerstimmen, durchsetzt von klatschenden Geräuschen und Gelächter. In der hintersten Ecke des Raums hockte eine Frau, eingehüllt in eine Wolke ihres eigenen Elends. Vor ihr stand ein abgegessener Teller, der mit Zigarettenkippen übersät war. Der einzig sichtbare Angestellte war ein Typ in meinem Alter, der an der Registrierkasse Wache hielt. Sein langes Waffelhaus-Uniformhemd hing über der Hose und unter der ins Gesicht gezogenen Schirmmütze quollen stachelige Haare hervor. Auf seinem Namensschild stand DON-KEUN. Er las in einem Comic, und als ich hereinkam, leuchteten seine Augen kurz auf.

»Hey«, sagte er. »Du siehst aus, als ob dir kalt wäre.«

Gut beobachtet. Als Antwort nickte ich nur.

Langeweile hatte an Don-Keun genagt. Man hörte es an seiner Stimme, man sah es an der Art und Weise, wie er schlapp über der Registrierkasse hing. »Heute Abend ist alles umsonst«, sagte er. »Du kannst bestellen, was immer du möchtest. Entweder beim Koch oder beim diensthabenden Geschäftsführer. Ich bin beides.«

»Danke«, sagte ich.

Gerade wollte er noch etwas hinzufügen, zuckte aber stattdessen peinlich berührt zusammen, als die klatschenden Geräusche im Hintergrund lauter wurden. Vor einem der Barhocker lag eine Zeitung auf dem Tresen und ein paar Kaffeetassen standen herum. Im Versuch, höflich zu sein, nahm ich auf einem Hocker in einiger Entfernung Platz. Kaum saß ich da, machte Don-Keun einen Satz auf mich zu.

»Äh, möchtest du nicht . . .«

Er unterbrach sich und trat einen Schritt zurück, als jemand aus Richtung der Toiletten kam. Es war ein etwa sechzigjähriger Mann mit sandfarbenem Haar, einem kleinen Bierbauch und Brille. Oh und er war in Silberfolie eingehüllt. Von Kopf bis Fuß. Er trug sogar einen kleinen Hut aus Silberfolie. Ganz wie es sich gehört.

Der Silberfolientyp setzte sich auf den Hocker vor der Zeitung und den Kaffeetassen und nickte mir einen Gruß zu, bevor ich mich überhaupt bewegen konnte.

»Wie geht es dir heute Abend?«, fragte er.

»Könnte besser sein«, antwortete ich wahrheitsgemäß. Ich wusste nicht, wo ich hingucken sollte – in sein Gesicht oder auf seinen megaglänzenden Silberkörper.

»Kein guter Abend, um draußen zu sein.«

»Stimmt«, sagte ich und konzentrierte meinen Blick auf seinen megaglänzenden Silberbauch. »Scheußlich.«

»Du musst nicht zufällig abgeschleppt werden?«

»Nur wenn Sie Züge abschleppen können.«

Er dachte einen Moment darüber nach. Es ist immer ein bisschen peinlich, wenn jemand nicht merkt, dass man einen Witz gemacht hat, und ernsthaft darüber nachdenkt, was man gesagt hat. Doppelt peinlich, wenn dieser Jemand in Silberfolie steckt.

»Zu groß«, entgegnete er schließlich und schüttelte den Kopf. »Unmöglich.«

Don-Keun schüttelte ebenfalls den Kopf und warf mir einem Weich-zurück-solange-es-geht/zu-spät-du-hängst-schon-drin-Blick zu.

Ich lächelte und tat so, als müsste ich mich dringend und intensiv mit der Speisekarte beschäftigen. Ich fand es passend, jetzt etwas zu bestellen. Ich ging sie immer wieder durch, als fiele es mir enorm schwer, mich zwischen einem Waffelsandwich und den Bratkartoffeln mit Käse zu entscheiden.

»Nimm einen Kaffee«, sagte Don-Keun und reichte mir eine Tasse. Der Kaffee schmeckte total verbrannt und roch scheußlich, aber es war wohl nicht der richtige Zeitpunkt, wählerisch zu sein. Ich glaube, Don-Keun hatte mir ohnehin nur seine Unterstützung anbieten wollen.

»Du sagtest, du bist mit dem Zug gekommen?«, fragte er.

»Ja«, antwortete ich und zeigte durch das Fenster nach draußen. Don-Keun und der Silberfolienmann sahen in die Richtung, aber der Sturm hatte an Stärke zugelegt. Von dem Zug war nichts mehr zu sehen.

»Nö«, wiederholte der Silberfolienmann. »Ein Zug ist unmöglich.«

Wie um seine Bemerkung zu unterstreichen, rückte er seine Silberfolienmanschetten zurecht.

»Hilft das?«, fragte ich und gab dem Drang nach, das Offensichtliche anzusprechen.

»Hilft was?«

»Dieses Zeug. Ist das so was Ähnliches wie das Zeug, das die Marathonläufer tragen, nachdem sie das Ziel erreicht haben?«

»Welches Zeug?«

»Die Silberfolie.«

»Welche Silberfolie?«, fragte er.

An diesem Punkt ließ ich Höflichkeit Höflichkeit sein und Don-Keun stehen, erhob mich und setzte mich ans Fenster. Der Schneesturm ließ die Scheibe zittern.

Weit von hier entfernt war das Smörgåsbord inzwischen in vollem Gang. Zu diesem Zeitpunkt würde das gesamte Essen bereitstehen: die riesigen Schinken, verschiedene Puter, Frikadellen, Kartoffeln in Sahne, Reispudding, Plätzchen, die vier Arten von eingelegtem Fisch . . .

Mit anderen Worten: Es war kein guter Zeitpunkt, Noah anzurufen. Aber er hatte mich gebeten, ihn anzurufen, wenn ich angekommen war. Weiter würde ich heute nicht kommen.

Also rief ich an, wurde aber sofort auf die Mailbox umgeleitet. Ich hatte mir nicht überlegt, was ich sagen oder wie ich meine Stimme klingen lassen könnte. Ich entschied mich für die Version »sehr komisch, haha« und hinterließ eine schnelle, wahrscheinlich unverständliche Nachricht, dass ich in einer fremden Stadt gelandet war, an einer Autobahn, in einem Waffelhaus, mit einem Mann in Silberfolie. Erst als ich schon aufgelegt hatte, wurde mir klar, dass er denken musste, ich hätte einen Witz gemacht – einen ziemlich schrägen Witz – und ihn angerufen, als er gerade bis zum Hals in Arbeit steckte. Die Nachricht würde ihn vermutlich eher verärgern.

Ich wollte gerade noch einmal anrufen und in einem ernsthafteren und traurigeren Tonfall klarstellen, dass es sich keineswegs um einen Witz handelte . . . als es einen heftigen Windstoß gab, die Eingangstür aufging und ein weiterer Mensch in unserer Mitte auftauchte. Er war groß und dünn und offensichtlich männlich. Viel mehr konnte man nicht sehen, denn sein Kopf, seine Hände und seine Füße steckten in nassen Plastiktüten. Das waren schon zwei Menschen, deren Kleidungsstücke aus Nichtkleidungsstücken bestanden.

Allmählich fing ich an, Gracetown nicht zu mögen.

»Ich habe an der Sunrise die Kontrolle über meinen Wagen verloren«, sagte der Typ in den Raum hinein. »Musste ihn stehen lassen.«

Don-Keun nickte verständnisvoll.

»Soll er abgeschleppt werden?«, fragte der Silberfolienmann.

»Nein, schon gut. Es schneit so heftig, ich weiß gar nicht, ob ich ihn überhaupt wiederfinden würde.«

Als er sich aus den Tüten geschält hatte, sah er aus wie ein ganz normaler Junge: feuchtes dunkles, lockiges Haar, ziemlich mager, Jeans, die ihm ein bisschen zu groß waren. Er schaute erst zum Tresen und dann zu mir hinüber.

»Darf ich mich hierher setzen?«, fragte er leise. Dabei machte er eine leichte Kopfbewegung in Richtung Silberfolienmann. Offenbar hatte er auch keine Lust auf diese Gesellschaft.

»Na klar«, sagte ich.

»Er ist harmlos«, sagte der Junge immer noch sehr leise. »Aber er redet ein bisschen viel. Ich musste mal eine halbe Stunde lang neben ihm sitzen. Er liebt Tassen. Er kann stundenlang über Tassen reden.«

»Trägt er immer Silberfolie?«

»Ohne würde ich ihn vermutlich nicht wiedererkennen. Übrigens, ich heiße Stuart.«

»Ich . . . ich heiße Julie.«

»Was hat dich hierher verschlagen?«, fragte er.

»Mein Zug«, sagte ich und zeigte in die Dunkelheit und in den Schnee. »Wir stecken hier fest.«

»Und wo wolltest du hin?«, fragte er.

»Nach Florida. Meine Großeltern besuchen. Meine Eltern sind im Gefängnis.«

Ich fand, es war einen Versuch wert, das Thema einfach mal ganz beiläufig im Gespräch zu erwähnen, und es kam genau die Reaktion, die ich schon halbwegs erwartet hatte. Stuart lachte.

»Bist du allein?«, fragte er.

»Ich habe einen Freund«, sagte ich.

Normalerweise bin ich nicht so blöd. Echt nicht. Ich war nur in Gedanken immer noch bei Noah und bei meiner idiotischen Nachricht.

In Stuarts Mundwinkeln zuckte es, als müsste er sich Mühe geben, nicht zu lachen. Er trommelte mit den Fingern eine kleine Melodie auf den Tisch und lächelte, wie um mir meine Verlegenheit zu nehmen. Es wäre besser gewesen, den Mund zu halten, aber ich konnte den peinlichen Versprecher einfach nicht auf sich beruhen lassen. Ich musste versuchen, es wiedergutzumachen.

»Ich habe das nur gesagt«, fing ich an, mir voll darüber im Klaren, dass ich vermintes Gesprächsgelände betrat und mich lieber schon mal in Fluchtposition bringen sollte, »weil ich ihn eigentlich anrufen müsste. Aber ich kriege kein Netz.«

Jawohl. Ich hatte Jebs Geschichte geklaut. Leider war es mir dabei jedoch völlig entgangen, dass mein Handy vor mir lag und die Netzanzeige auf dem Display deutlich sichtbar war. Stuart warf einen Blick darauf und sah dann mich an, sagte aber nichts.

Jetzt musste ich es ihm erst recht beweisen. Ich wollte ihm unbedingt zeigen, dass ich total normal war.

»Da war keins«, sagte ich. »Bis gerade eben.«

»Liegt sicher am Wetter«, sagte er wohlwollend.

»Wahrscheinlich. Ich versuch's jetzt lieber mal ganz schnell.«

»Nimm dir so viel Zeit, wie du willst«, sagte er.

Na gut. Er saß schließlich nur hier, um sich nicht stundenlang mit dem Silberfolienmann über Tassen unterhalten zu müssen. Keiner von uns war für den Zeitplan des anderen verantwortlich. Wahrscheinlich war Stuart sogar froh, dass ich diesem Gespräch ein Ende machte. Während ich telefonierte, stand er auf und zog seinen Mantel aus. Darunter trug er eine Jacke mit dem Target-Logo und etwa ein Dutzend weitere Plastiktüten, die aus seinem Mantelfutter herausfielen. Völlig ungerührt hob er sie auf.

Als sich wieder nur Noahs Mailbox meldete, versuchte ich, meinen Frust zu verbergen, indem ich den Hals reckte, um aus dem Fenster zu gucken. Ich hatte keine Lust, vor Stuart eine neue jämmerliche Nachricht zu hinterlassen, und legte einfach auf.

Stuart zog die Schultern hoch – »Nichts?« – und setzte sich wieder hin.

»Sie sind mitten im Smörgåsbord«, sagte ich.

»Smörgåsbord?«

»Noahs Familie ist partiell schwedisch, deshalb veranstalten sie jedes Jahr an Heiligabend ein unglaubliches Smörgåsbord.«

Ich sah, wie sich seine Augenbrauen hoben, als ich »partiell« sagte. Ich benutze dieses Wort häufig. Es ist eins von Noahs Lieblingswörtern, das ich von ihm übernommen habe. Ich wünschte, ich könnte mir angewöhnen, es nicht vor anderen Leuten zu gebrauchen, weil es irgendwie unser Wort war. Außerdem war es nicht hilfreich, mit Ausdrücken wie »partiell schwedisch« um sich zu werfen, wenn man gerade dabei war, einen Fremden davon zu überzeugen, dass man noch alle Tassen im Schrank hat.

»Klar. Jeder liebt ein Smörgåsbord«, sagte er taktvoll.

Es wurde Zeit, das Thema zu wechseln.

»Target«, sagte ich und zeigte auf seine Jacke. Allerdings sprach ich es wie im Französischen aus, also »Tarscheh«, was auch nicht besonders witzig war.

»Korrekt«, sagte er. »Da kannst du mal sehen, wie ich mein Leben aufs Spiel gesetzt habe, nur um zur Arbeit zu kommen. Wenn man einen so wichtigen Job hat wie ich, muss man alle möglichen Risiken eingehen, weil unsere Gesellschaft sonst zusammenbricht. Der Typ da scheint wirklich dringend telefonieren zu wollen.«

Stuart deutete aus dem Fenster und ich drehte mich um. Jeb stand vor einer Telefonzelle, um die der Schnee etwa dreißig Zentimeter hoch lag, und versuchte, mit Gewalt die Tür zu öffnen.

»Der arme Jeb«, sagte ich. »Ich sollte ihm mein Handy leihen . . . jetzt, wo ich wieder ein Netz habe.«

»Das ist Jeb? Du hast recht . . . Moment mal, woher kennst du Jeb?«

»Er war auch im Zug. Er hat gesagt, dass er nach Gracetown fährt. Vielleicht will er den Rest der Strecke zu Fuß gehen oder so.«

»Es sieht so aus, als wollte er wirklich um jeden Preis telefonieren«, sagte Stuart und schob ein glibberiges Zuckerstangenfensterbild beiseite, um besser sehen zu können. »Warum nimmt er nicht sein Handy?«

»Es ist bei dem Unfall kaputtgegangen.«

»Unfall?«, wiederholte Stuart. »Ihr hattet . . . einen Zugunfall?«

»Wir sind im Schnee stecken geblieben.«

Gerade als Stuart drauf und dran war, das Thema Zugunfall zu vertiefen, ging die Tür auf und sie kamen hereingeschneit. Alle vierzehn, kreischend und quiekend und Schneeflocken hinter sich herziehend.

»Oh, mein Gott!«, sagte ich.

KAPITEL VIER

Keine Situation kann schlimm genug sein, dass vierzehn durchgeknallte Cheerleader sie nicht noch schlimmer machen könnten.

Es dauerte ungefähr drei Minuten, bis das bescheidene Waffelhaus sich in die neue Anwaltskanzlei von Amber, Amber, Amber & Madison verwandelt hatte. Sie schlugen ihr Lager in der uns gegenüberliegenden Ecke auf. Einige von ihnen nickten mir eine Art von Oh-gut-du-lebst-ja-noch-Gruß zu, aber überwiegend zeigten sie nicht das geringste Interesse an uns anderen.

Was nicht heißen soll, dass sie kein Interesse an sich selbst hatten.

Don-Keun war wie ausgewechselt. In dem Moment, in dem sie auftauchten, verschwand er für eine Sekunde. Aus irgendwelchen hinteren Bereichen der Waffelhaus-Küche hörte man gedämpfte ekstatische Schreie, dann kam er wieder und auf seinem Gesicht lag ein Strahlen, das man gemeinhin mit einer religiösen Offenbarung in Verbindung bringt. Sein bloßer Anblick machte mich müde. Zwei weitere Typen folgten ihm wie ehrfürchtige Messdiener.

»Was kann ich für euch tun, meine Damen?«, rief Don-Keun glücklich.

»Können wir hier Handstand üben?«, fragte Amber eins. Ich nahm an, dass es ihrem Basket-Toss-Handgelenk schon besser ging. Hart im Nehmen, diese Cheerleader. Zäh und bescheuert. Wer kämpft sich schon durch einen Schneesturm, um in einem Waffelhaus Handstand zu üben? *Ich* war nur hier, weil ich sie nicht länger hatte ertragen können.

»Meine Damen«, sagte Don-Keun, »ihr könnt alles tun, was ihr möchtet.«

Amber eins gefiel seine Antwort.

»Könntest du dann vielleicht den Boden aufwischen? Nur dieses Stück hier? Nur damit wir uns die Hände nicht schmutzig machen? Und könntest du Hilfestellung leisten?«

Auf dem Weg zum Putzschrank hätte er sich beinah die Knöchel gebrochen.

Stuart hatte alles beobachtet, ohne einen Ton zu sagen. Er sah zwar nicht so hingerissen aus wie Don-Keun und seine Freunde, aber die Sache hatte auch auf ihn eindeutig Eindruck gemacht. Er legte den Kopf schief, so als müsste er eine richtig schwere Matheaufgabe lösen.

»Hier ist ja ganz schön was los«, sagte er.

»Ja«, sagte ich, »das kann man wohl sagen. Gibt es hier noch irgendwas anderes, wo man hingehen kann? Ein Starbucks oder so?«

Er zuckte zusammen, als ich Starbucks erwähnte. Vielleicht konnte er Ketten nicht ausstehen, was allerdings seltsam wäre für jemanden, der bei Target arbeitete.

»Die haben zu«, sagte er. »Fast alles ist zu. Höchstens das Herzog. Die könnten vielleicht geöffnet haben, aber das ist eher so eine Art Minimarkt. Es ist Heiligabend und bei diesem Sturm . . .«

An der Art, wie ich sanft mit dem Kopf auf den Tisch schlug, musste Stuart meine Verzweiflung gespürt haben.

»Ich geh nach Hause«, sagte er und legte seine Hand wie ein Kissen auf den Tisch, um mich davon abzuhalten, mir wehzutun. »Warum kommst du nicht mit? Wenigstens entkommt man so dem Schnee. Meine Mom würde es mir nie verzeihen, wenn ich dich nicht fragen würde, ob du einen Unterschlupf brauchst.«

Ich dachte über sein Angebot nach. Mein kalter, stecken gebliebener Zug stand auf der anderen Straßenseite. Mein augenblicklicher Aufenthaltsort war ein Waffelhaus voller Cheerleader inklusive einem Typen in Alufolie. Meine Eltern waren Gäste des Staates, Hunderte von Meilen weit weg. Und über uns tobte der heftigste Schneesturm seit fünfzig Jahren. Ja, ich brauchte einen Unterschlupf.

Trotzdem war es schwer, den Gedanken »böser fremder Mann« beiseitezuschieben . . . obwohl es wohl eher der fremde Mann zu sein schien, der sich gerade in Gefahr begab. Heute Abend war ich die Verrückte. Ich hätte mich nicht mit nach Hause genommen.

»Hier«, sagte er, »ein kleiner Identitätsnachweis. Mein offizieller Target-Mitarbeiter-Ausweis. Bei Target nehmen sie nicht jeden. Und hier ist mein Führerschein . . . Bitte guck nicht auf den Haarschnitt. Name, Adresse, Sozialversicherungsnummer, steht alles drauf.«

Er zog die Karten aus seiner Brieftasche, wie um seinen Scherz zu vervollständigen. Dabei erhaschte ich einen Blick auf ein Foto von ihm und einem Mädchen, das offensichtlich bei einer Schulabschlussfeier aufgenommen worden war. Das beruhigte mich. Er war ein ganz normaler Typ mit einer Freundin. Er hatte sogar einen Nachnamen – Weintraub.

»Wie weit ist es?«, fragte ich.

»Etwa eine halbe Meile in die Richtung«, sagte er und zeigte ins Nichts – formlose weiße Klumpen, die ebenso gut Häuser wie Bäume sein konnten oder lebensgroße Godzilla-Figuren.

»Eine halbe Meile?«

»Na ja, eine halbe Meile, wenn wir den kurzen Weg nehmen. Oder etwas über eine Meile für den langen Weg. Ich hätte vorhin auch einfach weitergehen können, aber hier war geöffnet und ich wollte mich aufwärmen.«

»Bist du sicher, dass deine Familie nichts dagegen hat?«

»Meine Mom würde mich mit dem Gartenschlauch erschlagen, wenn ich jemandem an Heiligabend keine Hilfe anbieten würde.«

Don-Keun sprang mit dem Wischmopp in der Hand über den Tresen und hätte sich dabei beinah aufgespießt. Er fing an, um Amber eins' Füße herum den Boden zu wischen. Draußen hatte Jeb es inzwischen in die Telefonzelle geschafft. Er steckte tief in seinem eigenen Drama. Ich war allein.

»Okay«, sagte ich. »Ich komme mit.«

Ich glaube, außer dem Silberfolienmann bekam niemand mit, dass wir aufstanden und gingen. Er hatte den Cheerleadern vollkommen desinteressiert den Rücken zugewandt und salutierte, als wir auf die Tür zugingen.

»Du brauchst eine Mütze«, sagte Stuart, als wir den eisigen Eingangsbereich betraten.

»Ich hab keine Mütze. Ich wollte nach Florida.«

»Ich hab auch keine Mütze. Aber ich hab das hier . . .«

Er hielt die Plastiktüten hoch und demonstrierte, wie man sie zur Mütze machen konnte, indem er sich eine um den Kopf schlang und sie feststeckte, sodass sie aussah wie ein gemütlicher, oben aufgeblasener, seltsamer Turban. Amber und Amber und Amber hätten sich vermutlich geweigert, eine Tüte auf dem Kopf zu tragen . . . und ich legte großen Wert darauf zu beweisen, dass ich anders war. Also schlang ich sie brav um meinen Kopf.

»Du solltest dir auch welche um die Hände wickeln«, sagte er und gab mir noch ein paar Tüten. »Ich weiß allerdings nicht, was wir mit deinen Beinen machen. Sie müssen doch kalt sein.«

Das waren sie auch, aber aus irgendeinem Grund wollte ich nicht, dass er dachte, ich könnte damit nicht umgehen.

»Nein«, log ich. »Diese Strumpfhose ist wirklich dick. Und die Stiefel . . . die halten was aus. Aber ich nehme die für die Hände.«

Er zog eine Augenbraue hoch. »Bist du sicher?«

»Hundertpro.« Keine Ahnung, warum ich das sagte. Es kam mir nur so vor, als würde ich eine Schwäche zugeben, wenn ich die Wahrheit sagte.

Stuart musste sich fest gegen die Tür stemmen, um sie gegen den Sturm und den immer höher liegenden Schnee zu öffnen. Ich wusste nicht, dass Schnee »strömen« konnte. Ich kannte Schneegestöber und stetig fallenden Schnee, der ein paar Zentimeter hoch liegen blieb, aber dieser hier war nass und schwer und die Flocken waren so groß wie ein Vierteldollar. Innerhalb von ein paar Sekunden war ich durchnässt. Ich zögerte am Fuß der Treppe und Stuart schaute mich prüfend an.

»Sicher?«, fragte er noch einmal.

Ich wusste, dass ich entweder hier und jetzt umkehren oder mich fürs Weitergehen entscheiden musste.

Ich warf einen raschen Blick zurück und sah, wie die drei Madisons mitten im Restaurant eine Handstandpyramide machten.

»Ja«, erwiderte ich. »Lass uns gehen.«

KAPITEL FÜNF

Wir nahmen eine kleine Seitenstraße, die vom Waffelhaus wegführte. Das Einzige, was man sehen konnte, waren die Ampeln, die alle paar Sekunden blinkten und einen gelben Lichtpfad durch die Dunkelheit schnitten. In diesem postapokalyptischen Szenario marschierten wir mitten auf der Straße und schwiegen mindestens eine Viertelstunde lang. Zum Reden brauchte man Kraft, die wir fürs Weitergehen brauchten, und den Mund aufmachen hieß, kalte Luft einzuatmen.

Jeder Schritt war mühsam. Der Schnee war so tief und pappig, dass es echt anstrengend war, den Fuß aus seinem eigenen Fußabdruck herauszuziehen. Und natürlich waren meine Beine so eiskalt, dass sie sich schon fast wieder warm anfühlten. Die Tüten auf dem Kopf und über den Händen halfen dagegen ganz gut. Als wir unser Marschtempo gefunden hatten, eröffnete Stuart das Gespräch.

»Wo ist deine Familie denn wirklich?«, fragte er.

»Im Gefängnis.«

»Ja, das erwähntest du vorhin schon. Aber ich meine wirklich . . .«

»Sie sind im Gefängnis«, sagte ich zum dritten Mal.

Ich versuchte, es glaubhaft klingen zu lassen. Er verstand es so weit, dass er die Frage nicht noch mal wiederholte, aber er brauchte einen Moment lang, um mit meiner Antwort fertig zu werden.

»Und warum?«, fragte er schließlich.

»Äh . . . sie sind in eine . . . in eine Schlägerei geraten.«

»Wie, als Demonstranten?«

»Als Einkäufer«, sagte ich. »Sie sind in eine Einkaufsschlägerei geraten.«

Wie angewurzelt blieb er stehen.

»Jetzt sag bloß nicht, dass sie in Charlotte bei der Flobie-Schlägerei waren.«

»Genau da«, sagte ich.

»Oh, mein Gott! Deine Eltern gehören zu den Flobie Five?«

»Den Flobie Five?«, wiederholte ich unsicher.

»Die Flobie Five waren heute *das* Thema im Laden. Ich glaube, jeder zweite Kunde hat davon gesprochen. Im Fernsehen haben sie in den Nachrichten den ganzen Tag Beiträge darüber gebracht . . .«

Nachrichten? Beiträge? Den ganzen Tag über? Na toll. Toll, toll, toll. Berühmte Eltern – genau das, wovon wohl jedes Mädchen träumt.

»Jeder liebt die Flobie Five«, sagte er. »Also jedenfalls eine Menge Leute. Oder zumindest die Leute, die es komisch finden.«

Aber dann musste er gemerkt haben, dass es für mich nicht ganz so komisch war und dass die Sache mit den Flobie Five der Grund dafür war, dass ich an Heiligabend mit Plastiktüten auf dem Kopf durch eine fremde Stadt lief.

»Dadurch bist du total cool«, sagte er und machte ein paar Sprünge, um vor mir herlaufen zu können. »CNN würde dich bestimmt gern interviewen. Die Flobie-Tochter! Aber keine Sorge – ich wimmle sie schon ab!«

Er machte eine große Show daraus, so zu tun, als würde er Reporter und schubsende Fotografen aufhalten – eine raffinierte Choreografie, die mich ein bisschen aufheiterte. Ich spielte sogar ein wenig mit, indem ich mir wie bei einem Blitzlichtgewitter die Hände vors Gesicht schlug. Das hielt uns eine Weile lang beschäftigt und lenkte uns von der Wirklichkeit ab.

»Es ist lächerlich«, sagte ich schließlich, nachdem ich bei dem Versuch, einem eingebildeten Paparazzo auszuweichen, fast hingefallen wäre. »Meine Eltern sind im Gefängnis. Wegen eines Weihnachtshäuschens aus Keramik.«

»Besser als wegen Drogendealerei«, erwiderte Stuart und ging wieder neben mir her. »Stimmt doch, oder?«

»Bist du immer so witzig?«

»Immer. Das ist eine Voraussetzung, wenn man bei Target arbeitet. Ich bin wie Captain Smiley.«

»Da wird sich deine Freundin aber freuen!«

Das hatte ich nur gesagt, damit er mich für klug und aufmerksam halten und sagen würde: »Woher weißt du, dass ich . . .?« Und dann würde ich sagen: »Ich hab das Foto in deiner Brieftasche gesehen.« Und dann würde er denken, ich wäre der reinste Sherlock Holmes und nicht mehr der Wirrkopf, für den er mich im Waffelhaus gehalten hatte. (Manchmal muss man auf so eine Gelegenheit, etwas wiedergutzumachen, eine Weile warten, aber es lohnt sich trotzdem.)

Stattdessen fuhr er nur kurz herum, starrte mich an, blinzelte und ging mit energischen Schritten weiter. Die lockere Atmosphäre war verflogen und sein Verhalten war auf einmal völlig nüchtern.

»Jetzt ist es nicht mehr weit. Aber wir müssen uns entscheiden. Es gibt zwei Möglichkeiten. Entweder wir gehen hier runter, dann dauert es bei unserem Tempo ungefähr noch fünfundvierzig Minuten. Oder wir nehmen die Abkürzung.«

»Die Abkürzung«, antwortete ich wie aus der Pistole geschossen. »Ist doch klar.«

»Es ist sehr viel kürzer, weil diese Straße eine Menge Biegungen macht, während die Abkürzung schnurgerade ist. Ich würde mich für die Abkürzung entscheiden, wenn ich allein wäre, was ich bis vor einer halben Stunde ja noch war . . .«

»Abkürzung«, wiederholte ich.

Mitten in diesem Unwetter, während der Schnee und der Sturm mir die Haut vom Gesicht fetzten und mein Kopf und meine Hände in Plastiktüten steckten, verspürte ich keinerlei Notwendigkeit, weitere Informationen zu erhalten. Was auch immer mit dieser Abkürzung los war, schlimmer als jetzt konnte es kaum werden. Und wenn Stuart ohnehin vorgehabt hatte, diesen Weg einzuschlagen, gab es keinen Grund, warum er es nicht mit mir zusammen auch tun sollte.

»Okay«, sagte Stuart. »Die Abkürzung führt uns hinter diese Häuser dort. Und direkt dahinter wohne ich, knapp zweihundert Meter, schätze ich. So in etwa.«

Wir verließen den gelb blinkenden Weg und bogen in einen vollkommen dunklen Pfad zwischen ein paar Häusern ein. Während wir gingen, zog ich mein Handy aus der Tasche. Noah hatte nicht angerufen. Ich versuchte, mir nichts anmerken zu lassen, aber Stuart hatte es mitbekommen.

»Kein Anruf?«, fragte er.

»Noch nicht. Wahrscheinlich hat er noch zu tun.«

»Weiß er das mit deinen Eltern?«

»Er weiß Bescheid«, sagte ich. »Ich erzähle ihm alles.«

»Ist das andersrum genauso?«

»Wie andersrum?«

»Du hast gesagt, dass du ihm alles erzählst«, erwiderte er. »Du hast nicht gesagt, dass ihr euch alles erzählt.«

Was für eine Frage war das denn? »Na klar«, sagte ich rasch.

»Und wie ist er so, außer dass er partiell schwedisch ist?«

»Er ist sehr intelligent«, sagte ich. »Aber nicht unausstehlich intelligent, so wie jemand, der einem dauernd seinen Notendurchschnitt unter die Nase reibt oder immer wieder subtile Hinweise auf sein Ergebnis beim College-Eignungstest fallen lässt oder auf seinen Status in der Klasse oder so was. Ihm fällt es irgendwie in den Schoß. Er muss sich nicht sonderlich anstrengen, um gute Noten zu bekommen, und es interessiert ihn auch nicht sehr. Aber er bekommt immer gute Noten. Und er spielt Fußball. Und beteiligt sich an Mathewettbewerben. Er ist total beliebt.«

Ja, genau das habe ich gesagt. Ja, ich habe mich angehört wie ein Marktschreier. Und ja, Stuart hatte wieder diesen verschmitzten Ich-versuche-dich-nicht-auszulachen-Ausdruck im Gesicht. Aber wie hätte ich seine Frage denn sonst beantworten können? Jeder, den ich kannte, kannte Noah. Jeder wusste, wie er war und wofür er stand. Ich musste das sonst nie erklären.

»Gute Zusammenfassung«, sagte Stuart und hörte sich nicht besonders beeindruckt hat. »Aber wie ist er?« Oh Gott. Dieses Gespräch schien kein Ende zu nehmen.

»Er ist . . . so wie ich gerade gesagt habe.«

»Ich meine sein Wesen. Ist er ein heimlicher Dichter oder so was in der Art? Tanzt er in seinem Zimmer herum, wenn er glaubt, dass ihn niemand sieht? Ist er komisch, so wie du? Was macht sein Wesen aus?«

Stuart machte mich ganz wirr im Kopf mit diesem Wesen-Zeug. Obwohl, er hatte auch gefragt, ob Noah so komisch wäre wie ich. Das fand ich ziemlich nett. Und die Antwort war Nein. Noah war alles Mögliche, aber komisch war er nicht. Er schien sich häufig über mich zu amüsieren, aber wie du vielleicht inzwischen gemerkt hast, kann ich manchmal einfach nicht aufhören zu reden. Bei solchen Gelegenheiten sah er einfach nur genervt aus.

»Intensiv«, sagte ich. »Sein Wesen ist intensiv.«

»Gut intensiv?«

»Wäre ich sonst mit ihm zusammen? Ist es noch weit?«

Dieses Mal verstand Stuart den Wink und hielt den Mund. Schweigend gingen wir weiter, bis um uns herum nur noch leere Landschaft mit ein paar Bäumen war. In weiter Ferne konnte ich oben auf einer Anhöhe weitere Häuser stehen sehen. Und ein schwaches Flackern von Weihnachtsbeleuchtung. Der Schnee fiel so dicht, dass alles ganz verschwommen aussah. Es hätte wunderschön sein können, wenn es nicht so beißend kalt gewesen wäre. Meine Hände waren so eisig, dass sie sich fast schon wieder heiß anfühlten. Und meine Beine würden nicht mehr lange mitmachen.

Stuart streckte den Arm aus und bedeutete mir, stehen zu bleiben.

»Okay«, sagte er. »Ich muss dir was erklären. Wir müssen einen kleinen Bach überqueren. Er ist zugefroren. Ich habe gesehen, wie Leute darauf Schlittschuh gelaufen sind.«

»Wie tief ist der Bach denn?«

»Nicht sehr tief. Vielleicht ein Meter fünfzig.«

»Und wo ist er?«

»Irgendwo genau vor uns«, sagte er.

Ich blickte über den leeren Horizont. Irgendwo da vor uns lag ein kleiner Wasserlauf, versteckt unter der Schneedecke.

»Wir könnten zurückgehen«, sagte er.

»Du hättest dich auf jeden Fall für diese Strecke entschieden?«, fragte ich.

»Ja, aber du musst mir nichts beweisen.«

»Ist schon in Ordnung«, sagte ich und versuchte, mich sicherer anzuhören, als ich war. »Können wir nicht einfach weitergehen?«

»Na gut.«

Und genau das taten wir. Dass wir uns auf dem Bach befanden, merkte man daran, dass der Schnee etwas weniger hoch lag und dass es unter unseren Füßen nicht mehr knirschte und der Boden nicht mehr sicher und fest war, sondern etwas rutschig wurde. Das war der Moment, als Stuart wieder anfing zu sprechen.

»Die Typen da im Waffelhaus haben echt Glück. Das wird der beste Abend ihres Lebens«, sagte er.

Es lag etwas Herausforderndes in seiner Stimme, so als wollte er, dass ich den Köder schluckte. Was ich besser nicht getan hätte. Aber ich tat es natürlich doch.

»Ach Gott«, sagte ich. »Warum sind Männer bloß immer so simpel?«

»Wieso simpel?«, wiederholte er, warf mir einen Seitenblick zu und rutschte dabei aus.

»Weil du es als Glück bezeichnest.«

»Dass sie . . . im Waffelhaus festhängen zusammen mit einem Dutzend Cheerleadern?«

»Wo nehmt ihr nur diese Arroganz her?«, sage ich, vielleicht etwas schärfer als beabsichtigt. »Glaubt ihr wirklich, dass Mädchen auf euch fliegen, nur weil keine anderen Männer in der Nähe sind? Dass wir auf der Jagd sind nach einsamen Überlebenden und sie mit einer Orgie belohnen?«

»Stimmt das etwa nicht?«, fragte er.

Diese Bemerkung schien mir keine Antwort wert zu sein.

»Aber was ist denn falsch an Cheerleadern?«, fragte er und hörte sich sehr zufrieden an, dass er mich so auf die Palme gebracht hatte. »Ich sag ja nicht, dass ich ausschließlich auf Cheerleader stehe. Ich hab nur keine Vorurteile ihnen gegenüber.«

»Das sind keine Vorurteile«, sagte ich bestimmt.

»Nein? Was ist es dann?«

»Es ist das, was dahintersteht«, entgegnete ich. »Mädchen am Spielfeldrand, in kurzen Röcken, ausgewählt nach ihrem Aussehen, die den Jungs sagen, dass sie großartig sind.«

»Ich weiß nicht«, sagte er spöttisch. »Gruppen von Leuten verurteilen, die man nicht kennt, ihnen Dinge unterstellen, über ihr Aussehen reden . . . das hört sich ganz nach Vorurteilen an, aber . . .«

»Ich habe keine Vorurteile!«, fuhr ich ihn an und war nicht mehr in der Lage, meine Reaktionen zu kontrollieren. Es war so schrecklich dunkel. Der Himmel über uns war grau-rosa und verhangen. Um uns herum sah man nur die Umrisse der dürren nackten Bäume, wie dünne Hände, die aus der Erde herausragten. Vor uns nur endloses Weiß und Schneegestöber, dazu das einsame Heulen des Sturms und die Umrisse der Häuser.

»Hör mal«, sagte Stuart, der sich weigerte, dieses nervtötende Spiel aufzugeben, »woher willst du wissen, dass sie in ihrer Freizeit nicht als Rotkreuzsanitäter arbeiten? Oder Katzen retten oder Essenstafeln für Arme organisieren oder ...«

»Weil sie das nicht tun«, sagte ich und überholte ihn. Ich rutschte aus, fiel aber nicht hin. »In ihrer Freizeit gehen sie zum Enthaaren.«

»Das kannst du doch gar nicht wissen«, rief er von hinten.

»Noah müsste ich das nicht erklären«, sagte ich. »Er wüsste es von allein.«

»Weißt du«, sagte Stuart beiläufig, »so wundervoll, wie dir dieser Noah vorkommt – ich finde ihn bislang nicht so wahnsinnig beeindruckend.«

Jetzt reichte es mir. Ich drehte mich um und marschierte mit großen, festen Schritten den Weg zurück, den wir gekommen waren.

»Wo willst du hin?«, fragte er. »Ach, komm schon ...«

Er gab sich Mühe, es nicht nach einer großen Sache klingen zu lassen, aber ich hatte schlicht und einfach genug. Ich trat fest auf, um nicht ins Straucheln zu geraten.

»Der Weg zurück ist viel zu weit!«, rief er und beeilte sich, mit mir Schritt zu halten. »Tu's nicht. Bitte.«

»Tut mir leid«, sagte ich, als ob es mir eigentlich ziemlich gleichgültig wäre. »Ich finde es einfach besser, wenn ich . . .«

Dann gab es ein Geräusch. Ein neues Geräusch zwischen dem Heulen und dem Rauschen und dem Knirschen von Eis und Schnee. Ein Geräusch, das sich anhörte wie ein knackendes Holzscheit im Feuer. Welche Ironie! Wir blieben wie angewurzelt stehen. Stuart sah mich beunruhigt an.

»Bleib ganz still steh. . .«

Und dann brach der Boden unter uns weg.

KAPITEL SECHS

Vielleicht bist du ja noch nie in einen zugefrorenen Fluss gefallen. Was dabei passiert, ist Folgendes:

1. Es ist kalt. So kalt, dass die Abteilung Temperaturempfindung und -regulierung in deinem Kopf sagt: »Damit kann ich nicht umgehen. Damit will ich nichts zu tun haben.« Das Schild MITTAGSPAUSE wird aufgestellt und die Verantwortung delegiert an

2. die Abteilung Schmerzempfindung und Umgang mit Schmerz, die dieses ganze Chaos von der Temperaturabteilung zugewiesen bekommt, ohne es zu verstehen. »Das fällt nicht in unseren Zuständigkeitsbereich«, sagt sie. Also werden aufs Geratewohl irgendwelche Knöpfe gedrückt, die einen mit seltsamen und unangenehmen Empfindungen versorgen, und man wird weitergeleitet an die

3. Abteilung für Verwirrung und Panik, wo immer jemand da ist, der das Telefon abhebt, sobald es klingelt. In

dieser Abteilung ist man zumindest willens, in Aktion zu treten. In der Abteilung für Verwirrung und Panik werden liebend gern Knöpfe gedrückt.

Wegen all dieser Überlegungen, die in unseren Köpfen herumspukten, waren Stuart und ich für den Bruchteil einer Sekunde nicht in der Lage, irgendetwas zu tun. Als wir uns ein wenig erholt hatten, fing ich an zu begreifen, was passiert war. Die gute Nachricht war, dass das Wasser uns nur bis zur Brust reichte. Bei mir jedenfalls. Das Wasser war genau brusthoch. Bei Stuart reichte es bis zur Mitte seines Bauchs. Die schlechte Nachricht war, dass wir in einem Loch im Eis standen, und es ist schwer, aus einem Loch im Eis herauszukommen, wenn man vor Kälte wie gelähmt ist. Wir versuchten beide herauszuklettern, aber jedes Mal, wenn wir uns aufstützten, brach das Eis weiter auf.

Ganz automatisch hielten wir uns aneinander fest.

»Okay«, sagte Stuart zähneklappernd. »Es ist k-kalt. Und es sieht nicht gut aus.«

»Nicht? Echt nicht?«, kreischte ich. Aber ich hatte nicht genügend Luft in den Lungen, um zu kreischen, deshalb kam es nur als unheimliches kleines Zischen heraus.

»Wir m-müssen . . . es aufb-brechen.«

Die Idee war mir auch schon gekommen, aber es tat gut, sie laut ausgesprochen zu hören. Wir begannen, mit steifen, roboterartigen Armbewegungen auf das Eis zu schlagen, bis wir auf die dickere Kruste stießen. Das Wasser war hier etwas weniger tief, aber nicht viel.

»Ich schieb dich mit der Hand hoch«, sagte Stuart. »Stell dich drauf.«

Als ich versuchte, ein Bein zu bewegen, weigerte es sich standhaft. Meine Beine waren so gefühllos, dass sie einfach nicht mehr funktionieren wollten. Als ich es endlich geschafft hatte, waren Stuarts Hände zu kalt, um mich festzuhalten. Erst nach ein paar Versuchen stand ich wieder auf festem Boden.

Dort machte ich die wichtige Erfahrung, dass man auf dem Eis ausrutschen kann und es deshalb schwierig ist, das Gleichgewicht zu halten, erst recht, wenn die Hände in nassen Plastiktüten stecken. Schließlich griff ich nach unten und zog Stuart aus dem Wasser, bis er bäuchlings auf dem Eis lag.

Wir waren draußen. Aber draußen zu sein, fühlte sich seltsamerweise noch viel schlimmer an.

»Iss ... nich ... mehr ... weit«, sagte Stuart. Man konnte ihn kaum verstehen. Meine Lungen fühlten sich ganz schwabbelig an. Stuart packte meine Hand und zerrte mich auf ein Haus oben auf der Anhöhe zu. Wenn er mich nicht gezogen hätte, allein hätte ich es nicht geschafft.

Ich war in meinem ganzen Leben noch nie so froh gewesen, ein Haus zu sehen. Es war von einem schwachen, grünlichen Schimmer umgeben, durchsetzt von kleinen roten Punkten. Durch die unverschlossene Hintertür betraten wir das Paradies. Dabei war es keineswegs das schönste Haus, in dem ich je gewesen war – es war nur einfach ein Haus, in dem es warm war und durch das der Duft von gebratenem Truthahn und Plätzchen und Weihnachtsbaum zog.

Stuart zerrte mich weiter bis zu einer Tür, die in ein Badezimmer mit gläserner Duschkabine führte.

»Hier«, sagte er und schob mich hinein. »Nimm eine Dusche. Sofort. Erst lauwarm, dann warm, dann heiß.«

Die Tür wurde zugeknallt und ich hörte, wie er sich entfernte. Ich zog mich sofort nackt aus und stolperte, als ich das Wasser andrehte. Meine Klamotten waren entsetzlich schwer, vollgesogen mit Wasser und Schnee und Schlamm.

Ich blieb lange Zeit an die Wand gelehnt unter der Dusche stehen, während sich der kleine Raum mit Dampf füllte. Ein- oder zweimal veränderte sich die Wassertemperatur, wahrscheinlich, weil Stuart irgendwo anders im Haus ebenfalls duschte.

Ich drehte das Wasser erst ab, als es kalt wurde. Als ich in den dichten Dampf hinaustrat, sah ich, dass meine Sachen weg waren. Jemand hatte sie aus dem Badezimmer entfernt, ohne dass ich es gemerkt hatte. Stattdessen lagen zwei große Handtücher da, eine Jogginghose, ein Sweatshirt, Socken und Pantoffeln. Abgesehen von den Socken und Pantoffeln waren es Männerklamotten. Die Socken waren warm und rosafarben und die Pantoffeln weiße, kuschelige, sehr abgetragene Stiefel.

Ich griff nach dem am nächsten liegenden Teil, dem

Sweatshirt, und hielt es vor meinen nackten Körper, obwohl ich jetzt ganz eindeutig allein im Bad war. Jemand war hereingekommen. Jemand hatte sich hier herumgetrieben, meine Anziehsachen mitgenommen und sie durch frische, trockene ersetzt. Hatte sich Stuart reingeschlichen, während ich duschte? Hatte er mich nackt gesehen? Konnte mir das in dieser Situation nicht eigentlich egal sein?

Rasch zog ich jedes einzelne Teil an, das man mir hingelegt hatte. Ich öffnete die Tür einen Spalt und spähte hinaus. Die Küche schien leer zu sein. Ich machte die Tür weiter auf und plötzlich tauchte aus dem Nichts eine Frau auf. Vom Alter her konnte es sich um eine Mom handeln, mit lockigen blonden Haaren, die aussahen, als hätte sie sie selbst gefärbt. Sie trug ein Sweatshirt mit zwei sich umarmenden Koalabären mit Nikolausmützen. Doch das Einzige, was mich wirklich interessierte, war der dampfende Becher, den sie mir hinhielt.

»Du armes Ding!«, sagte sie. Ihre Stimme war sehr laut, eine dieser Stimmen, die man über ganze Parkplätze hinweg hören kann. »Stuart ist oben, ich bin seine Mom.«

Ich nahm den Becher. Und wenn es heißes Gift gewesen wäre, ich hätte es trotzdem getrunken.

»Armes Ding«, wiederholte sie. »Mach dir keine Sorgen. Wir kriegen dich schon wieder warm. Tut mir leid, dass ich nichts Passenderes für dich auftreiben konnte. Die Sachen gehören Stuart und waren das einzig Saubere, was ich gefunden habe. Ich habe deine Kleider in die Waschmaschine gesteckt, deine Schuhe und dein Mantel liegen zum Trocknen auf der Heizung. Wenn du jemanden anrufen möchtest, dann tu das bitte. Und mach dir keine Gedanken, wenn es ein Ferngespräch ist.«

So habe ich Stuarts Mom kennengelernt (»Nenn mich Debbie«). Ich kannte sie kaum zwanzig Sekunden und schon hatte sie meine Unterwäsche gesehen und mir die Klamotten ihres Sohnes angeboten. Sie setzte mich unverzüglich an den Küchentisch und fing an, eine endlose Folge von Platten, die mit Frischhaltefolie bedeckt waren, aus dem Kühlschrank zu holen.

»Wir hatten unser Weihnachtsessen, als Stuart bei der Arbeit war, aber ich habe reichlich gekocht. Wirklich reichlich! Lang zu!«

Es gab echt viel zu essen: Truthahn und Kartoffelpüree, Soße, Füllung, das ganze Programm. Sie stellte alles auf den Tisch, bestand darauf, mir den Teller vollzuhäufen, und stellte mir zusätzlich noch eine Tasse heiße Hühnerklößchensuppe hin. Mittlerweile war ich hungrig – wahrscheinlich hungriger, als ich je im Leben gewesen war.

Stuart kam herein. Genau wie ich war auch er warm angezogen. Er trug Schlafanzughosen aus Flanell und einen ausgebeulten Pullover mit Zopfmuster. Ich weiß nicht ... vielleicht war es Dankbarkeit oder die generelle Freude darüber, am Leben zu sein, oder die Tatsache, dass er keine Tüte auf dem Kopf trug ... aber irgendwie sah er gut aus. Und mein ganzer Ärger über ihn war verschwunden.

»Bereitest du alles für Julies Übernachtung vor?«, fragte seine Mom. »Und mach die Weihnachtsbaumbeleuchtung aus, damit sie sie nicht stört.«

»Es tut mir leid . . .«, sagte ich. Erst jetzt wurde mir klar, dass ich mitten in ihren Weihnachtsabend hineingeplatzt war.

»Du musst dich nicht entschuldigen! Ich bin froh, dass du so vernünftig warst, hierherzukommen! Wir kümmern uns schon um dich. Achte darauf, dass sie genügend Decken hat, Stuart.«

»Sie wird genügend Decken haben«, versicherte er.

»Sie braucht jetzt schon eine. Sieh mal. Sie friert. Du auch. Setz dich hin.«

Sie lief ins Wohnzimmer. Stuart hob die Augenbrauen, als wollte er sagen: *Das könnte noch ein Weilchen so weitergehen.* Debbie kam mit zwei Fleecedecken zurück. Ich wurde in eine blaue gewickelt. Sie hüllte mich ein, als wäre ich ein Baby, und ich konnte kaum noch die Arme bewegen.

»Du brauchst noch mehr heiße Schokolade«, sagte sie. »Oder lieber Tee? Wir haben alle möglichen Sorten.«

»Es ist gut, Mom«, sagte Stuart.

»Noch Suppe? Iss die Suppe auf. Sie ist selbst gemacht und Hühnersuppe wirkt wie Penicillin. So wie ihr zwei gefroren habt . . .«

»Es ist gut, Mom.«

Debbie nahm meine halb leere Suppenschale, füllte sie bis zum Rand und stellte sie in die Mikrowelle.

»Zeig ihr, wo alles ist, Stuart. Wenn du in der Nacht etwas brauchst, nimm es dir einfach. Fühl dich wie zu Hause. Du bist jetzt eine von uns, Julie.«

Ich verstand durchaus, was sie meinte. Ich wunderte mich nur ein bisschen darüber, wie sie es ausgedrückt hatte.

KAPITEL SIEBEN

Nachdem Debbie weg war, schlangen Stuart und ich eine Zeit lang schweigend unser Essen hinunter. Allerdings hatte ich das Gefühl, als wäre Debbie gar nicht weg – ich hatte sie jedenfalls nicht weggehen hören. Ich glaube, Stuart teilte dieses Gefühl, weil er sich immer wieder umdrehte.

»Diese Suppe schmeckt wahnsinnig gut«, sagte ich, weil es sich nach der passenden Bemerkung für den Lauscher an der Wand anhörte. »So eine gute hab ich noch nie gegessen. Es muss an den Klößchen liegen . . .«

»Du bist sicher keine Jüdin, daran wird es liegen«, sagte er, stand auf und schloss die Küchentür. »Es sind Matzebällchen.«

»Du bist Jude?«

Stuart hob einen Finger, um anzudeuten, dass ich warten sollte. Er rüttelte ein bisschen an der Tür, worauf man ein paar schnelle, knarrende Schritte hörte, als ob jemand leise die Treppe hinaufliefe.

»Tut mir leid«, sagte er. »Ich dachte, da wäre jemand. Müssen wohl Mäuse gewesen sein. Ja, meine Mom ist jüdisch, also bin ich es genau genommen auch. Aber Weihnachten feiert sie trotzdem. Ich glaube, sie macht es, weil sie dazugehören möchte. Aber sie übertreibt es ein bisschen.«

Die gesamte Küche war weihnachtlich geschmückt. Die Handtücher, die Haube über dem Toaster, die Kühlschrankmagneten, die Vorhänge, die Tischdecke, die Salzstreuer ... je genauer ich hinsah, desto weihnachtlicher wurde es.

»Hast du beim Reinkommen die falschen elektrischen Stechpalmen gesehen?«, fragte Stuart. »So wird unser Haus es nie auf die Titelseite von *Southern Jew* schaffen.«

»Und warum . . .?«

Er zuckte mit den Schultern.

»Weil andere Leute es auch so machen«, sagte er, nahm sich noch eine Scheibe Truthahn, klappte sie zusammen und stopfte sie in den Mund. »Besonders in dieser Gegend. Es gibt nicht gerade eine blühende jüdische Gemeinde hier. Beim Hebräischunterricht waren immer nur ich und noch ein anderes Mädchen.«

»Deine Freundin?«

Ein Ausdruck huschte über sein Gesicht, ein rasches Stirnrunzeln und ein Zucken des Mundes – es wirkte wie ein unterdrücktes Lachen.

»Dass wir nur zu zweit waren, heißt doch nicht, dass wir auch ein Paar sein müssen«, sagte er. »So als ob jemand sagt: ›Okay, ihr seid beide Juden! Dann tanzt!‹ Nein, sie ist nicht meine Freundin.«

»Tut mir leid«, sagte ich rasch. Das war schon das zweite Mal, dass ich seine Freundin erwähnte – und versuchte, mit meiner Beobachtungsgabe anzugeben –, und wieder ging er nicht darauf ein. Das war's dann wohl. Ich würde ihn nicht mehr darauf ansprechen. Offensichtlich wollte er nicht über sie reden. Was ich ein bisschen seltsam fand – ich hielt ihn eigentlich für einen Typen, der am liebsten sieben Stunden am Stück nur von seiner Freundin erzählte. Jedenfalls wirkte er so.

»Schon okay.« Er nahm sich noch mehr Truthahn und sah aus, als hätte er bereits vergessen, wie blöd ich manchmal sein konnte. »Ich glaube, den Leuten gefällt es, dass wir hier wohnen. Als würden wir die Nachbarschaft irgendwie aufwerten. Es gibt im Ort einen Spielplatz, eine funktionierende Recyclinganlage und zwei jüdische Familien.«

»Aber seltsam ist es schon, oder?«, fragte ich und nahm den Schneemannsalzstreuer in die Hand. »Diese ganze Weihnachtsdekoration?«

»Vielleicht. Aber eigentlich ist es einfach nur ein Feiertag. Das ist alles so künstlich, dass es schon wieder okay ist. Meine Mom feiert einfach gern, egal, was es ist. Unsere Verwandten finden es merkwürdig, dass wir einen Weihnachtsbaum haben, aber Weihnachtsbäume sind doch hübsch. Und mit Religion haben sie gar nichts zu tun.«

»Stimmt«, sagte ich. »Was meint dein Dad dazu?«

»Keine Ahnung. Er wohnt nicht hier.«

Stuart schien das nicht viel auszumachen. Er trommelte wieder eine kleine Melodie auf dem Tisch, als wolle er das Thema beiseiteschieben, und stand auf.

»Ich bereite mal alles für die Nacht vor«, sagte er. »Bin gleich wieder da.«

Ich stand auch auf und sah mich um. Es gab zwei Weihnachtsbäume: einen kleinen am weihnachtlich geschmückten Fenster und einen riesigen – bestimmt fast zweieinhalb Meter hoch – in der Ecke. Unter dem Gewicht all der selbst gebastelten Anhänger, der vielen Lichterketten und der mindestens zehn Schachteln Lametta hingen seine Zweige bis fast auf den Boden.

Im Wohnzimmer stand ein Klavier mit jeder Menge aufgeklappter Notenhefte, einige davon mit Kommentaren versehen. Ich spiele kein Instrument, deshalb kommt Musik mir immer kompliziert vor – aber das hier wirkte *noch* komplizierter. Irgendjemand schien richtig Ahnung zu haben. Dieses Klavier war mehr als ein Möbelstück.

Was mir aber am meisten auffiel, war etwas, das oben auf dem Klavier stand. Es war viel kleiner, in technischer Hinsicht viel weniger aufwendig als unseres, aber trotz allem war es ein Flobie-Weihnachtsdorf, das von einer kleinen Girlande eingerahmt wurde.

»Das muss dir bekannt vorkommen«, sagte Stuart, der mit einem Haufen Decken und Kissen beladen die Treppe herunterkam und alles aufs Sofa warf.

Allerdings. Sie hatten fünf Teile – das Merry Men Café, den Bonbonladen, Franks Party-Fachgeschäft, die Elfateria und die Eisdiele.

»Ich nehme mal an, dass ihr mehr habt als wir«, sagte er.

»Wir haben sechsundfünfzig Teile.«

Er stieß einen anerkennenden Pfiff aus, streckte die Hand aus und knipste die Beleuchtung an. Anders als bei uns gab es kein ausgeklügeltes System, mit dem man alle Teile auf einmal beleuchten konnte. Er musste das Licht bei jedem Gebäude einzeln einschalten.

»Meine Mom glaubt, dass sie etwas wert sind«, sagte er. »Sie behandelt sie, als wären sie richtig kostbar.«

»Das glaubt jeder«, sagte ich verständnisvoll.

Ich betrachtete die Teile mit fachkundigem Auge. Normalerweise reibe ich es nicht jedem unter die Nase, aber aus naheliegenden Gründen weiß ich wirklich eine ganze Menge über das Flobie-Weihnachtsdorf. Bei einem Verkaufsgespräch könnte ich mich durchaus behaupten.

»Also«, sagte ich und zeigte auf das Merry Men Café, »das hier ist tatsächlich etwas wert. Siehst du die Ziegelsteine und die grünen Fensterrahmen? Das ist noch eins aus der ersten Auflage. Danach haben sie die Fensterrahmen schwarz gemacht.«

Ich hob das Haus vorsichtig hoch und betrachtete es von unten.

»Es ist nicht nummeriert«, sagte ich nach einem prüfenden Blick auf die Unterseite. »Aber trotzdem . . . jedes Teil aus einer Erstauflage, bei dem man den Unterschied zu den späteren Auflagen sieht, ist gut. Und vor fünf Jahren haben sie die Produktion des Merry Men Cafés eingestellt, das macht es noch ein bisschen wertvoller. Dieses hier könnte um die vierhundert Dollar bringen, allerdings sieht es so aus, als wäre der Schornstein abgebrochen und wieder angeklebt worden.«

»Oh ja. Das war meine Schwester.«

»Du hast eine Schwester?«

»Rachel«, sagte Stuart. »Sie ist fünf. Keine Sorge, du wirst sie noch kennenlernen. Und du kennst dich ja echt gut aus.«

»Ist ja wohl kein Wunder.«

Er knipste die Lichter alle wieder aus.

»Wer spielt hier Klavier?«, fragte ich.

»Ich. Das ist das, was ich kann. Jeder kann doch irgendwas besonders gut.«

Stuart verzog das Gesicht zu einer albernen Grimasse und ich musste lachen.

»Gib's bloß nicht auf«, sagte ich. »Colleges lieben Studenten mit musikalischen Fähigkeiten.«

Oh Mann, ich hörte mich an wie . . . wie jemand, der bestimmte Dinge nur tut, weil er glaubt, es wäre gut fürs

College. Ich war schockiert, als ich merkte, dass es ein Noah-Zitat war. Bisher war mir noch nie aufgefallen, wie unerträglich es klang.

»Tut mir leid«, sagte ich. »Ich bin einfach müde.«

Er ging darüber hinweg, als bräuchte es weder eine Erklärung noch eine Entschuldigung.

»Mütter auch«, sagte er. »Und Nachbarn. Ich bin hier so eine Art Vorführaffe. Glücklicherweise spiele ich aber sehr gern, deshalb ist es okay. Also ... die Decken und die Kissen hier sind für dich und ...«

»Vielen Dank«, sagte ich. »Wunderbar. Es ist wirklich nett von euch, dass ich hier sein darf.«

»Wie gesagt, überhaupt kein Problem.«

Er drehte sich um und ging, blieb aber mitten auf der Treppe stehen.

»Hey«, sagte er, »tut mir leid, dass ich ein bisschen fies gewesen bin, als wir unterwegs waren. Es war nur, weil ...«

»Der Schneesturm«, sagte ich. »Ich weiß. Es war kalt und wir waren gereizt. Mach dir keine Gedanken. Mir tut es auch leid. Und danke noch mal.«

Er sah aus, als wollte er noch etwas sagen, aber dann nickte er nur und ging weiter die Treppe hinauf. Ich hörte, wie er oben ankam und dann wieder ein paar Stufen hinunterging. Er spähte durchs Treppengeländer.

»Fröhliche Weihnachten«, sagte er und verschwand.

Das haute mich um. Mir kamen die Tränen. Ich vermisste meine Familie. Ich vermisste Noah. Ich vermisste mein Zuhause. Diese Leute hatten alles getan, was sie konnten, aber sie waren nicht meine Familie. Stuart war nicht mein Freund. Ich lag lange Zeit da, wälzte mich auf dem Sofa herum, hörte irgendwo oben einen Hund schnarchen (jedenfalls dachte ich, es wäre ein Hund) und beobachtete auf der sehr laut tickenden Uhr, wie zwei Stunden verstrichen.

Dann hielt ich es nicht mehr aus.

Mein Handy steckte in meiner Manteltasche, also machte ich mich auf die Suche nach meinen Sachen. Ich fand sie in der Waschküche. Der Mantel hing über einem Heizkörper. Offensichtlich hatte das Bad im kalten Wasser meinem Handy nicht gefallen. Das Display war schwarz. Kein Wunder, dass ich nichts von ihm gehört hatte.

Auf der Anrichte in der Küche stand ein Telefon. Ich schlich hin, nahm den Hörer ab und wählte Noahs Nummer. Es klingelte vier Mal, ehe er sich meldete. Er klang völlig verschlafen. Seine Stimme hörte sich tief und müde an.

»Ich bin's«, flüsterte ich.

»Lee?«, krächzte er. »Wie spät ist es?«

»Drei Uhr nachts«, sagte ich. »Du hast nicht zurückgerufen.«

Er gab ein paar Schnieflaute von sich, als er versuchte, seine Gedanken zu ordnen.

»Tut mir leid. Ich hatte so viel um die Ohren. Du weißt

schon, meine Mom und das Smörgåsbord. Können wir morgen reden? Ich rufe dich an, sobald wir mit dem Geschenkeauspacken fertig sind.«

Ich verstummte. Ich hatte den schlimmsten Sturm des Jahres durchgestanden – den schlimmsten seit fünfzig Jahren, um genau zu sein –, ich war in einen zugefrorenen Bach gefallen, meine Eltern waren inhaftiert worden . . . und er hatte immer noch keine Zeit, mit mir zu sprechen?

Andererseits – er hatte einen langen Abend hinter sich und es erschien mir nicht besonders sinnvoll, ihm meine Geschichte aufzudrängen, wenn er so verschlafen war. Es ist schwer, Mitgefühl an den Tag zu legen, wenn man aus dem Schlaf gerissen wird, und Mitgefühl war genau das, was ich jetzt von ihm wollte.

»Na klar«, sagte ich. »Bis morgen.«

Ich kuschelte mich wieder in mein Nest aus Decken und Kissen. Sie verströmten einen kräftigen, unvertrauten Geruch. Nicht unangenehm – nur ein starkes Waschmittel, dessen Duft ich nicht kannte.

Manchmal verstand ich Noah einfach nicht. Manchmal kam es mir so vor, als gehörte es zu seinem Plan, dass ich seine Freundin war – als gäbe es auf einem zukünftigen Bewerbungsformular eine Checkliste und einer der Punkte, die man ankreuzen musste, lautete: »Haben Sie eine einigermaßen intelligente Freundin, die Ihre Ziele teilt und akzeptiert, dass Ihre Zeit fürs Privatleben begrenzt ist? Eine, die Ihnen zuhört, wenn Sie stundenlang über Ihre Erfolge sprechen?«

Nein. Das waren Gedanken, die auf Angst und Kälte zurückzuführen waren. Und darauf, dass ich mich in einem fremden Haus befand und nicht bei meiner Familie. Es war der Stress, weil meine Eltern bei einer Schlägerei um Keramikhäuschen verhaftet worden waren. Ich brauchte nur ein bisschen Schlaf, dann würde mein Verstand wieder funktionieren.

Ich machte die Augen zu und spürte, wie die Welt im wirbelnden Schnee versank. Mir wurde kurz schwindelig und ein bisschen übel und dann fiel ich in einen tiefen, tiefen Schlaf und träumte von Waffelsandwiches und Cheerleadern, die auf den Tischen Spagat machten.

KAPITEL ACHT

Der Morgen kam in Gestalt einer Fünfjährigen, die mir auf den Bauch sprang.

Ich riss die Augen auf.

»Wer bist du?«, fragte sie aufgeregt. »Ich heiße Rachel.«

»Rachel! Runter da! Sie schläft!«

Das war die Stimme von Stuarts Mom.

Rachel war eine Miniaturausgabe von Stuart, mit vielen Sommersprossen, vom Schlafen völlig verwuschelten Haaren und einem breiten Lächeln. Sie roch ein bisschen nach Cheerios und brauchte ein Bad. Auch Debbie war da und hielt einen Becher mit Kaffee in der Hand, während sie die Beleuchtung der Flobie-Häuser anknipste. Stuart kam aus der Küche.

Ich hasse es, wenn ich wach werde und Leute wuseln um mich herum und haben mich schlafen sehen. Leider passiert mir das häufig. Ich schlafe wie ein Weltmeister. Einmal habe ich einen dreistündigen Feueralarm verschlafen. In meinem eigenen Schlafzimmer.

»Wir packen die Geschenke später aus«, sagte Debbie. »Heute Morgen frühstücken wir erst mal und unterhalten uns nett.«

Das sagte sie eindeutig mir zuliebe, weil es für mich keine Geschenke gab. Rachel sah aus, als würde ihr Gesicht gleich platzen wie eine überreife Frucht. Stuart warf seiner Mutter einen Blick zu, als wolle er fragen, ob sie das wirklich für eine gute Idee hielt.

»Rachel kann jetzt gleich auspacken«, fügte Debbie rasch hinzu.

Es ist unglaublich, wie schnell sich die Stimmung bei kleinen Kindern ändern kann. Zwischen zu Tode betrübt und himmelhoch jauchzend dauerte es nicht länger als ein Niesen.

»Nein«, sagte ich. »Nein, ihr müsst auch auspacken.«

Debbie schüttelte energisch den Kopf und lächelte.

»Stuart und ich können warten. Warum gehst du nicht ins Bad und machst dich fürs Frühstück fertig?«

Ich schlurfte mit gesenktem Kopf ins Badezimmer und versuchte, mich ein bisschen herzurichten. Mit meinen Haaren hätte ich mich für eine Comedyshow bewerben können und meine Haut war spröde und rissig. Ich versuchte mein Bestes mit kaltem Wasser und dekorativen Seifenstückchen, doch besonders erfolgreich war ich nicht.

»Möchtest du deine Familie anrufen?«, fragte Debbie, als ich zurückkam. »Ihnen Fröhliche Weihnachten wünschen?«

Hilfe suchend starrte ich Stuart an.

»Das könnte schwierig werden«, sagte er. »Sie gehören zu den Flobie Five.«

So viel dazu, diese Tatsache zu verschweigen. Doch Debbie schien nicht besonders schockiert zu sein. Stattdessen funkelten ihre Augen, als hätte sie gerade einen Promi kennengelernt.

»Deine Eltern waren dabei?«, fragte sie. »Warum hast du das nicht gleich gesagt? Ich liebe das Flobie-Weihnachtsdorf. Und es war so albern, sie ins Gefängnis zu stecken. Die Flobie Five! Ach, ich bin sicher, dass man ihnen erlauben wird, mit ihrer Tochter zu telefonieren! An Weihnachten! Schließlich haben sie ja niemanden umgebracht.«

Stuart sah mich vielsagend an: *Hab ich's dir nicht gesagt?*

»Ich weiß nicht mal, in welchem Gefängnis sie sind«, wandte ich ein. Kaum hatte ich es ausgesprochen, bekam ich ein schlechtes Gewissen. Meine Eltern verschmachteten irgendwo in einer Zelle und ich wusste nicht einmal, wo genau sie waren.

»Na, das lässt sich leicht herausfinden. Stuart, geh ins Internet und guck mal, in welchem Gefängnis sie sind. Es muss in den Nachrichten erwähnt worden sein.«

Stuart verließ das Zimmer und sagte, er würde sich darum kümmern.

»Stuart ist der reinste Zauberer bei so was«, erklärte Debbie.

»Bei was?«

»Oh, im Internet findet er einfach alles.«

Debbie gehörte allem Anschein nach zu der Sorte von Eltern, die noch nicht ganz begriffen hatten, dass die Nutzung des Internets nur wenig mit Zauberei zu tun hatte und dass jeder alles im Internet finden konnte. Aber das sagte ich nicht, weil man Leuten nicht das Gefühl geben sollte, sie hätten etwas ganz Offensichtliches verpasst, selbst wenn es so ist.

Stuart kam mit der entsprechenden Information zurück und Debbie rief an.

»Ich werde sie schon dazu bringen, dass sie dich mit deinen Eltern reden lassen«, erklärte sie und hielt die Hand über den Hörer. »Sie haben keine Ahnung, wie beharrlich . . . Oh, hallo?«

Es hörte sich so an, als machten sie ihr Schwierigkeiten, aber Debbie setzte sich durch. Sam wäre beeindruckt gewesen. Sie reichte mir den Hörer und verließ die Küche mit einem breiten Lächeln. Stuart hob die strampelnde Rachel hoch und trug sie ebenfalls hinaus.

»Jubilee?«, sagte meine Mom. »Süße! Geht es dir gut? Bist du gerade in Florida angekommen? Wie geht es Grandma und Grandpa? Oh, Süße . . .«

»Ich bin nicht in Florida. Der Zug ist stecken geblieben. Ich bin in Gracetown.«

»Gracetown?«, wiederholte sie. »Da bist du ja nicht weit gekommen! Oh, Jubilee ... wo bist du denn genau? Ist alles in Ordnung? Bist du noch im Zug?«

Ich hatte keine Lust, ihr die Geschichte der letzten vierundzwanzig Stunden in allen Einzelheiten zu erzählen, und beschränkte mich auf eine unverfängliche Kurzversion.

»Der Zug ist stecken geblieben«, sagte ich. »Wir mussten aussteigen. Ich hab ein paar Leute kennengelernt. Bei denen bin ich jetzt.«

»Leute?« Die Stimme meiner Mutter wurde schrill vor lauter Sorge, es könnte sich um Drogenhändler und Kinderschänder handeln. »Was denn für Leute?«

»Nette Leute, Mom. Eine Mom und zwei Kinder. Sie haben auch ein Flobie-Weihnachtsdorf. Nicht so groß wie unseres, aber dieselben Teile. Sie haben den Bonbonladen mit allem, was dazugehört. Und die Pfefferkuchenbäckerei. Sie haben sogar das Merry Men Café aus der ersten Auflage.«

»Oh«, sagte sie und hörte sich etwas erleichtert an.

Meine Eltern scheinen zu glauben, dass es ein gewisses Maß an Anständigkeit braucht, um der Flobie-Gruppe anzugehören. Soziale Außenseiter nehmen sich nicht die Zeit, das Schaufenster der Bäckerei mit den winzigen Pfefferkuchenfiguren zu dekorieren. Andere Leute wiederum würden höchstwahrscheinlich gerade das für ein Zeichen von Gestörtheit halten. Was die einen als normal empfinden, wirkt auf andere völlig verrückt. Abgesehen davon fand ich es ziemlich raffiniert von mir, dass ich Stuart als eins von »zwei Kindern« bezeichnet hatte statt »einen Typen mit Plastiktüten auf dem Kopf, den ich im Waffelhaus kennengelernt habe«.

»Bist du noch dran?«, fragte meine Mom. »Was ist denn nun mit dem Zug?«

»Ich glaube, er steckt noch fest. Er ist gestern Abend in eine Schneewehe gefahren und sie mussten die Elektrizität und die Heizung drosseln. Deshalb sind wir ausgestiegen.«

Auch das »wir« anstelle von »ich habe ganz allein im Schneesturm eine sechsspurige Autobahn überquert« war ziemlich schlau. Eine Lüge war es jedenfalls nicht. Jeb und die Ambers und die Madisons hatten denselben Weg zurückgelegt, nachdem ich es ihnen vorgemacht hatte. Mit sechzehn ist es wichtig zu wissen, wie man gewisse Gespräche führen sollte.

»Und wie ...« Wie fragt man seine Mutter, wie es im Gefängnis ist?

»Uns geht's gut«, sagte sie tapfer. »Wir sind ... Oh, Julie. Oh, Süße. Es tut mir so leid. So schrecklich leid. Wir wollten nicht ...«

Ich hörte ihr an, dass sie kurz davor war, die Fassung zu verlieren, und das hieß, ich würde meine auch verlieren, wenn ich sie nicht unterbrach.

»Mir geht's echt gut«, sagte ich. »Die Leute hier kümmern sich wirklich gut um mich.«

»Kann ich mit ihnen sprechen?«

Mit »ihnen« meinte sie Debbie, also rief ich Stuarts Mom und holte sie ans Telefon. Sie hatten eins dieser Von-Mutter-zu-Mutter-Gespräche, in denen es um die Sorge um die Kinder im Allgemeinen geht und bei denen häufig die Stirn gerunzelt wird. Debbie verstand es hervorragend, meine Mutter zu beruhigen, und während ich ihr zuhörte, wurde mir klar, dass sie mich zumindest einen Tag lang nicht gehen lassen würde. Ich hörte, wie sie die Vorstellung verwarf, dass mein Zug im Moment irgendwohin fahren könnte, und dass sie glaubte, es bestünde nicht die geringste Chance, nach Florida zu kommen.

»Machen Sie sich keine Sorgen«, sagte sie zu meiner Mom. »Wir passen schon gut auf Ihre Tochter auf. Wir haben jede Menge zu essen im Haus und sie wird es nett und gemütlich und warm haben, bis sich die Dinge klären. Sie wird schöne Feiertage haben, das verspreche ich Ihnen. Und dann schicken wir sie zu Ihnen zurück.«

Eine Pause, in der meine Mutter schrille schwesterliche Dankesbezeugungen von sich gab.

»Es ist überhaupt kein Problem!«, fuhr Debbie fort. »Sie ist ein so angenehmer Gast. Und das ist es doch, worum es an Weihnachten geht. Kümmern Sie sich erst mal um sich. Wir Flobie-Fans müssen zusammenhalten.«

Als sie auflegte, wischte Debbie sich über die Augen und

schrieb eine Nummer auf den »Elfenlisten«-Magnetblock an der Kühlschranktür.

»Ich sollte mich mal nach dem Zug erkundigen«, sagte ich. »Ist Ihnen das recht?«

Es meldete sich niemand, wahrscheinlich wegen Weihnachten, nur eine Automatenstimme kündigte »erhebliche Verspätungen« an. Ich sah aus dem Fenster, während die Stimme alle Wahlmöglichkeiten des Menüs herunterleierte. Es schneite immer noch. Nicht mehr so weltuntergangsmäßig wie gestern, aber immer noch kräftig.

Debbie blieb noch ein Weilchen bei mir, aber dann verschwand sie. Ich wählte Noahs Nummer. Beim siebten Klingeln nahm er ab.

»Noah!«, sagte ich leise. »Ich bin's. Ich . . .«

»Hey!«, sagte er. »Hör mal, wir wollten gerade anfangen zu frühstücken.«

»Ich hatte eine ziemlich schlimme Nacht«, sagte ich.

»Oh nein. Tut mir leid, Lee. Hör mal, ich ruf dich etwas später an, okay? Ich hab die Nummer. Fröhliche Weihnachten!«

Kein »Ich liebe dich«. Kein »Ohne dich ist Weihnachten doof«.

Jetzt merkte ich, wie ich die Fassung verlor. Ich bekam keine Luft mehr, aber ich wollte keins von diesen Mädchen sein, die anfangen zu heulen, wenn ihr Freund keine Zeit für sie hat . . . selbst wenn die Umstände gerade eher außergewöhnlich waren.

»Klar«, sagte ich und versuchte, meine Stimme unter Kontrolle zu halten. »Später. Fröhliche Weihnachten.«

Und dann rannte ich ins Badezimmer.

KAPITEL NEUN

Man kann sich nicht ewig im Bad aufhalten, ohne Verdacht zu erregen. Wenn man länger als eine halbe Stunde drinbleibt, fangen die Leute an, auf die Tür zu starren und sich Gedanken zu machen. So lange war ich schon mindestens drin, saß hinter der Tür der Duschkabine auf dem Boden und schluchzte in ein Handtuch mit der Aufschrift LEISE RIESELT DER SCHNEE.

Ja, lass den Schnee rieseln. Lass ihn rieseln und rieseln und mich darunter begraben. Das Leben machte sich mal wieder über mich lustig.

Ich fürchtete mich davor, aus dem Badezimmer zu kommen, aber die Küche war leer. Allerdings hatte sie noch ein bisschen mehr Weihnachtsatmosphäre bekommen. Mitten auf dem Herd brannte eine Kerze, Bing Crosby sang aus vollem Hals und auf der Anrichte stand neben einem Kuchen eine dampfende Kanne mit frisch aufgebrühtem Kaffee. Debbie tauchte aus der Waschküche auf, die sich neben dem Herd befand.

»Ich habe Stuart nach nebenan geschickt, um für Rachel einen Schneeanzug auszuleihen«, sagte sie. »Ihr eigener ist ihr zu klein geworden und die Nachbarn haben einen in ihrer Größe. Er kommt gleich wieder.«

Sie nickte mir mit einem Gesichtsausdruck zu, der zu sagen schien: *Ich kann verstehen, dass du ein bisschen Zeit für dich allein gebraucht hast.*

»Danke«, sagte ich und setzte mich an den Tisch.

»Und ich habe mit deinen Großeltern gesprochen«, fügte Debbie hinzu. »Deine Mutter hat mir die Nummer gegeben. Sie haben sich Sorgen gemacht, aber ich konnte sie beruhigen. Kopf hoch, Jubilee. Ich weiß, dass Weihnachten manchmal schwierig sein kann, aber wir geben uns Mühe, es dir so schön wie möglich zu machen.«

Offenbar hatte meine Mom ihr meinen richtigen Namen verraten. Sie sprach ihn sorgfältig aus, als wollte sie mich merken lassen, dass sie gut aufgepasst hatte. Dass sie es gut mit mir meinte.

»Bis jetzt ist es immer richtig schön gewesen«, sagte ich. »Schreckliche Weihnachten kenne ich gar nicht.«

Debbie stand auf, goss mir Kaffee ein und stellte den Becher zusammen mit einer Tüte Milch und einer großen Zuckerdose vor mich hin.

»Das alles muss eine schlimme Erfahrung für dich sein«, sagte sie, »aber weißt du, ich glaube an Wunder. Das hört sich bestimmt kitschig an, aber trotzdem. Und dass du bei uns aufgetaucht bist, betrachte ich als eine Art kleines Wunder.«

Ich schaute zu ihr hoch, während ich Milch in meinen Kaffee goss, bis der Becher beinahe übergelaufen wäre. Im Badezimmer war mir ein Aufkleber aufgefallen, auf dem stand: HIER GIBT'S KOSTENLOSE UMARMUNGEN! Nicht, dass daran etwas falsch wäre – Debbie war zweifellos ein netter Mensch –, aber sie schien wirklich eine ausgeprägte Empfänglichkeit für Kitsch zu haben.

»Aha?«, sagte ich.

»Also, ich meine ... Stuart sieht heute glücklicher aus als seit ... Also, ich sollte das wahrscheinlich gar nicht erwähnen, aber ... Also, vielleicht hat er es dir ja auch schon selbst erzählt. Er erzählt es jedem und ihr zwei scheint euch so gut zu verstehen, deshalb ...«

»Was soll er mir erzählt haben?«

»Das mit Chloe«, sagte sie und riss die Augen weit auf. »Hat er es dir nicht gesagt?«

»Wer ist Chloe?«

Statt zu antworten, stand Debbie auf und schnitt mir ein dickes Stück Kuchen ab. Richtig dick. Wie der siebte Band von Harry Potter. Ein Stück Kuchen, mit dem man einen Einbrecher erschlagen könnte. Aber nachdem ich probiert hatte, fand ich die Größe gerade richtig. Wenn es um Butter und Zucker ging, schien Debbie keine Kompromisse zu machen.

»Chloe«, sagte sie und senkte die Stimme, »war Stuarts Freundin. Sie haben sich vor drei Monaten getrennt und er ... also, er ist ein so empfindsamer Junge ... er hat es richtig schwer genommen. Sie ist so gemein zu ihm gewesen. Richtig gemein. Gestern Abend habe ich zum ersten Mal ein Fünkchen von dem alten Stuart gesehen, als du hier mit ihm zusammen warst.«

»Ich ... was?«

»Stuart hat so ein gutes Herz«, fuhr sie fort, ohne sich darum zu kümmern, dass ich mit einem Stückchen Kuchen in der Hand, von dem ich gerade hatte abbeißen wollen, wie erstarrt dasaß.

»Er war erst zwölf, als Rachels und sein Vater, mein Exmann, uns verließ. Aber du hättest mal sehen sollen, wie er mir geholfen hat und wie er mit Rachel umging. Er ist so ein guter Junge.«

Ich wusste nicht, was ich sagen sollte. Irgendwie fand ich es äußerst peinlich, mit seiner Mom über das Ende von Stuarts Beziehung zu sprechen. Es heißt zwar immer: *Die beste Freundin eines Jungen ist seine Mutter.* Aber richtig müsste es eigentlich heißen: *Die beste Kupplerin eines Jungen ist seine Mutter.* Nur so ergibt es Sinn.

Noch viel schlimmer fand ich – wenn es denn noch schlimmer kommen konnte, was aber offensichtlich der Fall war –, dass *ich* das Heilmittel für die Wunden ihres Sohnes sein sollte. Ihr Weihnachtswunder. Sie würde mich für immer hierbehalten wollen, mich mit Kuchen vollstopfen und in übergroße Sweatshirts stecken. Ich wäre die Flobie-Braut.

»Du wohnst in Richmond, stimmt's?«, schwatzte sie weiter. »Das ist . . . na ja . . . eine Fahrt von zwei oder drei Stunden . . .«

Ich überlegte gerade, ob ich mich wieder im Badezimmer einschließen sollte, als Rachel hereingehüpft kam und in ihren Pantoffeln auf mich zuschlitterte. Sie kletterte mir halb auf den Schoß und sah mir prüfend in die Augen. Sie hätte immer noch ein Bad nötig gehabt.

»Was hast du denn?«, fragte sie. »Warum weinst du?«

»Sie vermisst ihre Familie«, sagte Debbie. »Es ist doch Weihnachten und wegen all dem Schnee kann sie nicht bei ihnen sein.«

Rachel nahm meine Hand. »Wir sind doch bei dir«, sagte sie mit dieser hinreißenden Ich-erzähl-dir-ein-Geheimnis-Kleinkinderstimme. In Anbetracht der Bemerkungen, die ihre Mutter gerade gemacht hatte, fand ich ihre Aussage allerdings eher ein bisschen bedrohlich.

»Das ist lieb von dir, Rachel«, sagte Debbie. »Nun geh und putz dir die Zähne wie ein großes Mädchen. Jubilee hat sich auch die Zähne geputzt.«

Hatte sie nicht. In meinem Rucksack hatte ich keine Zahnbürste gefunden. Packen gehörte nicht gerade zu meinen Stärken.

Ich hörte, wie die Haustür aufging. Stuart erschien mit dem Schneeanzug in der Küche.

»Ich musste mir erst noch zweihundert Fotos in einem digitalen Bilderrahmen ansehen«, sagte er. »Zweihundert. Dabei wollte mir Mrs Henderson eigentlich nur zeigen, wie erstaunlich es ist, dass tatsächlich zweihundert Fotos reinpassen. Hab ich schon gesagt, dass es wirklich zweihundert waren? Na, egal.«

Er legte den Schneeanzug hin und entschuldigte sich, um sich umziehen zu gehen, weil seine Jeans vom Schnee ganz nass geworden waren.

»Mach dir keine Gedanken«, sagte Debbie, als er weg war. »Ich geh mit dem kleinen Fräulein hier zum Spielen in den Schnee raus, damit ihr ein bisschen Ruhe habt. Du und Stuart habt gestern Abend so schrecklich frieren müssen. Bleibt ihr schön drinnen im Warmen, wenigstens so lange, bis wir was Neues von deinem Zug hören. Ich habe deiner Mom versprochen, auf dich aufzupassen. Also bleibst du lieber mit Stuart hier und ruhst dich aus. Trinkt eine schöne heiße Schokolade, esst was und kuschelt euch unter eine Decke . . .«

Unter normalen Umständen hätte ich angenommen, dass der letzte Satz heißen sollte: »Jeder kuschelt sich in seine eigene Decke, möglichst ein paar Meter voneinander entfernt und mit einem nur nachlässig angeketteten Wolf zwischen euch«, weil es das bei Eltern immer heißt. Bei Debbie hatte ich jedoch das Gefühl, dass ihr jede Art des Unter-die-Decke-Kuschelns recht gewesen wäre. Wenn wir das Bedürfnis hatten, unter einer Decke auf dem Sofa zu sitzen, um die Körperwärme des anderen zu speichern, würde sie nichts dagegen einzuwenden haben. Es war ihr sogar zuzutrauen, dass sie die Heizung herunterdrehte und alle Decken, bis auf eine einzige, versteckte. Sie nahm den Schneeanzug und machte sich auf die Suche nach Rachel.

Ich war so schockiert, dass ich meinen Kummer für kurze Zeit vergaß.

»Du siehst aus, als hättest du ein Gespenst gesehen«, sagte Stuart, als er zurückkam. »Hat meine Mom dir Angst gemacht?«

Ich lachte ein bisschen zu laut und erstickte fast an meinem Stück Kuchen und Stuart sah mich an wie am Abend zuvor im Waffelhaus, als ich über partielles Schwedentum und mein schlechtes Handynetz schwadroniert hatte. Aber er sagte nichts dazu. Er goss sich einen Kaffee ein und betrachtete mich aus dem Augenwinkel.

»Sie geht mit meiner Schwester nach draußen«, sagte er. »Eine Zeit lang sind wir dann wohl beide allein. Was möchtest du gern tun?«

Ich steckte mir noch mehr Kuchen in den Mund und schwieg.

KAPITEL ZEHN

Fünf Minuten später leisteten wir dem kleinen erleuchteten Flobie-Dorf im Wohnzimmer Gesellschaft. Stuart und ich saßen auf dem Sofa, aber nicht, wie Debbie vermutlich gehofft hatte, unter eine gemeinsame Decke gekuschelt. Wir hatten jeder eine und ich hatte die Beine unter mich gezogen, sodass meine Knie eine Art Schranke bildeten. Von oben hörte ich das gedämpfte Gebrüll von Rachel, die in ihren Schneeanzug gesteckt wurde.

Ich sah mir Stuart genau an und fand immer noch, dass er gut aussah. Anders als Noah. Noah war nicht makellos schön. Er hatte kein einziges hervorstechendes Merkmal, sondern bestand aus einer Vielzahl angenehm anzusehender Einzelaspekte, die zusammen genommen einen nach gängiger Meinung höchst attraktiven Gesamteindruck ergaben, der durch die Art, wie er sich anzog, noch weiter perfektioniert wurde. Er war in dieser Hinsicht kein Snob, aber Noah schien instinktiv vorhersehen zu können, was Trend werden würde. So steckte er zum Beispiel seine Hemden an einer Seite in den Bund und ließ die andere Seite darüberhängen. Dann bekam man einen Katalog in die Finger und jeder Typ darin trug sein Hemd genauso. Er war immer einen Schritt voraus.

An Stuart war nichts Gestyltes. Vermutlich interessierte er sich nicht mal besonders für seine Klamotten und hatte meiner Meinung nach nicht die leiseste Ahnung, was man mit Hemden und Jeans alles machen konnte. Er zog seinen Pullover aus und trug darunter ein schlichtes rotes T-Shirt, das Noah für viel zu gewöhnlich gehalten hätte, aber da so etwas für Stuart kein Kriterium war, sah es gut an ihm aus. Und obwohl es nicht eng anlag, konnte ich sehen, dass er ziemlich muskulös war. Manche Typen können einen ganz schön überraschen.

Falls er auch nur den blassesten Schimmer von den Plänen seiner Mutter hatte, so ließ er sich jedenfalls nichts anmerken. Er machte ein paar Witzchen über Rachels Geschenke und ich lächelte gezwungen und tat so, als würde ich ihm zuhören.

»Stuart!«, rief Debbie. »Kannst du mal raufkommen? Rachel steckt fest.«

»Bin gleich wieder da«, sagte er.

Er nahm zwei Stufen auf einmal und ich stand auf, um mir die Flobie-Häuser genauer anzusehen. Wenn ich Debbie über deren potenziellen Wert aufklärte, würde sie vielleicht aufhören, über Stuart zu reden. Aber es könnte genauso gut das Gegenteil bewirken und sie würde mich noch mehr ins Herz schließen.

Im oberen Stock fand eine gemurmelte Familienkonferenz statt. Ich hatte keine Ahnung, was mit Rachel und dem Schneeanzug passiert war, es hörte sich jedoch ziemlich kompliziert an. Stuart sagte: »Und wenn wir sie auf den Kopf stellen . . .?«

Eine andere Frage: Warum hatte er Chloe mir gegenüber nicht erwähnt? Wir waren zwar nicht die dicksten Freunde, aber wir schienen uns doch gut genug zu verstehen, dass er mich über Noah ausquetschte. Warum hatte er nichts gesagt, als ich von seiner Freundin gesprochen hatte, besonders, wenn Debbie richtig damit lag, dass er es jedem erzählte?

Nicht, dass es mir etwas ausmachte. Schließlich ging es mich nichts an. Stuart hatte seinen Kummer einfach nur für sich behalten wollen – wahrscheinlich, weil er keinerlei Absichten in Bezug auf mich hatte. Wir waren Freunde. Neue Freunde zwar, aber nichts weiter als Freunde. Ich war wohl die Letzte, die sich ein Urteil erlauben konnte über jemanden, dessen Eltern sich seltsam benahmen und ihn in eine peinliche Situation brachten. Ausgerechnet ich, mit meinen Eltern im Gefängnis und meinem mitternächtlichen Ausflug durch den Schneesturm. Für die kupplerischen Gene seiner Mutter konnte man ihn nun wirklich nicht verantwortlich machen.

Als die drei die Treppe herunterkamen (Stuart mit Rachel auf dem Arm, weil sie sich offensichtlich in ihrem Schneeanzug nicht bewegen konnte), fühlte ich mich schon viel entspannter. Stuart und ich waren beide Opfer unserer Eltern. In dieser Hinsicht war er für mich wie ein Bruder.

Als Debbie es schließlich geschafft hatte, die wie eine Mumie eingepackte Rachel nach draußen zu befördern, war ich wieder ganz ruhig. Ich würde eine ganz normale, angenehme Stunde mit Stuart verbringen. Ich war gern mit ihm zusammen und es gab keinen Grund, sich Sorgen zu machen. Kaum hatte die ganz normale, angenehme Stunde jedoch begonnen, fiel mir auf, dass Stuarts Gesicht sich verdüsterte. Vorsichtig sah er mich an.

»Darf ich dich was fragen?«, sagte er.

»Ähm . . .«

Nervös knetete er seine Finger. »Ich weiß nicht, wie ich es ausdrücken soll. Aber ich muss es wissen. Ich habe gerade mit meiner Mom gesprochen und . . .«

Nein. Nein, nein, nein, nein.

»Du heißt richtig Jubilee?«, sagte er. »Stimmt das?«

Erleichtert ließ ich mich aufs Sofa plumpsen, wodurch er ein bisschen in die Höhe hüpfte. Das Gespräch, das ich normalerweise fürchtete . . . jetzt war es das willkommenste, wunderbarste Thema überhaupt. Jubilee jubelte.

»Oh . . . ja, das stimmt. Sie hat es ganz richtig verstanden. Mein Name kommt von Jubilee Hall.«

»Wer ist Jubilee Hall?«

»Nicht wer. Was. Das ist eins der Flobie-Häuser. Ihr habt es nicht. Es ist schon okay. Du kannst ruhig lachen. Ich weiß, dass es albern ist.«

»Ich heiße wie mein Dad«, sagte er. »Mit erstem und zweitem Vornamen. Das ist genauso blöd.«

»Findest du?«, fragte ich.

»Ihr habt euer Dorf wenigstens noch«, sagte er fröhlich. »Mein Dad glänzte immer schon eher durch Abwesenheit.«

Das war ein gutes Argument, fand ich. Er schien nicht besonders verbittert zu sein wegen seines Dads. Es hörte sich so an, als wäre das alles längst vorbei und für sein jetziges Leben nicht mehr wichtig.

»Ich kenne überhaupt keine Stuarts«, sagte ich. »Außer Stuart Little. Und dir.«

»Genau. Wer nennt sein Kind schon Stuart?«

»Wer nennt sein Kind Jubilee? Das ist überhaupt kein richtiger Name. Nicht mal eine Sache. Was ist ein Jubilee?«

»Könnte eine Party sein«, sagte er. »Du bist eine große Party auf Tournee.«

»Na, ich weiß nicht.«

»Komm«, sagte er, stand auf und griff nach einem von Rachels Geschenken. Es war ein Brettspiel namens *Mausefalle*. »Wir spielen was.«

»Das gehört deiner kleinen Schwester«, sagte ich.

»Na und? Ich werde es sowieso mit ihr spielen müssen.

Da kann ich jetzt schon mal lernen, wie es geht. Sieht so aus, als würde es aus einer ganzen Menge Teile bestehen. Sieht aus, als könnten wir damit gut die Zeit totschlagen.«

»Ich schlage nie die Zeit tot«, sagte ich. »Ich habe immer das Gefühl, etwas tun zu müssen.«

»Und was?«

»Na, so was wie . . .«

Mir fiel nichts ein. Ich war sonst immer irgendwohin unterwegs. Noah war niemand, der seine Zeit vertrödelte. Wenn wir Spaß haben wollten, brachten wir die Website der Schülermitverwaltung auf den neuesten Stand.

»Ich stelle fest«, sagte Stuart und nahm den Deckel des *Mausefalle*-Spiels ab, »dass du offenbar ein rasantes Leben in der Großstadt führst. Wo auch immer du herkommst.«

»Richmond.«

»Rasantes Richmond. Aber hier in Gracetown ist es so was wie eine Kunstform, die Zeit totzuschlagen. Also . . . welche Farbe nimmst du?«

Ich weiß nicht, was Debbie und Rachel gemacht haben, sie waren schon mindestens seit zwei Stunden draußen im Schnee – jedenfalls spielten Stuart und ich die ganze Zeit *Mausefalle*. Beim ersten Mal spielten wir es nach den Spielregeln, aber da gibt es jede Menge Schnickschnack und Dinge, die sich drehen und Kugeln fallen lassen. Für ein Kinderspiel ist es ziemlich kompliziert.

Beim zweiten Mal erfanden wir lauter neue Regeln, die uns viel besser gefielen. Es machte richtig viel Spaß mit Stuart – so viel Spaß, dass mir gar nicht (oder jedenfalls kaum) auffiel, wie lange Noahs Anruf auf sich warten ließ. Als das Telefon klingelte, fuhr ich zusammen.

Stuart ging dran, weil wir ja bei ihm zu Hause waren, und er gab mir den Hörer mit einem seltsamen Gesichtsausdruck, als passte es ihm irgendwie nicht.

»Wer war das denn?«, fragte Noah.

»Stuart. Ich bin bei ihm zu Hause.«

»Hast du nicht gesagt, du fährst nach Florida?«

Im Hintergrund hörte ich eine Menge Lärm. Musik, redende Leute. So wie es eben zu Weihnachten bei ihnen zu Hause zuging.

»Mein Zug ist stecken geblieben«, sagte ich. »In einer Schneeverwehung. Ich bin ausgestiegen und in ein Waffelhaus gegangen und . . .«

»Warum bist du ausgestiegen?«

»Wegen der Cheerleader«, sagte ich und seufzte.

»Cheerleader?«

»Egal, dann habe ich Stuart kennengelernt und jetzt bin ich bei seiner Familie. Auf dem Weg sind wir in einen zugefrorenen Bach eingebrochen. Es geht mir gut, aber . . .«

»Wow!«, sagte Noah. »Das hört sich nach einer Menge Probleme an.«

Endlich. Er fing an, es zu begreifen.

»Hör mal«, sagte er. »Wir gehen jetzt unsere Nachbarn besuchen. Ich ruf dich in einer Stunde wieder an, dann kannst du mir die ganze Geschichte erzählen.«

Ich war so schockiert, dass ich den Hörer kurz vom Ohr weghalten musste. »Noah«, sagte ich und drückte den Hörer wieder ans Ohr. »Hast du gehört, was ich gerade gesagt habe?«

»Hab ich. Du musst mir unbedingt alles ganz genau erzählen. Wir bleiben nicht so lange. Eine oder zwei Stunden vielleicht.«

Und weg war er. Schon wieder.

»Das ging aber schnell«, sagte Stuart, als er in die Küche kam und an den Herd ging. Er stellte den Kessel auf.

»Er musste irgendwohin«, sagte ich lahm.

»Also hat er einfach aufgelegt? Das ist ja blöd.«

»Wieso blöd?«

»Ich mein ja nur. Ich würde mir Sorgen machen. Ich mach mir immer Sorgen.«

»Du siehst aber nicht aus, als würdest du dir gerade Sorgen machen«, grollte ich. »Du siehst richtig glücklich aus.«

»Man kann glücklich sein und sich trotzdem Sorgen machen. Ich mach mir totale Sorgen.«

»Worüber?«

»Na, zum Beispiel dieser Schneesturm«, sagte er und zeigte nach draußen. »Ich mach mir Sorgen, dass mein Auto vom Schneepflug überrollt werden könnte.«

»Überaus tiefsinnig«, sagte ich.

»Was wolltest du hören?«

»Ich wollte gar nichts hören«, entgegnete ich. »Aber was ist, wenn dieser Schneesturm was mit dem Klimawechsel zu tun hat? Oder was ist mit Leuten, die krank werden und wegen des Schnees nicht ins Krankenhaus gebracht werden können?«

»Ist es das, was Noah sagen würde?«

Dieser unerwartete Seitenhieb auf meinen Freund passte mir überhaupt nicht. Nicht dass Stuart danebenläge. Es waren exakt die Dinge, die Noah gesagt hätte. Irgendwie unheimlich.

»Du hast mich was gefragt«, sagte er, »und ich habe dir geantwortet. Darf ich dir was sagen, was du unter keinen Umständen hören willst?«

»Nein.«

»Er wird mit dir Schluss machen.«

Es war wie ein Schlag in den Magen.

»Ich versuche nur, dir zu helfen, und es tut mir leid«, fuhr er fort und sah mir ins Gesicht. »Aber er wird mit dir Schluss machen.«

Schon während er es sagte, spürte ich, dass Stuart wahrscheinlich recht hatte, so schrecklich es auch war. Noah ging mir aus dem Weg, als wäre ich eine Pflicht, die er zu erfüllen hatte – aber in der Regel ging Noah Pflichten nicht aus dem Weg. Er erfüllte sie gern. Ich war die berühmte Ausnahme von der Regel. Der schöne, beliebte, in jeder Hinsicht begabte Noah schob mich beiseite. Das tat höllisch weh. Ich hasste Stuart, weil er das gesagt hatte, und ich wollte, dass er es wusste.

»Sagst du das wegen Chloe?«, fragte ich.

Das saß. Stuart fuhr zurück. Er bewegte seinen Kiefer ein paarmal hin und her, dann fasste er sich wieder.

»Lass mich raten«, sagte er. »Meine Mom hat dir alles erzählt.«

»Sie hat mir nicht alles erzählt.«

»Es hat überhaupt nichts mit Chloe zu tun«, sagte er.

»Nein?«, erwiderte ich. Ich hatte keine Ahnung, was zwischen Stuart und Chloe vorgefallen war, aber ich hatte die Reaktion bekommen, die ich wollte.

Er stand auf und sah plötzlich sehr groß aus.

»Chloe hat überhaupt nichts damit zu tun«, wiederholte er. »Willst du wissen, woher ich weiß, was passieren wird?«

Eigentlich nicht. Nein. Aber Stuart würde es mir trotzdem erzählen.

»Zuerst mal meldet er sich nicht, obwohl Weihnachten ist. Wer macht denn so was? Jemand, der Schluss machen will. Und weißt du auch, warum? Weil er Panik hat vor Feiertagen. Weihnachten, Geburtstage, Jubiläen . . . er kriegt ein schlechtes Gewissen und weiß nicht, wie er mit dir umgehen soll.«

»Er ist nur beschäftigt«, sagte ich lahm. »Er hat eine Menge um die Ohren.«

»Oh ja, unbedingt. Wenn ich eine Freundin hätte und ihre Eltern wären Weihnachten verhaftet worden und sie müsste mit dem Zug durch diesen Schneesturm fahren ... ich würde mein Handy die ganze Nacht lang nicht aus der Hand legen. Und ich würde drangehen. Beim allerersten Klingeln. Jedes Mal. Ich würde sie anrufen, um zu hören, wie es ihr geht.«

Ich schwieg. Er hatte recht. Das war genau das, was Noah hätte tun sollen.

»Und dann erzählst du ihm noch, dass du in einer fremden Stadt gelandet und in einen zugefrorenen Bach gefallen bist. Und er legt auf? Ich würde mich sofort auf den Weg machen, Schnee hin oder her. Vielleicht hört sich das blöd an, aber ich würde es machen. Und falls du einen Rat von mir willst: Wenn er nicht mit dir Schluss macht, dann solltest *du* ihn zum Teufel jagen.«

All das kam in großer Eile aus Stuart heraus, als würden seine Worte von irgendeinem emotionalen Aufruhr tief in seinem Inneren nach oben geschubst. Aber es schwang eine große Ernsthaftigkeit darin mit und es war ... anrührend. Weil er jedes einzelne Wort ernst meinte. Stuart hatte all das gesagt, was Noah hätte sagen sollen. Ich glaube, er hatte ein schlechtes Gewissen, weil er unruhig hin und her rutschte und wissen wollte, welchen Schaden er angerichtet hatte. Nach ein oder zwei Minuten fühlte ich mich wieder in der Lage, den Mund aufzumachen.

»Ich brauche eine Minute«, sagte ich schließlich. »Kann ich irgendwo ... wo kann ich hingehen?«

»In mein Zimmer«, schlug er vor. »Das zweite links. Es ist ziemlich unordentlich, aber . . .«

Ich stand vom Tisch auf.

KAPITEL ELF

Stuart hatte nicht übertrieben. Sein Zimmer war unordentlich. Es war das glatte Gegenteil von Noahs Zimmer. Der einzig aufrecht stehende Gegenstand stand auf dem Schreibtisch und war ein Bilderrahmen mit dem Foto, das ich schon in seiner Brieftasche gesehen hatte. Ich schaute es mir genauer an. Chloe war ein echter Hingucker. Lange dunkelbraune Haare. Wimpern, mit denen man den Fußboden hätte fegen können. Ein breites, strahlendes Lächeln, ein natürlich gebräunter Teint, ein paar Sommersprossen. Sie war hübsch vom Kopf bis zu den Zehenspitzen.

Ich setzte mich auf sein ungemachtes Bett und versuchte nachzudenken, hörte aber nur ein leises Summen in meinem Kopf. Unten spielte jemand richtig gut Klavier. Stuart arbeitete sich durch ein paar Weihnachtslieder. Er hatte seinen eigenen Stil und nudelte die Songs nicht einfach nur routiniert herunter. Er hätte durchaus in einem Restaurant oder in einer Hotellobby auftreten können. Wahrscheinlich sogar an besseren Orten, aber es waren die einzigen Orte, wo ich schon mal Klavierspieler gesehen hatte. Vor dem Fenster kuschelten sich zwei kleine Vögel auf einem Zweig aneinander und schüttelten den Schnee aus ihren Federn.

Auf dem Fußboden stand ein Telefon. Ich hob es auf und wählte. Noah hörte sich eine kleine Spur gereizt an, als er sich meldete.

»Hey«, sagte er. »Was ist denn? Wir gehen gleich und . . .«

»In den letzten vierundzwanzig Stunden sind meine Eltern verhaftet worden. Ich wurde in einen Zug gesetzt, der in einem Schneesturm stecken geblieben ist. Ich bin mit Plastiktüten auf dem Kopf meilenweit durch hohen Schnee gestapft. Ich bin in einen Bach gefallen und hänge in einer fremden Stadt fest bei Leuten, die ich nicht kenne. Und deine Entschuldigung dafür, dass du nicht reden kannst, ist . . . ja, was denn eigentlich? Dass Weihnachten ist?«

Das brachte ihn zum Schweigen. Was ich eigentlich nicht beabsichtigt hatte, aber ich war froh, dass er überhaupt so was wie Schamgefühl an den Tag legte.

»Willst du überhaupt noch mit mir zusammen sein?«, fragte ich. »Sei ehrlich, Noah.«

Am anderen Ende der Leitung blieb es lange still. Zu

lange für eine Antwort wie Ja. Du bist die Liebe meines Lebens.

»Lee«, sagte Noah mit leiser, angespannter Stimme. »Das ist jetzt nicht der richtige Zeitpunkt, darüber zu sprechen.«

»Warum nicht?«, fragte ich.

»Es ist Weihnachten.«

»Sollte man da nicht gerade miteinander reden?«

»Du weißt doch, was hier los ist.«

»Nun«, sagte ich und merkte selbst, wie wütend ich mich anhörte, »du wirst wohl oder übel mit mir reden müssen, weil ich nämlich Schluss mache mit dir.«

Ich konnte kaum glauben, was ich da gesagt hatte. Die Worte schienen aus meinem tiefsten Inneren zu kommen, tiefer als von dort, wo Worte oder Gedanken normalerweise herkommen ... von irgendeiner Stelle in mir, die ich bisher nicht gekannt hatte.

Es blieb lange still.

»Okay«, sagte er. Seinem Tonfall ließ sich nichts entnehmen. Vielleicht war es Trauer. Vielleicht Erleichterung. Er bat mich nicht, meine Worte zurückzunehmen. Er weinte nicht. Er sagte einfach nichts.

»Und?«, fragte ich.

»Und was?«

»Hast du gar nichts dazu zu sagen?«

»Irgendwie wusste ich es schon eine Zeit lang«, sagte er. »Ich habe auch selbst darüber nachgedacht. Und wenn du es genau wissen willst, ich glaube, dass es besser so ist und . . .«

»Fröhliche Weihnachten«, sagte ich und legte auf. Meine Hände zitterten. Eigentlich mein ganzer Körper. Ich saß auf Stuarts Bett und schlang die Arme um mich. Unten hörte die Musik auf und das ganze Haus ertrank in Stille.

Stuart tauchte an der Tür auf und spähte vorsichtig ins Zimmer. »Ich wollte nur nachsehen, ob alles in Ordnung ist«, sagte er.

»Ich hab's getan«, antwortete ich. »Ich hab angerufen und es hinter mich gebracht.«

Stuart kam herein und setzte sich. Er legte nicht den Arm um mich, sondern saß einfach nur neben mir, ziemlich dicht, aber doch mit ein bisschen Abstand.

»Er schien nicht überrascht zu sein«, sagte ich.

»Das sind Arschlöcher nie. Was hat er gesagt?«

»Irgendwas, dass er es schon eine Zeit lang gewusst hat, dass es vermutlich besser so ist.«

Aus irgendeinem Grund bekam ich einen Schluckauf. Wir saßen eine Weile schweigend da. In meinem Kopf drehte sich alles.

»Chloe war wie Noah«, sagte er schließlich. »So richtig . . . perfekt. Schön. Gut in der Schule. Sie sang, sie engagierte sich sozial und sie war – das wird dir gefallen – bei den Cheerleadern.«

»Hört sich an wie der Hauptgewinn«, sagte ich grimmig.

»Ich habe nie verstanden, warum sie mit mir zusammen

war. Ich war nur irgendjemand und sie war Chloe Newland. Wir sind vierzehn Monate lang zusammen gewesen. Soweit ich weiß, waren wir echt glücklich. Ich jedenfalls. Das einzige Problem war, dass sie immer so viel zu tun hatte, und es wurde immer noch mehr. Sie hatte zu viel zu tun, um an meinem Spind oder bei mir zu Hause vorbeizukommen, um anzurufen oder zu mailen. Also ging ich zu ihr nach Hause. Und rief bei ihr an. Und schickte ihr Mails.«

All das kam mir schrecklich bekannt vor.

»Eines Abends«, fuhr er fort, »wollten wir zusammen lernen, aber sie kam einfach nicht. Ich fuhr zu ihr nach Hause, aber ihre Mom sagte, sie wäre nicht da. Und dann fing ich an, mir Sorgen zu machen, weil sie mir normalerweise wenigstens eine SMS schickte, wenn sie eine Verabredung absagen musste. Also fuhr ich herum und hielt nach ihrem Wagen Ausschau – ich meine, in Gracetown gibt es nicht allzu viele Orte, wo man hingehen kann. Ich fand ihn schließlich vor Starbucks, was nicht ungewöhnlich war. Wir lernen oft da, weil . . . wie viele andere Möglichkeiten haben wir denn schon? Manchmal bleibt einem eben nur die Wahl zwischen Pest und Cholera.«

Er fuchtelte jetzt wie wild mit den Händen herum und zerrte an seinen Fingern.

»Ich dachte«, sagte er scharf, »ich hätte mich vertan und wir hätten verabredet, bei Starbucks zu lernen, und ich hätte es nur vergessen. Chloe kam nicht besonders gern zu uns. Manchmal ging ihr Mom ein bisschen auf die Nerven, wie du dir vielleicht vorstellen kannst.«

Er sah auf, als würde er erwarten, dass ich lachte. Ich schaffte nur ein kleines Lächeln.

»Ich war so erleichtert, als ich ihr Auto da stehen sah. Beim Rumfahren war ich immer nervöser geworden. Ich kam mir vor wie ein Idiot. Natürlich saß sie bei Starbucks und wartete auf mich. Ich ging hinein, aber sie saß an keinem der Tische. Eine Freundin von mir, Addie, arbeitet dort hinter dem Tresen. Ich fragte sie, ob sie Chloe gesehen hätte, weil ihr Auto vor der Tür stand.«

Stuart fuhr sich mit der Hand durch die Haare, bis sie senkrecht vom Kopf abstanden. Ich verkniff mir den Wunsch, sie wieder glatt zu streichen. Außerdem gefiel er mir so auch ganz gut. Irgendwie trug seine dichte Mähne dazu bei, dass ich mich besser fühlte – sie nahm etwas von dem Schmerz in meiner Brust weg.

»Addie guckte total traurig und sagte: ›Ich glaube, sie ist auf der Toilette.‹ Ich konnte mir nicht vorstellen, was daran so schrecklich traurig sein sollte. Also bestellte ich was zu trinken für Chloe und mich, setzte mich und wartete. Bei Starbucks gibt es nur die eine Toilette, sodass sie irgendwann rauskommen musste. Ich hatte weder meinen Computer noch Bücher dabei, deshalb starrte ich nur auf die bemalte Wand, wo die Toilettentür ist. Ich dachte darüber nach, wie blöd ich gewesen war, mich über sie zu ärgern, und dass ich sie hatte warten lassen, und dann merkte ich, dass sie schon sehr, sehr lange auf der Toilette war und dass Addie mich immer noch so bekümmert ansah. Addie ging hin und klopfte an die Tür und Chloe kam raus. Zusammen mit Todd, dem Puma.«

»Todd, dem Puma?«

»Es ist kein Spitzname. Er ist wirklich der Puma. Er ist unser Maskottchen. Er trägt das Pumakostüm und macht die Pumatänze und so. Einen Moment lang versuchte ich, es auf die Reihe zu kriegen . . . mir vorzustellen, warum Chloe und Todd, der Puma, zusammen auf der Starbucks-Toilette gewesen waren. Zuerst hoffte ich wohl, dass es nichts Schlimmes gewesen sein konnte, weil jeder zu wissen schien, warum sie da drin gewesen waren. Aber als ich erst Addie und dann Chloe ins Gesicht guckte – Todd hab ich nicht angesehen – hat es *Klick* gemacht. Ich weiß bis heute nicht, ob sie da reingegangen sind, weil sie mich kommen sahen, oder ob sie schon eine Zeit lang drin gewesen waren. Wenn man sich vor seinem Freund zusammen mit dem Puma auf dem Klo versteckt – dann sind die Details plötzlich nicht mehr so wichtig.«

Kurzfristig dachte ich nicht mehr an mein Telefongespräch. Ich war mit Stuart zusammen bei Starbucks und sah eine Cheerleaderin, die ich nicht kannte, mit Todd, dem Puma, aus dem Klo kommen. In meiner Fantasie trug er das Pumakostüm, was in Wirklichkeit wahrscheinlich eher nicht der Fall gewesen war.

»Und was hast du gemacht?«, fragte ich.

»Nichts.«

»Nichts?«

»Nichts. Ich stand nur da und dachte, ich müsste mich auf der Stelle übergeben. Aber Chloe wurde wütend. Auf mich.«

»Wie geht das denn?«, fragte ich und wurde an seiner Stelle wütend.

»Ich glaube, sie ärgerte sich darüber, dass ich sie erwischt hatte, und konnte einfach nicht anders reagieren. Sie warf mir vor, dass ich ihr nachspionierte. Sie nannte mich besitzergreifend. Sie sagte, ich würde sie total unter Druck setzen. Sie meinte das wohl in emotionaler Hinsicht – glaube ich jedenfalls –, aber es hörte sich einfach nur schrecklich an. Und als Krönung des Ganzen stellte sie mich vor allen Leuten im Starbucks – und das heißt so gut wie vor der ganzen Stadt, weil hier nichts geheim bleibt – als Lustmolch hin. Ich wollte ihr sagen: ›Du bist doch diejenige, die mit dem Puma auf dem Starbucks-Klo rummacht. Ich bin nicht der Bösewicht in dieser Geschichte.‹ Aber das sagte ich nicht, weil ich buchstäblich überhaupt nichts sagen konnte. Also muss es so ausgesehen haben, als gäbe ich ihr recht. Als gäbe ich zu, ein besitzergreifender, lüsterner, sexbesessener Stalker zu sein ... und nicht der Typ, der in sie verliebt war, der seit mehr als einem Jahr in sie verliebt war, der alles für sie getan hätte ...«

Nach diesem Vorfall hatte es sicher eine Zeit gegeben, in der Stuart diese Geschichte andauernd erzählte, aber das war eindeutig schon etwas länger her. Er war nicht mehr in Übung. Sein Gesichtsausdruck änderte sich kaum – alle seine Gefühle schienen in seinen Händen zu stecken. Er hatte aufgehört, damit herumzufuchteln, und jetzt zitterten sie, wenn auch nur ein bisschen.

»Schließlich ging Addie mit ihr vor die Tür und redete mit ihr«, sagte er. »Das war das Ende. Und ich bekam einen Latte aufs Haus. Damit der Verlust nicht ganz so groß war. Ich wurde berühmt als der Junge, der in aller Öffentlichkeit abserviert wurde, als seine Freundin ihn mit dem Puma betrog. Wie auch immer ... Ich hab dir das mit Absicht alles erzählt. Weil dieser Typ da ...«

Er zeigte anklagend auf das Telefon.

»... ein Arsch ist. Auch wenn du das im Moment vielleicht nicht so sehen kannst.«

Erinnerungen an das vergangene Jahr rasten mir durch den Kopf, aber jetzt sah ich alles aus einem anderen Blickwinkel. Ich sah mich, wie ich an Noahs Hand hinter ihm her durch die Halle gezerrt wurde und wie er auf dem Weg mit jedem sprach, außer mit mir. Bei Basketballspielen in der Schule saß ich mit ihm in der ersten Reihe, obwohl er genau wusste, dass ich Angst hatte, dort zu sitzen, seitdem ich einmal einen verirrten Ball ins Gesicht bekommen hatte. Trotzdem saßen wir dort; ich vor lauter Angst wie erstarrt, bei einem Spiel, das mich eigentlich überhaupt nicht interessierte. Ja, und beim Mittagessen hockte ich zwar neben den angesehensten Oberstufenschülern, aber die Gespräche waren ziemlich eintönig. Sie sprachen immer nur darüber, wie viel sie alle zu tun hatten und wie sie ihre Bewerbungen fürs College abfassen wollten. Dass sie sich mit Collegevermittlern trafen. Wie sie ihre Termine online organisierten. Von wem sie Empfehlungsschreiben bekamen.

Mein Gott . . . seit einem Jahr hatte ich mich gelangweilt. Ich hatte seit Ewigkeiten nicht mehr über mich gesprochen. Stuart sprach über mich. Er schenkte mir Aufmerksamkeit. Ein komisches Gefühl, fast ein bisschen zu intim, aber doch großartig. Mir kamen die Tränen.

Als er das sah, gewann Stuart seine Fassung zurück und breitete ein bisschen die Arme aus, als wollte er mich auffordern, mich nicht länger zwanghaft zusammenzunehmen. An irgendeinem Punkt waren wir etwas näher zusammengerückt und es herrschte eine Art erwartungsvolle Atmosphäre. Als ob ein Zusammenbruch bevorstünde. Ich spürte, dass ich kurz vor einem Heulkrampf war. Das machte mich wütend. Das war Noah nicht wert. Ich würde nicht anfangen zu weinen.

Stattdessen küsste ich ihn.

Ich meine, ich küsste ihn richtig. Ich stieß ihn nach hinten. Er küsste mich zurück. Es war ein guter Kuss. Weder zu trocken noch zu nass. Es war alles ein bisschen hektisch, weil wir beide nicht darauf vorbereitet waren. Alles, was wir dachten, war: *Oh, super! Küssen! Schnell! Schnell! Mehr Bewegung! Mehr Zunge!*

Wir brauchten ungefähr eine Minute, um uns von dem Schreck zu erholen und es etwas langsamer angehen zu lassen. Gerade als ich das Gefühl hatte hinwegzuschweben, ertönte von unten ein lautes Stampfen und Krachen und Schreien. Offensichtlich hatten Debbie und Rachel genau diesen Moment gewählt, um von ihrem persönlichen Schlittenrennen durch Gracetown heimzukehren und die Hunde auszuspannen. Sie kamen so übertrieben laut ins Haus gestampft, wie es nur bei Schnee oder Regen der Fall ist. (Warum wird man lauter, wenn es draußen nass ist?)

»Stuart! Jubilee! Ich hab Törtchen mitgebracht vom Weihnachtsmann!«, rief Debbie.

Wir bewegten uns nicht. Stuart lag wie festgenagelt unter mir. Wir hörten, wie sie die Treppe heraufkam und stehen blieb, als sie das Licht in seinem Zimmer sah.

Andere Eltern hätten so etwas gesagt wie »Wenn ihr nicht auf der Stelle rauskommt, hetz ich den Tiger auf euch!«. Aber Debbie war nicht wie andere Eltern. Wir hörten, wie sie kicherte und dann leise wieder nach unten ging und sagte: »Psst! Rachel! Komm mit Mommy! Stuart ist beschäftigt!«

Debbies plötzliches Auftauchen in dieser Situation drehte mir den Magen um. Stuart verdrehte entsetzt die Augen. Ich ließ ihn los und er sprang auf.

»Ich geh besser nach unten«, sagte er. »Bist du okay? Brauchst du was oder . . .?«

»Mir geht's prima!«, sagte ich in einem plötzlichen, verrückten Anfall von Begeisterung. Aber Stuart kannte meine Taktiken mittlerweile, meine Versuche, nicht verrückt zu erscheinen.

Er machte das einzig Vernünftige und verließ fluchtartig das Zimmer.

KAPITEL ZWÖLF

Willst du wissen, wie lange ich gebraucht habe, um mit meinem »perfekten« Freund Schluss zu machen und mit einem anderen Typen rumzumachen? Es hatte ... warte kurz ... dreiundzwanzig Minuten gedauert. (Als ich zum Telefon ging, hatte ich auf Stuarts Uhr geguckt. Nicht dass du denkst, ich hätte eine Stoppuhr benutzt.)

Auch wenn es mir am liebsten gewesen wäre, ich konnte mich nicht ewig oben verstecken. Früher oder später würde ich nach unten gehen und der Welt ins Gesicht sehen müssen. Ich saß an der geöffneten Tür und lauschte, was unten vor sich ging. Die meiste Zeit hörte ich nur, wie Rachel irgendwelches Spielzeug herumwarf, und dann ging jemand nach draußen. Das schien mir ein günstiger Zeitpunkt zu sein.

Leise schlich ich nach unten. Im Wohnzimmer war Rachel mit *Mausefalle* beschäftigt, das noch auf dem Tisch stand. Sie lächelte mich strahlend an und zeigte dabei alle ihre Zähne.

»Hast du mit Stuart gespielt?«, fragte sie.

Die Frage war doppeldeutig. Ich war ein verdorbenes Weib, und das wusste selbst eine Fünfjährige.

»Ja«, sagte ich so würdevoll, wie ich konnte. »Wir haben *Mausefalle* gespielt. Wie war's im Schnee, Rachel?«

»Mommy hat gesagt, dass Stuart dich mag. Ich kann mir eine Glaskugel in die Nase stecken. Willst du mal sehen?«

»Nein, das solltest du lieber nicht . . .«

Rachel steckte sich eine der *Mausefalle*-Kugeln in die Nase, holte sie wieder raus und hielt sie mir hin. »Siehst du?«, sagte sie.

Ja, ich sah es.

»Jubilee? Bist du das?«

Debbie erschien an der Küchentür. Sie sah erhitzt aus und angestrengt und ziemlich nass.

»Stuart ist mal eben über die Straße gegangen und hilft Mrs Addler, ihre Einfahrt freizuschaufeln«, sagte sie. »Er hat gesehen, wie sie sich abgemüht hat. Sie hat ein Glasauge und einen schlimmen Rücken. Hattet ihr zwei . . . einen netten Nachmittag?«

»Wunderbar«, sagte ich steif. »Wir haben *Mausefalle* gespielt.«

»Nennt man das heutzutage so?«, fragte sie und bedachte mich mit einem furchterregenden Grinsen. »Ich muss Rachel schnell in die Badewanne stecken. Du kannst dir gern einen Kakao machen oder was immer du sonst möchtest!«

Sie unterbrach sich, bevor sie »du zukünftige Kindsbraut meines einzigen Sohnes« hinzufügen konnte.

Mit einem betonten »Komm, jetzt können wir nach oben gehen«, fing sie Rachel ein und überließ mich meinem Kakao und meiner Scham und meinem Elend. Ich ging ans Wohnzimmerfenster und schaute hinaus. Wie sie gesagt hatte, war Stuart draußen und ging seiner hilfsbedürftigen Nachbarin zur Hand. Natürlich wollte er mir aus dem Weg gehen. Das war nur allzu verständlich. Ich hätte dasselbe getan. Die Erwartung, dass es mit mir immer schlimmer werden würde, war absolut nachvollziehbar. Es würde immer weiter bergab gehen, ich würde immer tiefer in einen Strudel aus kopflosem und überwiegend unerklärlichem Verhalten geraten. Ich stand total unter Strom, genau wie meine Eltern, als sie verhaftet wurden. Da war es besser für ihn, tonnenweise Schnee für die glasäugige Nachbarin zu schippen und zu hoffen, dass ich verschwinden würde.

Und genau das musste ich tun. Verschwinden. Aus diesem Haus und aus seinem Leben, solange mir noch ein kleiner Rest Würde blieb. Ich würde zu meinem Zug zurückgehen, der wahrscheinlich ohnehin bald die Stadt verließ.

Sobald ich diese Entscheidung getroffen hatte, beeilte ich mich. Ich lief in die Küche, nahm mein Handy von der Anrichte, schüttelte es ein bisschen und drückte die

AN/AUS-Taste. Ich erwartete nicht, dass es funktionieren würde, aber es erwies sich als gnädig. Nach einem Moment des Zögerns kämpfte es sich ins Leben zurück. Das Display war verrutscht und die Buchstaben waren durcheinandergeraten, aber es lebte.

Meine Anziehsachen, Mantel, Schuhe und Rucksack befanden sich in unterschiedlichen Trocknungsgraden in der Waschküche neben der Küche. Ich zog sie an und legte den Jogginganzug auf die Waschmaschine. Aus einem Behälter in der Ecke nahm ich mir ungefähr zehn Plastiktüten. Ich hatte ein schlechtes Gewissen, einfach etwas wegzunehmen, ohne zu fragen, aber Plastiktüten zählen eigentlich nicht als »etwas«. Sie sind so was wie Papiertaschentücher, nur billiger. Zuletzt nahm ich noch einen Kofferanhänger mit ihrer Adresse drauf aus einem Regalfach. Wenn ich wieder zu Hause war, würde ich ihnen eine Nachricht schicken. Wenn ich schon eine Geisteskranke war, dann wenigstens eine Geisteskranke, die wusste, was sich gehörte.

Natürlich musste ich durch die Hintertür hinaus, die, durch die wir gestern Abend gekommen waren. Wenn ich die Haustür nähme, würde Stuart mich sehen. Vor der Hintertür lag der Schnee mindestens einen halben Meter hoch – und es war nicht länger der matschige, nasse Schnee der vergangenen Nacht. In der Kälte war er fest geworden. Aber ich wurde von der geballten Mischung aus Verwirrung und Panik angetrieben, die, wie gesagt, immer auf der Lauer liegt und allzeit bereit ist. Ich warf mich mit meinem ganzen Gewicht gegen die Tür und spürte, wie sie ruckte und zuckte. Ich hatte Angst, dass sie unter dem Druck vielleicht kaputtgehen könnte, was mein Verschwinden in einem komplett anderen Licht erscheinen lassen würde. Ich sah es ganz deutlich vor mir: Stuart oder Debbie würden die kaputte Tür entdecken, die aus den Angeln gerissen im Schnee lag. »Sie kam, vergewaltigte den Jungen, stahl Plastiktüten und demolierte bei ihrer Flucht die Tür«, würde es im Polizeiprotokoll heißen. »Wahrscheinlich auf dem Weg, ihre Eltern gewaltsam aus dem Gefängnis zu befreien.«

Ich schaffte es, die Tür so weit zu öffnen, dass ich mich hindurchquetschen konnte, wobei ich meinen Rucksack zerriss und mir den Arm zerschrammte. Als ich draußen war, klemmte die Tür, sodass ich weitere zwei oder drei Minuten brauchte, bis ich sie zumachen konnte. Nachdem das erledigt war, stand ich vor dem nächsten Problem. Ich konnte nicht den Weg nehmen, den wir gekommen waren, weil ich nicht noch einmal in den zugefrorenen Bach fallen wollte. Außerdem hätte ich den Weg gar nicht mehr gefunden. Unsere Spuren waren längst zugeschneit. Ich stand auf einer kleinen Anhöhe und blickte auf eine Gruppe struppiger, kahler Bäume und die Rückseiten von Dutzenden gleich aussehender Häuser. Das Einzige, was ich ganz genau wusste, war, dass der Bach irgendwo dort unten war, vermutlich da, wo die Bäume standen. Es erschien mir am sichersten, dicht an den Häusern zu bleiben und mich durch ein paar Hinterhöfe zu schleichen. Dann könnte ich zur Straße zurückgehen und von dort würde ich wahrscheinlich problemlos den Weg zur Autobahn, zum Waffelhaus und zu meinem Zug finden.

So viel zu meiner Bemerkung von vorhin über mich und meine Vermutungen.

Die Siedlung, in der Stuart wohnte, war nicht so logisch und ordentlich angeordnet wie die Straßen im Flobie-Weihnachtsdorf. Diese Häuser hier waren nach einem besorgniserregenden Zufallsprinzip aufgestellt worden – in ungleichmäßigen Abständen, schief und krumm, so als ob der Architekt, wer immer das gewesen sein mochte, gesagt hätte: »Wir folgen einfach dieser Katze hier und wo sie sich hinsetzt, bauen wir etwas hin.« Die Orientierung fiel mir so schwer, dass ich keine Ahnung hatte, wo sich die Straße befinden könnte. Nichts war geräumt worden und die Straßenlaternen waren ausgeschaltet. Anstelle des verrückten Rosas von gestern Abend war der Himmel jetzt weiß. Es war der monotonste Anblick, den ich je gesehen hatte, und ich hatte keinen blassen Schimmer, wie ich gehen musste.

Auf meinem Weg durch die Siedlung hatte ich Zeit genug, darüber nachzudenken, wie ich mich in diese Situation manövriert hatte. Wie sollte ich meinen Eltern erklären, dass ich mich von Noah getrennt hatte? Sie liebten Noah. Nicht so sehr wie mich natürlich, aber sie liebten ihn. Meine Eltern waren erkennbar stolz darauf, dass ich so einen beeindruckenden Freund hatte. Aber meine Eltern saßen wegen eines Flobie-Elfenhotels im Gefängnis, deshalb waren ihnen wahrscheinlich andere Dinge im Moment wichtiger. Außerdem, wenn ich ihnen sagte, dass ich froh war über den Bruch mit Noah, würden sie es akzeptieren.

Aber meine Freunde, meine Mitschüler ... sie würden es nicht so leicht verstehen. Auch wenn ich nicht wegen der Privilegien, die ich als seine Freundin genoss, mit Noah zusammen gewesen war – das waren lediglich Begleiterscheinungen gewesen.

Und da war natürlich auch noch Stuart.

Stuart, der gerade miterlebt hatte, wie ich eine volle Ladung von Gefühlen und Erfahrungen abbekommen hatte. Er kannte mein Meine-Eltern-sind-im-Gefängnis-Ich, mein Ich-hänge-in-einer-fremden-Stadt-fest-Ich, mein Ich-bin-verrückt-und-kann-nicht-aufhören-zu-reden-Ich, mein Ich-mach-mich-lustig-über-den-komischen-Kerl-der-versucht-mir-zu-helfen-Ich, mein Ich-mach-Schluss-Ich und das besonders beliebte Ich-spring-ganz-unerwartet-auf-dich-drauf-Ich.

Ich hatte es wirklich so richtig vermasselt. Alles. Die Reue und die Demütigung schmerzten mehr als die Kälte. Erst ein paar Straßen weiter merkte ich, dass das, was ich bereute, nicht Noah war. Sondern Stuart. Stuart, der mich gerettet hatte. Stuart, der wirklich Lust gehabt hatte, seine

Zeit mit mir zu verbringen. Stuart, der ganz geradeheraus mit mir gesprochen und mir gesagt hatte, ich sollte mich nicht unter Wert verkaufen.

Derselbe Stuart, der so erleichtert sein würde, dass ich verschwunden war, aus all den Gründen, die ich gerade aufgezählt hatte. Solange die Nachrichten über die Verhaftung meiner Eltern nicht zu sehr aufgebauscht würden, wäre es unmöglich, mich zu finden. Na ja, so gut wie unmöglich. Er könnte mich möglicherweise irgendwie im Internet aufspüren, aber die Mühe würde er sich nicht machen. Nicht nach der Freakshow, die ich hingelegt hatte.

Außer ich würde plötzlich wieder vor seiner Tür stehen. Dass diese Gefahr durchaus bestand, merkte ich, nachdem ich eine Stunde lang durch die Siedlung gewandert war. Ich kam immer wieder an denselben blöden Häusern vorbei und hing in Sackgassen fest. Hin und wieder blieb ich stehen und fragte jemanden, der seine Einfahrt frei schaufelte, nach dem Weg, aber alle schienen sich Sorgen zu machen, dass ich so weit laufen wollte, und weigerten sich, mir weiterzuhelfen. Fast jeder Zweite forderte mich auf, mit ins Haus zu kommen, um mich aufzuwärmen, was zwar nett gemeint war, aber dieses Risiko wollte ich nicht eingehen. Ich war schon einmal in ein Haus in Gracetown mitgegangen und man sieht ja, wozu das geführt hat.

Ich trottete im Schnee an ein paar kichernden kleinen Mädchen vorbei, als mich die Verzweiflung packte. Gleich würde ich in Tränen ausbrechen. Ich spürte meine Füße nicht mehr. Meine Knie waren ganz steif. Und da hörte ich hinter mir seine Stimme.

»Warte doch«, sagte Stuart.

Ich blieb sofort stehen. Weglaufen ist schon schlimm genug, aber dabei erwischt werden, ist noch schlimmer. Ich stand einfach da und traute mich nicht (und war auch gar nicht in der Lage), mich umzudrehen und ihn anzusehen. Ich versuchte, ein Gesicht zu machen, als wollte ich ganz lässig sagen So-ein-Zufall-dich-hier-zu-treffen!-Ist-das-Leben-nicht-komisch! Aber so wie meine Wangenmuskeln bis zu den Ohren hin wehtaten, sah ich wahrscheinlich mehr danach aus, als hätte ich einen Kieferkrampf.

»Tut mir leid«, sagte ich durch meine zusammengebissenen Zähne. »Ich dachte, ich sollte lieber zu meinem Zug zurück und . . .«

»Ja«, unterbrach er mich leise, »ich hab mir schon so was gedacht.«

Stuart sah mich nicht einmal an. Er zog eine richtige, wenn auch etwas peinliche Mütze aus der Tasche. Sie sah aus, als gehörte sie Rachel. Obendrauf war ein großer Püschel.

»Vielleicht kannst du sie gebrauchen«, sagte er, als er mir die Mütze hinhielt. »Du kannst sie behalten. Rachel braucht sie nicht zurück.«

Ich nahm sie und zog sie mir über den Kopf, weil es so

aussah, als würde er dort stehen bleiben und sie mir hinhalten, bis der Schnee anfing zu schmelzen. Sie war ein bisschen eng, wärmte aber äußerst angenehm meine Ohren.

»Ich bin deinen Fußspuren gefolgt«, sagte er und beantwortete damit meine unausgesprochene Frage. »Bei dem Schnee ist das ja einfach.«

Er hatte meine Spur gelesen, als wäre ich ein Bär.

»Tut mir leid, dass ich dir so viel Mühe mache«, sagte ich.

»Ich musste gar nicht weit laufen. Du bist nur ungefähr drei Straßen weit weg. Du bist im Kreis gelaufen.«

Ein sehr unfähiger Bär.

»Ich kann es nicht glauben, dass du in diesen Klamotten wieder nach draußen gegangen bist«, sagte er. »Lass mich mitgehen. Du schaffst es sonst nicht.«

»Es ist alles in Ordnung«, sagte ich rasch. »Jemand hat mir gerade erklärt, wie ich gehen muss.«

»Du musst nicht gehen, weißt du das?«

Ich wollte noch etwas sagen, aber mir fiel nichts ein. Er nahm das als Zeichen, dass ich wollte, er sollte mich allein lassen, also nickte er nur.

»Sei vorsichtig, ja? Und kannst du mir Bescheid sagen, wenn du's geschafft hast? Ruf an oder . . .«

Genau in diesem Moment klingelte mein Handy. Auch der Klingelton hatte durch die Feuchtigkeit gelitten, sodass er sich jetzt schrill und drängend anhörte – so stelle ich mir das Geräusch vor, das eine Meerjungfrau von sich gibt, wenn man ihr ins Gesicht schlägt. Ein kleines bisschen anklagend. Gekränkt. Gurgelnd.

Es war Noah. Auf dem verrutschten Display stand zwar »Mobg«, aber ich wusste, wer es war. Ich ging nicht dran, ich starrte nur weiter auf das Handy. Auch Stuart starrte darauf. Die kleinen Mädchen um uns herum starrten uns an, wie wir das Handy anstarrten. Das Klingeln hörte auf und setzte dann erneut ein. Es vibrierte heftig in meiner Hand.

»Es tut mir leid, falls ich mich blöd verhalten habe«, sagte Stuart über den Lärm hinweg. »Dir ist es wahrscheinlich egal, was ich denke, aber du solltest echt nicht drangehen.«

»Wie meinst du das, dass du dich blöd verhalten hast?«, fragte ich.

Stuart schwieg. Das Klingeln hörte auf und fing wieder an. Mobg wollte unbedingt mit mir sprechen.

»Ich habe Chloe gesagt, ich würde auf sie warten«, sagte er schließlich. »Ich habe ihr gesagt, ich würde warten, bis es vorbei wäre. Sie hat gesagt, ich sollte mir keine Mühe geben, aber ich wartete trotzdem. Monatelang war ich fest entschlossen, ein anderes Mädchen nicht mal anzusehen. Ich habe sogar versucht, die Cheerleader nicht zu sehen. Nicht wirklich zu sehen, meine ich.«

Ich wusste, was er meinte.

»Aber dich habe ich gesehen«, fuhr er fort. »Und es hat mich vom ersten Moment an wahnsinnig gemacht. Nicht nur, dass ich dich angesehen habe, sondern, dass ich zusehen musste, wie du mit einem vermutlich rundum perfekten Typen zusammen warst, der dich eindeutig nicht verdient hat. Was, ehrlich gesagt, irgendwie der Situation glich, in der ich steckte. Es scheint allerdings, als hätte er seinen Fehler eingesehen.«

Er deutete auf das Handy, das wieder anfing zu klingeln.

»Trotzdem bin ich froh, dass du gekommen bist«, fügte er hinzu. »Und lass dich von dem da nicht wieder einwickeln, okay? Egal, was er tut. Lass dich nicht wieder von ihm einwickeln. Er hat dich nicht verdient. Lass dich von ihm nicht zum Narren halten.«

Es klingelte und klingelte und klingelte. Ich schaute ein letztes Mal auf das Display, sah Stuart an und dann hob ich meinen Arm und warf das Handy so weit weg, wie ich konnte (leider war es nicht sehr weit). Es versank im Schnee. Die Achtjährigen, die bis jetzt total fasziniert von jeder unserer Bewegungen gewesen waren, rannten hinterher.

»Ich hab's verloren«, sagte ich. »Ups.«

Jetzt sah Stuart mich zum ersten Mal an. Mittlerweile war auch die schreckliche Grimasse aus meinem Gesicht verschwunden. Er machte einen Schritt auf mich zu, hob mein Kinn an und küsste mich. Küsste mich und küsste mich. Und ich spürte keine Kälte mehr und es war mir auch egal, dass die Mädchen mit meinem Handy hinter uns standen und »OooooOOOoooOOoooh« machten.

»Eine Sache noch«, sagte ich, als wir uns voneinander lösten und das Drehen in meinem Kopf aufhörte. »Vielleicht ... vielleicht solltest du deiner Mom nicht allzu viel davon erzählen. Ich glaube, sie hat sich da was in den Kopf gesetzt.«

»Was?«, fragte er ganz unschuldig, als er den Arm um meine Schultern legte und mich zurück zu seinem Haus brachte. »Brechen deine Eltern nicht in Jubel aus, wenn du mit jemandem rumknutschst? Gehört sich das nicht da, wo du herkommst? Aber wahrscheinlich können sie es gar nicht sehen. Vom Gefängnis aus, meine ich.«

»Klappe, Weintraub. Wenn ich dich in den Schnee werfe, dann fallen diese Gören hier über dich her und fressen dich auf.«

Ein einsamer Lkw tuckerte vorbei und der Silberfolienmann salutierte, als er weiter nach Gracetown hineinfuhr. Wir machten ihm alle Platz – Stuart, ich und die kleinen Mädchen. Stuart machte den Reißverschluss seiner Jacke auf, klemmte mich unter seinen Arm und dann marschierten wir gemeinsam durch den Schnee.

»Sollen wir den längeren Weg nach Hause nehmen?«, fragte er. »Oder die Abkürzung? Du frierst doch sicher.«

»Den längeren Weg«, entgegnete ich. »Unbedingt den längeren.«

EIN CHEER UNGLAUBLICHES WEIHNACHTSWUNDER

John Green

Für Ilene Cooper, die mich sicher durch viele Schneestürme geführt hat

KAPITEL EINS

JP und der Herzog und ich schauten gerade den vierten Film unseres James-Bond-Marathons, als meine Mutter zum sechsten Mal in fünf Stunden anrief. Ich brauchte gar nicht erst aufs Display zu gucken. Ich wusste auch so, dass es Mom war. Der Herzog verdrehte die Augen und drückte auf die PAUSE-Taste. »Ob sie glaubt, dass du irgendwo hingehst? Bei dem Schneesturm?«

Ich zuckte mit den Schultern und ging ans Telefon.

»Pech gehabt«, sagte Mom. Im Hintergrund ließ sich eine laute Stimme darüber aus, wie wichtig es war, das Heimatland zu schützen.

»Tut mir leid, Mom. Das ist echt blöd.«

»Das ist doch lächerlich!«, rief sie. »Wir kriegen keinen Flug, nirgendwohin, geschweige denn nach Hause.« Sie saßen seit drei Tagen in Boston fest. Ärztekongress. Allmählich schlug ihr diese ganze Weihnachten-in-Boston-

Geschichte aufs Gemüt. Es schien, als wäre Boston eine Art Kriegsgebiet. Ehrlich gesagt fand ich es eher aufregend. Irgendwie hatte ich die dramatischen und unangenehmen Begleitumstände von schlechtem Wetter immer schon gemocht. Je schlimmer, desto besser. Echt.

»Tja, blöd«, sagte ich.

»Es heißt, dass der Sturm gegen Morgen abflaut, aber jetzt ist natürlich alles total verspätet. Sie können nicht mal versprechen, dass wir morgen zu Hause sind. Dein Dad versucht, ein Auto zu mieten, aber die Schlangen sind endlos. Und selbst dann wären wir erst gegen acht oder neun Uhr morgens da, auch wenn wir die Nacht durchfahren! Aber wir können doch Weihnachten nicht getrennt voneinander verbringen!«

»Ich geh einfach mit zum Herzog«, sagte ich. »Ihre Eltern haben schon angeboten, dass ich bei ihnen bleiben kann. Ich geh rüber und packe meine Geschenke aus und erzähle allen, wie meine Eltern mich vernachlässigen, und dann gibt mir der Herzog vielleicht ein paar von ihren Geschenken ab, weil es ihr so leidtut, dass meine Mom mich nicht lieb hat.« Ich warf dem feixenden Herzog einen Blick zu.

»Tobin«, sagte Mom missbilligend. Ihr Sinn für Humor war nicht besonders ausgeprägt. Beruflich passte das zu ihr – ich meine, wer möchte schon, dass der Krebschirurg ins Untersuchungszimmer kommt und so was sagt wie »Kommt ein Typ in eine Bar. Sagt der Barkeeper: ›Was darf's sein?‹ Erwidert der Typ: ›Was haben Sie denn?‹ Und der Barkeeper antwortet: ›Ich weiß nicht, was ich habe, aber ich weiß, was Sie haben: ein Melanom in Stadium IV.‹«

»Ich mein ja nur, dass ich schon zurechtkomme. Und ihr geht jetzt zurück ins Hotel?«

»Ich denke Ja, es sei denn, dein Vater schafft es, uns einen Wagen zu besorgen. Er behält als Einziger die Nerven in all diesem Durcheinander.«

»Okay«, sagte ich. Ich sah JP an, der mir lautlos befahl: *Schluss. Jetzt. Leg. Auf.* Ich wollte ja selbst zurück aufs Sofa und mich wieder zwischen JP und den Herzog setzen und zusehen, mit welchen raffinierten Tricks James Bond Leute umbrachte.

»Ist bei dir alles in Ordnung?«, fragte Mom. Oje.

»Jaja. Ich meine, es schneit. Aber der Herzog und JP sind hier. Und sie können mich auch gar nicht allein lassen, weil sie nämlich bei dem Versuch, zu Fuß nach Hause zu gehen, erfrieren würden. Wir gucken gerade James-Bond-Filme. Und wir haben immer noch Strom und alles.«

»Ruf mich an, wenn was ist. Egal was.«

»Ja, mach ich«, sagte ich.

»Okay«, sagte sie. »Okay. Mein Gott, es tut mir so leid, Tobin. Ich hab dich lieb. Tut mir so leid.«

»Es ist doch nicht so schlimm«, beruhigte ich sie, denn das war es wirklich nicht. Ich war hier, in einem großen Haus, ohne die Aufsicht von Erwachsenen, und saß mit meinen besten Freunden auf dem Sofa. Nichts gegen meine Eltern, die wirklich nett sind, aber von mir aus hätten sie bis nach Neujahr in Boston bleiben können, ohne dass ich enttäuscht gewesen wäre.

»Ich ruf dich vom Hotel aus an«, erklärte Mom.

JP hatte offenbar gehört, was sie gesagt hatte. »Zweifellos«, murmelte er, während ich mich verabschiedete.

»Ich glaube, sie hat ein Bindungsproblem«, stellte JP fest, als ich aufgelegt hatte.

»Na ja, es ist Weihnachten«, sagte ich.

»Und warum kommst du Weihnachten nicht mit zu mir?«, fragte JP.

»Scheißfraß«, erwiderte ich, ging zum Sofa und setzte mich in die Mitte.

»Rassist!«, rief JP entrüstet.

»Das ist nicht rassistisch«, sagte ich.

»Du hast gerade gesagt, koreanisches Essen ist scheiße«, sagte er.

»Hat er nicht«, sagte der Herzog und nahm die Fernbedienung, um den Film weiterlaufen zu lassen. »Er hat gesagt, das koreanische Essen von deiner Mom ist scheiße.«

»Korrekt«, sagte ich. »Bei Keun zu Hause schmeckt mir das Essen ganz gut.«

»Du bist ein Arschgesicht«, sagte JP. Das sagte JP immer, wenn ihm keine schlagfertige Antwort einfiel. Für eine nicht schlagfertige Antwort war dieser Satz ganz okay. Der Herzog drückte auf PLAY und JP sagte: »Wir sollten Keun anrufen.«

Der Herzog drückte auf PAUSE, beugte sich über mich und wandte sich direkt an JP. »JP«, sagte sie.

»Ja?«

»Hörst du bitte auf zu reden, damit ich Daniel Craigs unglaublichen Körper genießen kann?«

»Mann, ist das schwul«, sagte JP.

»Ich bin ein Mädchen«, sagte der Herzog. »Es ist nicht schwul, wenn ich Männer attraktiv finde. Wenn ich allerdings behaupten würde, du hättest einen heißen Körper, dann wäre das echt schwul, weil du eine Figur hast wie eine Frau.«

»Klappe«, sagte ich.

Der Herzog sah mich an und sagte: »Obwohl JP im Vergleich zu dir natürlich der Inbegriff der Männlichkeit ist.«

Ich gab ihr keine Antwort. »Keun ist bei der Arbeit«, sagte ich. »Heiligabend kriegt er den doppelten Lohn.«

»Stimmt ja«, sagte JP. »Hatte ich ganz vergessen; das Waffelhaus ist wie Lindsay Lohans Beine: immer geöffnet.«

Ich lachte. Der Herzog schnaubte nur und startete erneut den Film. Daniel Craig kam aus dem Wasser; er trug kurze, enge Boxershorts, die als Badehose gerade so durchgehen konnten. Der Herzog seufzte entzückt und JP würgte. Ein paar Minuten später hörte ich ein leises Geräusch neben mir. JP. Der mit Zahnseide rummachte. Er war besessen von Zahnseide.

»Das ist echt widerlich«, sagte ich. Der Herzog stoppte

den Film und sah mich strafend an. Aber sie schien nicht richtig sauer zu sein, sie rümpfte nur ihre Stupsnase und verzog den Mund. Ich konnte es immer an ihren Augen sehen, wenn sie wirklich sauer auf mich war, und jetzt lag ein Lächeln in ihrem Blick.

»Was?«, fragte JP. Die Zahnseide hing ihm zwischen den Backenzähnen aus dem Mund heraus.

»Zahnseide in der Öffentlichkeit. Es ist . . . Lass es bitte einfach sein.«

Widerwillig tat er, worum ich ihn gebeten hatte, aber er musste natürlich das letzte Wort haben. »Mein Zahnarzt hat gesagt, er hätte noch nie so gesundes Zahnfleisch gesehen. Noch nie.«

Ich verdrehte die Augen. Der Herzog strich sich eine lose Haarsträhne hinters Ohr und ließ den Film weiterlaufen. Ich schaute eine Minute lang zu, aber dann sah ich aus dem Fenster auf eine entfernte Straßenlaterne, die den Schnee wie eine Million Ministernschnuppen glitzern ließ. Und obwohl es mir leidtat, in was für einer unangenehmen Situation meine Eltern steckten und dass sie Weihnachten nicht zu Hause sein konnten, wünschte ich mir noch mehr Schnee.

KAPITEL ZWEI

Der Film lief gerade wieder seit zehn Minuten, als das Telefon erneut klingelte. »Lieber Himmel«, sagte JP, nahm die Fernbedienung und drückte auf PAUSE.

»Deine Mutter ruft noch öfter an als ein krankhaft eifersüchtiger Lover«, ergänzte der Herzog.

Ich sprang über die Rückenlehne des Sofas und griff nach dem Telefon. »Hey«, sagte ich. »Wie geht's?«

»Tobin«, erwiderte die Stimme am anderen Ende der Leitung. Es war nicht meine Mom. Es war Keun.

»Keun, bist du nicht . . .«

»Ist JP bei dir?«

»Ja.«

»Hast du eine Lautsprechertaste?«

»Äh, warum willst du . . .?«

»HAST DU EINE LAUTSPRECHERTASTE?«, brüllte er.

»Warte mal.« Während ich die Taste suchte, erklärte ich

den anderen: »Es ist Keun. Er will über Lautsprecher reden. Und er benimmt sich sehr seltsam.«

»Na so was«, sagte der Herzog. »Als Nächstes erzählst du sicher, dass die Sonne eine Masse aus weiß glühendem Gas ist oder dass JP winzige Eier hat.«

»Fang nicht damit an«, sagte JP.

»Womit? Dir mit einer extra starken Lupe in die Hose zu gucken, um deine kleinen Eierchen zu suchen?«

Ich hatte die Lautsprechertaste gefunden und drückte darauf.

»Keun, kannst du mich hören?«

»Ja«, sagte er. Im Hintergrund war eine Menge Lärm. Lärm von Mädchen. »Hört mal zu.«

JP sagte zum Herzog: »Wenn man die kleinsten Brüste der Welt hat, sollte man sich nicht über den Intimbereich von anderen lustig machen.« Der Herzog warf ein Kissen nach ihm.

»HÖRT JETZT ENDLCH ZU!«, schrie Keun aus dem Hörer. Wir hielten den Mund. Keun war ein kluges Kerlchen, und wenn er redete, klang es immer, als hätte er seine Sätze vorher geübt. »Okay. Der Geschäftsführer ist heute nicht zur Arbeit gekommen, weil er mit dem Auto im Schnee stecken geblieben ist. Also muss ich kochen und gleichzeitig den Chef vertreten. Außer mir sind noch zwei andere Mitarbeiter hier – erstens Mitchell Croman und zweitens Billy Talos.« Mitchell und Billy gingen beide in unsere Schule, aber es wäre übertrieben zu behaupten, dass ich sie kennen würde, und genauso wenig könnten sie mich in einer Menschenmenge ausfindig machen. »Bis vor ungefähr zwölf Minuten war kaum was los. Unsere einzigen Gäste waren der Silberfolienmann und Doris, Amerikas älteste lebende Raucherin. Und dann tauchte plötzlich dieses Mädchen auf und dann Stuart Weintraub . . .« – noch ein Mitschüler, ein netter Kerl – »der von Kopf bis Fuß in Target-Plastiktüten steckte. Sie haben den Silberfolienmann ein bisschen abgelenkt und ich las gerade *The Dark Knight* und . . .«

»Keun, kommt da noch eine Pointe?«, wollte ich wissen. Manchmal schwafelte er einfach nur.

»Oh ja, da kommt eine Pointe«, erwiderte er. »Vierzehn Stück. Denn fünf Minuten, nachdem Stuart Weintraub hereingeschneit war, sah der allmächtige, liebende Gott freundlich auf seinen Diener Keun hinunter und schickte vierzehn Cheerleader aus Pennsylvania – in ihren Trainingskostümen – in unser bescheidenes Waffelhaus. Meine Herren, ich verarsche euch nicht. Das Waffelhaus ist voller Cheerleader. Ihr Zug steckt im Schnee fest, deshalb werden sie über Nacht hierbleiben. Sie sind mit Koffein zugedröhnt und machen Spagat auf dem Frühstückstresen. Lasst es mich noch mal in aller Deutlichkeit wiederholen: Dem Waffelhaus ist ein cheer unglaubliches Weihnachtswunder geschehen. Ich schaue mir die Mädchen in diesem Augenblick an. Sie sind so heiß, dass sie den Schnee zum Schmelzen bringen könnten. Sie sind so heiß, dass man Waffeln auf ihnen backen könnte. So unglaublich heiß, dass sie die Stellen in meinem Herzen erwärmen könnten – nein, werden –, die schon so lange kalt gewesen sind, dass ich sie glatt vergessen habe.«

Dann tönte die Stimme eines Mädchens durchs Telefon, eine Stimme, die gleichzeitig fröhlich, aber auch schmollend klang. Mittlerweile stand ich direkt über dem Hörer und starrte ihn fast ehrfürchtig an. JP stand neben mir. »Sprichst du mit deinen Freunden? Oh mein Gott, sag ihnen, sie sollen Twister mitbringen!«

Dann sprach Keun wieder. »Und jetzt wisst ihr, was hier los ist! Dies ist der Beginn der großartigsten Nacht meines Lebens. Und weil ich der allerbeste Freund der Welt bin, lade ich euch ein, daran teilzuhaben. Es gibt nur einen Haken: Sobald ich aufgelegt habe, werden Mitchell und Billy ihre Freunde anrufen. Und wir haben uns darauf geeinigt, dass hier nur Platz ist für eine zusätzliche Wagenladung Jungs. Weiter dürfen wir das Verhältnis zwischen Cheerleadern und Jungs nicht verwässern. Der erste Anruf gehörte mir, weil ich heute der stellvertretende Geschäftsführer bin. Also habt ihr einen Vorsprung. Ich weiß, dass ihr mich nicht enttäuschen werdet. Und ich weiß, ich kann mich drauf verlassen, dass ihr Twister mitbringt. Meine Herren, ich wünsche euch eine sichere und schnelle Fahrt. Aber falls ihr in dieser Nacht sterben müsst, dann tröstet euch damit, dass ihr euer Leben für die edelste Sache der Menschheit hingegeben habt. Für die Jagd auf Cheerleader.«

KAPITEL DREI

JP und ich machten uns nicht mal mehr die Mühe, den Hörer aufzulegen. Ich sagte nur: »Ich muss mich umziehen«, und er sagte: »Ich auch«, und dann sagte ich noch: »Herzog: *Twister!* Im Spieleschrank!«

Ich schlitterte auf Socken über den Holzfußboden in der Küche, raste nach oben und stolperte in mein Zimmer. Dort riss ich die Schranktür auf und wühlte fieberhaft in den auf dem Boden liegenden Hemden. Ich hatte die vergebliche Hoffnung, in diesem Haufen vielleicht ein auf wundersame Weise perfektes Hemd zu finden, ein hübsches, gestreiftes, unzerknittertes Button-down-Hemd, mit der Botschaft »Ich bin stark und zäh, aber gleichzeitig ein unglaublich guter Zuhörer mit einer echten und anhaltenden Leidenschaft für Cheers und ihre Leader«. Leider fand ich kein solches Hemd. Stattdessen entschied ich mich rasch für ein zwar schmutziges, aber cooles gelbes

Threadless-T-Shirt unter einem schwarzen Pullover mit V-Ausschnitt. Ich riss mir die James-Bond-Videonacht-mit-dem-Herzog-und-JP-Jeans vom Leib und zwängte mich in mein einziges Paar guter dunkler Jeans.

Dann senkte ich mein Kinn auf die Brust und schnüffelte, um anschließend hektisch ins Bad zu rennen und mir sicherheitshalber Deo unter die Arme zu sprühen. Ich betrachtete mich im Spiegel. Abgesehen von der irgendwie asymmetrischen Frisur sah ich ganz okay aus. Ich raste zurück in mein Zimmer, hob meinen Wintermantel vom Boden auf, stieg in meine Pumas, spurtete mit halb angezogenen Schuhen nach unten und rief: »Seid ihr fertig? Ich bin so weit! Los jetzt!«

Im Wohnzimmer saß der Herzog mitten auf dem Sofa und schaute den Bond-Film. »Herzog. *Twister.* Jacke. Auto.« Ich drehte mich um und rief nach oben: »JP, wo bleibst du?«

»Hast du noch einen Mantel?«, antwortete er.

»Nein, zieh deinen eigenen an!«, rief ich.

»Aber ich hab nur eine Jacke«, rief er.

»Beeil dich!« Aus irgendeinem Grund hatte der Herzog den Film immer noch nicht ausgemacht. »Herzog«, wiederholte ich. »*Twister.* Jacke. Auto.«

Sie hielt den Film an und sah mich an. »Tobin, wie stellst du dir die Hölle vor?«

»Können wir diese Frage nicht im Auto erörtern?«

»Meine persönliche Vorstellung von Hölle ist, zusammen mit einer Horde von Cheerleadern für alle Ewigkeit im Waffelhaus bleiben zu müssen.«

»Ach, komm«, sagte ich. »Sei nicht so blöd.«

Der Herzog stand vom Sofa auf. »Du meinst, wir sollten im schlimmsten Schneesturm seit fünfzig Jahren zwanzig Meilen weit fahren, um mit einer Horde von Hühnern herumzuhängen, die es lustig finden, ein Spiel zu spielen, auf dessen Verpackung steht, dass es für Sechsjährige gedacht ist – und da sagst du, ich sei blöd?«

Ich drehte mich zur Treppe um. »JP! Beeil dich!«

»Tu ich ja«, rief er. »Aber die Notwendigkeit, super auszusehen, ist ja wohl genauso wichtig wie die Notwendigkeit, mich zu beeilen!«

Ich ging um das Sofa herum und legte einen Arm um den Herzog. Ich lächelte sie an. Wir waren schon lange befreundet. Ich kannte sie gut. Ich wusste, dass sie Cheerleader nicht ausstehen konnte. Ich wusste, dass sie Kälte nicht ausstehen konnte. Ich wusste, dass sie es nicht ausstehen konnte, bei James-Bond-Filmen vom Sofa aufzustehen.

Aber ich wusste auch: Der Herzog stand auf Waffelhaus-Kartoffelpuffer. »Es gibt zwei Dinge, die du unwiderstehlich findest«, sagte ich. »Erstens James-Bond-Filme.«

»Stimmt genau«, sagte sie. »Und das zweite?«

»Kartoffelpuffer«, sagte ich. »Goldbraune, köstliche Waffelhaus-Kartoffelpuffer.«

Sie sah mich nicht an, jedenfalls nicht richtig. Mit zusammengekniffenen Augen sah sie durch mich hindurch und durch die Wände dieses Hauses und durch den Schnee ins Weite. Sie dachte an die Kartoffelpuffer.

»Du bestellst sie direkt vom Grill, mit Zwiebeln obendrauf und mit Käse überbacken«, sagte ich.

Sie zwinkerte ein paarmal und schüttelte den Kopf. »Verdammt, die Aussicht auf Kartoffelpuffer lässt mich immer wieder schwach werden! Aber ich habe keine Lust, die ganze Nacht dazubleiben.«

»Eine Stunde, es sei denn, es macht dir doch Spaß«, versprach ich. Sie nickte. Als sie ihren Mantel anzog, öffnete ich den Spieleschrank und griff nach dem *Twister*-Karton mit den eingedrückten Ecken.

Als ich mich umdrehte, stand JP vor mir. »Oh mein Gott!«, sagte ich. In einer dunklen Ecke im Kleiderschrank meines Vaters hatte er etwas ganz Schreckliches gefunden: Er trug eine Art bauschigen türkisfarbenen Strampelanzug mit nach unten enger werdenden Beinen und eine Mütze mit Ohrenklappen.

»Du siehst aus wie ein perverser Holzfäller, der auf Windelhosen abfährt«, stellte ich fest.

»Halt 's Maul, Arschgesicht«, entgegnete JP schlicht. »Das ist sexy Skifahrerchic. Er besagt: ›Ich komme gerade von der Piste zurück, nachdem ich den ganzen Tag als Lebensretter unterwegs gewesen bin.‹«

Der Herzog lachte. »Eigentlich sieht es eher nach ›Auch wenn ich nicht die erste Frau im All gewesen bin, kann ich doch trotzdem ihren Anzug tragen‹ aus.«

»Meine Güte, ist ja schon gut, ich geh mich umziehen«, erwiderte JP.

»WIR HABEN KEINE ZEIT!«, brüllte ich.

»Du solltest besser Stiefel anziehen«, sagte der Herzog, als sie meine Pumas sah.

»KEINE ZEIT!«, brüllte ich wieder.

Ich scheuchte sie beide vor mir her in die Garage zu Carla, dem weißen Honda-Geländewagen meiner Eltern. Seit Keuns Anruf waren acht Minuten vergangen. Unser Vorsprung hatte sich vermutlich schon in Luft aufgelöst. Es war dreiundzwanzig Uhr zweiundvierzig. Normalerweise brauchte man nachts etwa zwanzig Minuten bis zum Waffelhaus.

Aber es stellte sich heraus, dass dies keine normale Nacht war.

KAPITEL VIER

Als ich auf den Knopf drückte, um das Garagentor zu öffnen, dämmerte es mir, vor welcher Herausforderung wir standen: Vor der Garage lag eine fast meterhohe Schneedecke. Seit der Herzog und JP um die Mittagszeit gekommen waren, war sie um mindestens einen halben Meter höher geworden.

Ich schaltete Carla auf Vierradantrieb. »Ich könnte einfach, äh ... Meint ihr, ich sollte einfach da durchfahren?«

»FAHR!«, sagte JP vom Rücksitz. Den Beifahrersitz hatte sich der Herzog mit Erfolg gesichert. Ich holte tief Luft und setzte zurück. Carla machte einen kleinen Satz, als wir auf die Schneedecke trafen, aber sie pflügte das meiste davon beiseite und ich fuhr rückwärts in die Einfahrt hinaus. Eigentlich war es mehr ein Rückwärts-auf-dem-Eis-Schlittern als Rückwärtsfahren, aber es funktionierte. Mit mehr Glück als Geschicklichkeit konnten wir schon bald die Einfahrt hinter uns lassen und die Richtung zum Waffelhaus einschlagen.

Auf der Straße lag der Schnee ungefähr dreißig Zentimeter hoch. In unserer Siedlung war weder gestreut noch geräumt worden.

»Was für eine dämliche Art zu sterben«, bemerkte der Herzog und ich fing schon an, ihr recht zu geben. Aber da rief JP von hinten: »Spartaner! Heute Abend dinieren wir im Waffelhaus!«

Ich nickte, schaltete die Automatik auf DRIVE und trat aufs Gas. Zuerst drehten die Reifen durch, aber dann rasten wir mitten in das von den Scheinwerfern angestrahlte Schneegestöber. Ich sah keine Bordsteine, geschweige denn Markierungslinien, deshalb versuchte ich einfach, mich zwischen den am Straßenrand stehenden Briefkästen zu halten.

Grove Park liegt in einer Senke und man muss, wenn man die Siedlung verlässt, eine kleine Anhöhe hinauffahren. JP und der Herzog und ich sind hier aufgewachsen und ich bin diese Anhöhe schon unzählige Male hinaufgefahren.

Als die Steigung begann, kam mir erst überhaupt nicht in den Sinn, dass es Schwierigkeiten geben könnte. Aber ich merkte rasch, dass ich Gas geben konnte, so viel ich wollte, ohne dass die Geschwindigkeit sich veränderte. Da wurde mir dann doch etwas mulmig zumute.

Unsere Geschwindigkeit verringerte sich. Ich drückte

aufs Gaspedal und hörte, wie die Reifen auf dem Schnee durchdrehten. JP fluchte. Aber wir bewegten uns immer noch im Schneckentempo vorwärts und ich konnte schon das Ende des Hügels und den schwarzen Asphalt der geräumten Schnellstraße vor uns sehen.

»Los, Carla«, murmelte ich.

»Gib noch mehr Gas«, schlug JP vor. Das tat ich, die Reifen drehten noch mehr durch und plötzlich blieb Carla stehen.

Sie blieb eine ganze Weile stehen, dann begann sie, mit blockierten Reifen langsam den Hügel hinunterzurutschen. Es war ein Moment der Stille, ein Moment der inneren Einkehr. Grundsätzlich gehe ich überhaupt nicht gern Risiken ein. Ich bin nicht der Typ, der über den gesamten Appalachian Trail wandert oder in den Sommerferien irgendwelche Studien in Ecuador betreibt. Ich esse nicht mal Sushi. Als ich noch klein war und nachts vor Angst nicht schlafen konnte, fragte meine Mom mich immer: »Was ist denn das Schlimmste, was passieren könnte?« Sie dachte, das würde mich trösten – sie dachte, ich würde dann merken, dass mögliche Fehler in meiner Mathehausaufgabe in der zweiten Klasse keine großen Auswirkungen auf meine Lebensqualität hätten. Aber sie irrte sich. Denn ich fing an, wirklich darüber nachzudenken, was das Schlimmste wäre, was passieren könnte. Nehmen wir zum Beispiel meine Mathehausaufgaben. Vielleicht würde mich meine Lehrerin, Miss Chapman, anbrüllen.

Vielleicht würde sie aber auch nicht wirklich brüllen, sondern wäre nur unzufrieden mit mir. Was, wenn ihre Unzufriedenheit mich traurig machte? Was, wenn ich dann anfing zu weinen? Alle würden mich Heulsuse nennen, was mich in die soziale Isolation treiben würde. Weil niemand mich mochte, würde ich mich mit Drogen trösten, und wenn ich in die fünfte Klasse käme, wäre ich heroinabhängig. Und dann würde ich sterben. Das war das Schlimmste, was passieren konnte. Und es *konnte* ja wirklich passieren. Indem ich mir solche Situationen vorstellte, dachte ich, könnte ich verhindern, wirklich heroinabhängig zu werden und/oder zu sterben. Und das alles hatte ich jetzt aufs Spiel gesetzt. Und wofür? Für Cheerleader, die ich nicht mal kannte? Nichts gegen Cheerleader, aber es gab bestimmt bessere Dinge, für die man ein Opfer bringen konnte.

Ich spürte, wie der Herzog mich ansah, und ich sah sie an. Ihre Augen waren groß und rund und voller Angst und vielleicht eine Spur sauer. Und erst jetzt, in diesem langen Moment der Stille, dachte ich an das Schlimmste, was passieren konnte: genau das. Angenommen, ich überlebte, dann würden meine Eltern mich umbringen, weil ich den Wagen zu Schrott gefahren hatte. Ich würde jahrelang Hausarrest bekommen – jahrzehntelang. Ich würde den ganzen Sommer über arbeiten müssen, um für die Reparaturkosten aufzukommen.

Und dann schlug das Schicksal unerbittlich zu. Wir fingen an, uns im Zickzack rückwärts auf unser Haus zuzubewegen. Ich trat immer wieder auf die Bremse. Der Herzog zog die Handbremse an, aber Carla fuhr einfach weiter Slalom rückwärts und reagierte nur sporadisch auf mein hektisches Drehen des Lenkrads.

Ich spürte einen sanften Stoß und dachte, wir wären gegen einen Bordstein gefahren; mittlerweile rutschten wir mitten durch die Gärten unserer Nachbarn den Hügel hinab und durchpflügten eine Schneedecke, die bis zu den Radkappen reichte. Wir rollten so dicht an den Häusern vorbei, dass ich durch die Wohnzimmerfenster den Christbaumschmuck erkennen konnte. Wie durch ein Wunder wich Carla einem Lieferwagen aus, der in einer Einfahrt stand, und während ich im Rückspiegel auf näher kommende Briefkästen und Autos und Häuser schaute, warf ich auch einen Blick auf JP. Er lächelte. Das Schlimmste, was passieren konnte, war passiert. Und vielleicht fühlte ich mich dadurch irgendwie erleichtert. Jedenfalls führte sein Lächeln dazu, dass ich ebenfalls lächeln musste.

Ich sah den Herzog an und dann ließ ich das Lenkrad los. Sie schüttelte den Kopf, als ob sie wütend wäre, aber dann fing sie auch an zu lachen. Um zu zeigen, wie wenig ich Carla im Griff hatte, umklammerte ich erneut das Lenkrad und fing an, es dramatisch hin und her zu drehen. Der Herzog lachte noch lauter und sagte: »Wir stecken ganz schön in der Scheiße.«

Und auf einmal begannen die Bremsen zu greifen, ich

spürte, wie ich gegen den Sitz gepresst wurde, und dann endlich, als die Straße eben wurde, kamen wir zum Stehen. JP redete zu laut. Er sagte: »Heilige Scheiße, ich fasse es nicht, dass wir nicht tot sind. Wir sind kein bisschen tot!«

Ich blickte mich um und versuchte, mich zu orientieren. Ungefähr anderthalb Meter von der Beifahrertür entfernt stand das Haus des alten Rentnerpaares Mr und Mrs Olney. Das Licht im Inneren brannte, und als ich genauer hinsah, entdeckte ich Mrs Olney in einem weißen Nachthemd, die ihr Gesicht ans Fenster presste und uns mit offenem Mund anstarrte. Der Herzog sah sie an und salutierte. Ich schaltete auf *Drive*, fuhr vorsichtig aus der Einfahrt der Olneys heraus und zurück auf die Straße – jedenfalls hoffte ich, dass es die Straße war. Dann schaltete ich auf *Park* und ließ mit zitternden Händen das Lenkrad los.

»Okay«, sagte JP, um sich zu beruhigen. »Okay. Okay. Okay.« Er holte tief Luft und dann sagte er: »Das war echt krass! Die beste Achterbahnfahrt meines Lebens!«

»Ich geb mir gerade Mühe, mir nicht in die Hose zu machen«, sagte ich. Ich wollte nach Hause – zurück zu den James-Bond-Filmen –, die halbe Nacht aufbleiben, Popcorn essen, ein paar Stunden schlafen und Weihnachten mit dem Herzog und ihren Eltern verbringen. Ich hatte siebzehneinhalb Jahre lang ohne die Gesellschaft von Cheerleadern aus Pennsylvania gelebt. Da konnte ich auch noch einen weiteren Tag ohne sie auskommen.

JP redete schon weiter. »Ich hab die ganze Zeit nur gedacht: *Mann, ich werde in einem babyblauen Skianzug sterben. Meine Mom wird meine Leiche identifizieren müssen und für den Rest ihres Lebens annehmen, dass ihr Sohn sich in seiner Freizeit gern als tiefgekühlter Pornostar aus den Siebzigern verkleidet.*«

»Ich glaube, ich könnte einen Abend ohne Kartoffelpuffer überleben«, sagte der Herzog.

»Ja«, stimmte ich zu. »Ja.« JP protestierte lauthals und sagte, er wollte eine weitere Achterbahnfahrt, aber mir reichte es. Ich rief Keun an. Meine Finger zitterten, als ich auf die Kurzwahltaste drückte.

»Hör mal, Alter, wir kommen nicht mal aus Grove Park raus. Zu viel Schnee.«

»Mann!«, sagte Keun. »Versucht's noch mal. Mitchells Freunde sind, glaub ich, noch nicht mal losgefahren. Und Billy hat ein paar Collegetypen angerufen, die er kennt, und ihnen gesagt, sie sollen ein kleines Fass Bier mitbringen, weil diese entzückenden Damen sich nur in beschwipstem Zustand dazu herablassen, mit Billy überhaupt zu reden. – Hey! Entschuldigung, Billy hat gerade mit seiner Papiermütze nach mir geschlagen. Ich bin der stellvertretende Geschäftsführer, Billy! Und ich werde dein Verhalten melden ... Hey! Jedenfalls müsst ihr unbedingt kommen. Bitte! Ich hab keine Lust, hier mit Billy und einer Horde asozialer, besoffener Kerle rumzuhängen. Die müllen mir mein Restaurant zu und ich werde rausgeschmissen und überhaupt ... bitte.«

Von hinten sang JP: »Achterbahn! Achterbahn! Achterbahn!« Ich klappte das Handy zu und sah den Herzog an. Ich wollte mich gerade mit ihr verbünden und dafür stimmen, nach Hause zu fahren, als das Telefon klingelte. Meine Mom.

»Wir haben kein Auto gekriegt. Wir sind wieder im Hotel«, sagte sie. »In acht Minuten ist Weihnachten und eigentlich wollte ich so lange warten, aber dein Vater ist müde und will ins Bett, deshalb sagen wir es schon jetzt.« Mein Vater schien sich über den Hörer zu beugen, ich hörte sein lustloses »Fröhliche Weihnachten«, eine Oktave tiefer als Moms ausgelassene Stimme.

»Fröhliche Weihnachten«, sagte ich. »Ruft an, wenn sich was tut. Wir haben noch zwei Bond-Filme vor uns.« Bevor Mom auflegte, meldete das Handy einen weiteren Anruf. Keun. Ich drückte die Lautsprechertaste.

»Sagt mir, dass ihr aus Grove Park raus seid.«

»Mann, wir haben uns doch gerade erst gesprochen. Wir sind immer noch am Fuß des Hügels,«, sagte ich. »Ich denke, wir fahren jetzt nach Hause, Mann.«

»Kommt. Sofort. Her. Ich habe gerade erfahren, wen Mitchell eingeladen hat: Timmy und Tommy Reston. Sie sind schon unterwegs. Ihr könnt es noch vor ihnen schaffen. Ich weiß, dass ihr das könnt! Ihr müsst! Ich lass mir mein cheer unglaubliches Weihnachtswunder doch nicht von den Reston-Zwillingen ruinieren!« Damit legte er auf. Keun hatte eine Schwäche für dramatische Auftritte, aber ich konnte ihn verstehen. Die Reston-Zwillinge konnten so gut wie alles ruinieren. Timmy und Tommy Reston waren eineiige Zwillinge, die sich kein bisschen ähnlich sahen. Timmy wog hundertvierzig Kilo, war aber nicht fett. Er war nur stark und unglaublich schnell und deshalb der beste Footballspieler in unserer Mannschaft. Tommy passte leicht in ein Bein von Timmys Jeans, aber was ihm an Größe fehlte, machte er durch wahnsinnige Aggression wett. In der Mittelstufe hatten sich Timmy und Tommy auf dem Basketballfeld endlos in die Wolle gekriegt. Vermutlich hatte keiner von beiden noch seine echten Zähne.

Der Herzog sah mich an. »Okay, es geht nicht mehr nur um uns oder um die Cheerleader. Jetzt geht es darum, Keun vor den Reston-Zwillingen zu beschützen.«

»Wenn sie ein paar Tage lang im Waffelhaus eingeschneit sind und das Essen knapp wird, dann wisst ihr, was passieren wird«, sagte JP.

Der Herzog ging auf den Scherz ein. So etwas konnte sie gut. »Dann werden sie zu Kannibalen. Und Keun wird ihr erstes Opfer.«

Ich schüttelte den Kopf. »Aber das Auto«, sagte ich.

»Denk an die Cheerleader«, beschwor mich JP. Ich nickte, obwohl ich nicht an die Cheerleader dachte. Ich dachte daran, den Hügel zu erklimmen und anschließend auf geräumte Straßen zu treffen, die uns überall hinbringen würden.

KAPITEL FÜNF

Wie üblich hatte der Herzog eine Idee. Wir standen immer noch mitten auf der Straße, als sie uns einweihte. »Das Problem war doch, dass wir den Hügel hinauf immer langsamer wurden, oder? Und warum? Weil wir vor dem Hügel nicht schnell genug gefahren sind. Also setz einfach so weit wie möglich geradeaus zurück und dann gib ordentlich Gas. Dann kommen wir mit einer viel höheren Geschwindigkeit am Fuß des Hügels an und mit diesem Anlauf schaffen wir's nach oben.«

Ich fand die Idee nicht sonderlich überzeugend, aber weil ich keine bessere hatte, setzte ich so weit wie möglich zurück und behielt dabei den Hügel, der durch das heftige Schneetreiben kaum zu sehen war, fest im Auge. Ich blieb erst stehen, als ich bei jemandem im Vorgarten landete und eine riesige Eiche ein paar Meter hinter Carlas rückwärtiger Stoßstange stand.

Ich ließ die Reifen bis auf die feste Schneedecke hinunter durchdrehen.

»Seid ihr angeschnallt?«, fragte ich.

»Ja«, antworteten sie einstimmig.

»Airbags bereit?«

»Positiv«, bestätigte der Herzog. Ich sah zu ihr hinüber. Sie lächelte und zog die Augenbrauen hoch. Ich nickte ihr zu.

»Ich brauch einen Countdown, Leute.«

»Fünf«, sagten sie einstimmig. »Vier. Drei.« Ich schaltete auf *Neutral* und trat aufs Gas. »Zwei. Eins.« Ich wechselte blitzschnell auf *Drive* und wir rasten los, beschleunigten stoßweise und rutschten auf dem Schnee hin und her. Mit einer Geschwindigkeit von über vierzig Meilen kamen wir am Fuß des Hügels an, das waren fünfundzwanzig Meilen schneller, als in Grove Park erlaubt war. Gegen den Gurt gepresst, erhob ich mich von meinem Sitz und stemmte mich mit meinem gesamten Gewicht auf das Gaspedal, aber als die Reifen durchdrehten und wir langsamer wurden, nahm ich den Fuß wieder runter.

»Nun mach schon!«, flehte der Herzog.

»Du schaffst das, Carla«, murmelte JP leise vom Rücksitz und das Auto bewegte sich weiter vorwärts, wurde aber zunehmend langsamer.

»Carla, beweg deinen fetten, benzinfressenden Arsch den Hügel rauf!«, schrie ich und schlug auf das Lenkrad ein.

»Mach dich nicht über sie lustig«, sagte der Herzog. »Sie muss liebevoll motiviert werden. Carla, Baby, wir lieben dich. Du bist so ein tolles Auto. Und wir glauben an dich. Wir glauben hundertprozentig an dich.«

JP wurde panisch. »Wir schaffen es nicht.«

Der Herzog erklärte tröstend: »Hör nicht auf ihn, Carla. Du schaffst das.« Zum zweiten Mal innerhalb von wenigen Minuten sah ich die Spitze des Hügels und den frisch geräumten Asphalt der Schnellstraße vor mir auftauchen. Und Carla dachte: *Ich glaube, ich schaff's, ich glaube, ich schaff's,* und der Herzog tätschelte das Armaturenbrett und sagte immer wieder: »Ich liebe dich, Carla. Das weißt du doch, oder? Jeden Morgen denke ich als Erstes beim Aufwachen, dass ich das Auto von Tobins Mom liebe. Ich weiß, das hört sich schräg an, Baby, aber es stimmt. Ich liebe dich. Und ich weiß, dass du es schaffen wirst.«

Ich trat weiter aufs Gas und die Reifen drehten weiter durch. Die Geschwindigkeit betrug nur noch acht Meilen. Der Schneepflug hatte beim Räumen eine etwa einen Meter hohe Schneewand hinterlassen, der wir jetzt gefährlich nahe kamen und die uns den Weg blockierte. Der Tacho zeigte weniger als fünf Meilen an.

»Oh Gott, das dauert ja ewig«, sagte JP und seine Stimme krächzte. Ich sah in den Rückspiegel. Er krächzte tatsächlich.

Wir bewegten uns immer noch vorwärts, aber es war mehr ein Kriechen. Fast hatten wir die Spitze des Hügels erreicht, aber nun wurde es wirklich knapp. Wieder trat ich aufs Gas, doch vergeblich. »Carla«, sagte der Herzog.

»Ich muss dir jetzt was gestehen. Ich liebe dich. Ich will mit dir zusammen sein, Carla. Dieses Gefühl hatte ich noch nie einem Aut. . .«

Ich hatte das Gaspedal fast ganz durchgedrückt, die Reifen fanden Halt im Schnee und wir bohrten uns in die Schneewehe hinein, die bis zur Windschutzscheibe reichte. Halb rollten wir über sie hinweg, halb fuhren wir durch sie hindurch. Als Carla auf der anderen Seite der Schneewand wieder Boden unter den Reifen hatte, trat ich auf der Höhe eines Stoppschilds auf die Bremse. Carlas hinteres Ende schlingerte und plötzlich standen wir nicht länger neben dem Stoppschild, sondern in der richtigen Fahrtrichtung auf der Schnellstraße. Ich nahm den Fuß von der Bremse und fuhr los.

»JAAAAAAAA!«, brüllte JP vom Rücksitz. Er beugte sich nach vorn und rubbelte dem Herzog durch ihr dichtes, lockiges Haar. »WIR SIND NICHT GESTORBEN! WIR HABEN'S GESCHAFFT!«

»Du weißt echt, wie man mit einem Auto sprechen muss«, sagte ich zum Herzog. Ich spürte, wie das Blut durch meinen Körper raste. Sie wirkte total gefasst, als sie sich mit den Fingern durch die Haare fuhr und ihre Frisur in Ordnung brachte.

»Harte Zeiten erfordern harte Maßnahmen«, erwiderte sie.

Die ersten fünf Meilen waren himmlisch – die Schnellstraße führt bergauf und bergab, was das Fahren nicht ganz einfach macht, aber außer uns war kein anderer Wagen zu sehen und die Straße war zwar nass, konnte aber durch das Streusalz nicht zufrieren. Außerdem fuhr ich mit vorsichtigen zwanzig Meilen die Stunde, was die Kurven weniger furchterregend werden ließ. Wir schwiegen ziemlich lange – und dachten, wie ich annahm, alle an die Überquerung des Hügels zurück –, nur JP stieß hin und wieder hörbar die Luft aus und sagte: »Ich fass es nicht, dass wir nicht tot sind«, oder etwas Ähnliches zum selben Thema. Der Schnee lag zu hoch und die Straße war zu nass, um Musik zu hören, also blieb es einfach nur still.

Nach einer Weile sagte der Herzog: »Warum stehst du eigentlich so auf Cheerleader?« Das war ganz klar an mich gerichtet, denn ich war ein paar Monate lang mit Brittany zusammen gewesen, einer Cheerleaderin. Unser Cheerleaderteam war ziemlich gut, im Durchschnitt waren sie sogar deutlich bessere Sportler als die Footballmannschaft, zu der sie gehörten. Und sie waren bekannt dafür, dass sie Jungs das Herz brachen – Stuart Weintraub, der Typ, der bei Keun im Waffelhaus aufgetaucht war, war zum Beispiel von einer Cheerleaderin namens Chloe total fertiggemacht worden.

»Ähm, vielleicht, weil sie so scharf sind?«, schlug JP vor.

»Nein«, sagte ich und gab mir Mühe, ernsthaft zu antworten. »Das war Zufall. Dass ich sie mochte, hatte nichts damit zu tun, dass sie Cheerleader ist. Ich fand sie einfach nett.«

Der Herzog schnaubte. »Ja, auf diese ›Josef-Stalin-ich-werde-meine-Feinde-vernichten-Art-und-Weise‹.«

JP sagte zum Herzog: »Brittany war cool. Sie konnte nur dich nicht leiden, weil sie es einfach nicht begriffen hat.«

»Was nicht begriffen hat?«, fragte der Herzog.

»Ach, du weißt schon, dass du keine Bedrohung bist. Wie die meisten Mädchen mochte sie es nicht, dass ihr Freund die ganze Zeit mit einem anderen Mädchen herumhängt. Dabei hat sie nicht kapiert, dass du ... also, dass du eben kein richtiges Mädchen bist.«

»Wenn du damit meinst, dass ich keine Promiklatschzeitschriften mag, lieber esse als magersüchtig bin, mir keine Modelshows im Fernsehen angucke und die Farbe Pink hasse, dann hast du recht. Dann bin ich stolz drauf, kein richtiges Mädchen zu sein.«

Es stimmte, dass Brittany den Herzog nicht mochte, aber genauso wenig mochte sie JP. So ganz richtig mochte sie auch mich nicht. Je länger wir zusammen gewesen waren, desto mehr hatte sich Brittany über meinen Sinn für Humor aufgeregt, über meine Tischmanieren und über alles andere auch und deshalb hatten wir uns getrennt. Ehrlich gesagt, hat es mir nicht besonders viel ausgemacht. Ich war gekränkt, als sie mit mir Schluss machte, aber es war keine große Katastrophe wie bei Weintraub. Wahrscheinlich war ich nicht mal in Brittany verliebt. Das war der Unterschied. Sie war hübsch und intelligent und man konnte sich ganz gut mit ihr unterhalten, aber besonders viel haben wir eigentlich gar nicht miteinander geredet. Ich hatte nie viel in unsere Beziehung investiert, weil ich irgendwie von Anfang an wusste, wie es enden würde. Sie schien das Risiko einfach nicht wert zu sein.

Ich hasste es, über Brittany zu reden, aber der Herzog fing immer wieder mit diesem Thema an, vermutlich nur, weil es ihr einfach Spaß machte, mich zu ärgern. Oder, weil sich in ihrem eigenen Leben nichts Aufregendes abspielte, über das man reden könnte. Viele Jungs mochten den Herzog, aber sie schien sich nie wirklich für einen von ihnen zu interessieren. Jedenfalls hatte sie mir noch nie von irgendeinem Typ vorgeschwärmt, wie süß er war und dass er sie manchmal beachtete und dann wieder nicht und all diesen Scheiß. Das gefiel mir an ihr. Der Herzog war einfach normal: Sie machte gern Witze und redete gern über Filme und es machte ihr nichts aus, angeschrien zu werden oder selbst zu schreien. Sie hatte viel mehr Persönlichkeit als andere Mädchen.

»Ich steh überhaupt nicht auf Cheerleader«, sagte ich noch einmal.

»Aber«, fügte JP hinzu, »wir stehen beide auf scharfe Mädchen, die gern *Twister* spielen. Das hat nichts damit zu tun, auf Cheerleader abzufahren, Herzog: Wir lieben einfach nur die Freiheit und die Hoffnung und die unerschütterliche amerikanische Wesensart.«

»Tja, du kannst mich gern unpatriotisch nennen, aber das mit den Cheerleadern versteh ich einfach nicht. Hurra schreien ist nicht sexy. Düster ist sexy. Doppeldeutig ist sexy. Tiefsinniger-als-es-auf-den-ersten-Blick-scheint ist sexy.«

»Korrekt«, sagte JP. »Deshalb bist du mit Billy Talos zusammen. Niemand ist so düster und tiefsinnig wie ein Waffelhaus-Kellner.«

Ich guckte in den Rückspiegel, um zu sehen, ob JP sie auf den Arm nahm, aber es sah nicht danach aus. Sie griff nach hinten, boxte ihn aufs Knie und sagte: »Das ist doch nur ein Job.«

»Moment mal, du bist mit Billy Talos zusammen?«, fragte ich. Ich war hauptsächlich deswegen überrascht, weil ich nicht gedacht hätte, dass der Herzog überhaupt mit jemandem zusammen war, aber schon auch deshalb, weil Billy Talos jemand war, der gern Bier trank und Football spielte, während der Herzog eher auf Fernsehserien in Schwarz-Weiß aus den Sechzigern stand.

Nach kurzem Schweigen sagte der Herzog: »Nein. Er hat mich nur zum Winterball eingeladen.«

Ich schwieg. Es kam mir seltsam vor, dass der Herzog JP etwas erzählt hatte, was sie mir vorenthielt. JP sagte: »Das soll jetzt keine Beleidigung sein, aber Billy Talos ist ein bisschen fettig, findest du nicht? Wenn man seine Haare jeden zweiten oder dritten Tag auswringen würde, könnte das vielleicht das Ende der amerikanischen Abhängigkeit von ausländischem Öl bedeuten, oder?«

»Ich bin nicht beleidigt«, sagte der Herzog und lachte.

Offenbar war sie doch nicht so scharf auf ihn. Ich konnte mir den Herzog auch beim besten Willen nicht zusammen mit Billy Talos vorstellen – fettige Haare hin oder her, er kam mir einfach nicht witzig oder interessant genug vor. Aber wie auch immer. Der Herzog und JP fingen eine hitzige Diskussion über die Waffelhaus-Speisekarte an und ob der Rosinentoast besser schmeckte als der normale Toast. Es war eine nette Geräuschkulisse beim Fahren. Die Schneeflocken fielen auf die Windschutzscheibe, wo sie sofort schmolzen und von den Scheibenwischern weggewischt wurden. Das Fernlicht der Scheinwerfer beleuchtete den Schnee und die nasse Straße und ich konnte gerade genug erkennen, um auf meiner Spur zu bleiben.

Ich hätte noch stundenlang so weiterfahren können, ohne müde zu werden, aber wir hatten mittlerweile schon fast die Sunrise Avenue erreicht, wo wir abbiegen und durch die Stadt fahren mussten, auf die Autobahn zu und das Waffelhaus. Es war null Uhr sechsundzwanzig.

»Hey«, sagte ich und unterbrach ihr Gespräch.

»Was?«, fragte der Herzog.

Ich nahm kurz den Blick von der Straße, um sie direkt anzusehen. »Fröhliche Weihnachten.«

»Fröhliche Weihnachten«, erwiderte sie. »Fröhliche Weihnachten, JP.«

»Fröhliche Weihnachten, ihr Arschgesichter.«

KAPITEL SECHS

Die Schneehaufen rechts und links der Sunrise Avenue waren riesig, so hoch wie das Auto, sodass ich das Gefühl hatte, wir führen durch eine endlose Snowboard-Halfpipe. JP und der Herzog schwiegen und jeder von uns konzentrierte sich auf die Straße. Bis zur Innenstadt waren es noch ein paar Meilen, von dort aus lag das Waffelhaus eine Meile weiter östlich, direkt an der Autobahn. Dann wurde die Stille plötzlich von einem Rapsong aus den Neunzigern unterbrochen – JPs Handy. »Keun«, sagte er und stellte auf Lautsprecher.

»WO ZUM TEUFEL BLEIBT IHR DENN?«

Der Herzog drehte sich um, damit er sie hören konnte. »Keun, schau mal aus dem Fenster und sag uns, was du siehst.«

»Ich sag euch, was ich nicht sehe! Ich sehe weder dich noch JP noch Tobin auf dem Parkplatz vom Waffelhaus!

Mitchells Collegefreunde haben sich noch nicht gemeldet, aber Billy hat gerade von den Zwillingen gehört, dass sie gleich an der Sunrise sind.«

»Dann ist es ja gut, weil wir schon auf der Sunrise sind«, sagte ich.

»BEEILT EUCH! Die Cheerleader warten auf ihr Twister. Moment mal, bleib dran ... Sie üben gerade eine Pyramide und ich muss ihnen Hilfestellung geben. Hilfestellung. Ihr wisst, was das bedeutet? Wenn sie fallen, dann fallen sie mir in die Arme. Also, ich muss Schluss machen.« Ich hörte es klicken.

»Tritt aufs Gas«, sagte JP. Ich lachte und fuhr mit gleichbleibender Geschwindigkeit weiter. Wir mussten nichts anderes tun, als unseren Vorsprung zu halten.

Ein Abfahrtslauf im Geländewagen auf der Sunrise Avenue ist gar nicht so übel, weil sie im Gegensatz zu den meisten anderen Straßen in Gracetown ziemlich gerade verläuft. Ich orientierte mich an den Reifenspuren und erhöhte die Geschwindigkeit auf fünfundzwanzig Meilen. In schätzungsweise zwei Minuten würden wir die Innenstadt erreicht haben und in etwa zehn Minuten könnten wir schon Keuns Spezial-Käsewaffeln essen, die nicht auf der Speisekarte standen. Ich sah diese Waffeln vor mir, mit geschmolzenem Scheiblettenkäse bedeckt. Sie schmeckten pikant und süß zugleich, ein ganz eigener und vielschichtiger Geschmack, den man mit keinem anderen Geschmack vergleichen kann, höchstens mit Gefühlen. *Kä-*

sewaffeln, dachte ich, *schmecken wie Liebe, nur ohne die Angst, dass sich die Liebe in nichts auflöst,* und als wir die Neunzig-Grad-Kurve erreichten, die die Sunrise Avenue macht, bevor sie schnurgerade in die Innenstadt führt, konnte ich sie beinah schmecken.

Ich steuerte die Kurve exakt so an, wie ich es in der Fahrstunde gelernt hatte: mit den Händen auf zwei und auf zehn Uhr drehte ich das Lenkrad leicht nach rechts und trat sanft auf die Bremse. Nur dass Carla nicht entsprechend reagierte. Sie fuhr einfach weiter geradeaus.

»Tobin«, sagte der Herzog. Und dann: »Rechts, Tobin, rechts, rechts.«

Ich gab keine Antwort. Stattdessen drehte ich das Lenkrad weiter nach rechts und trat auf die Bremse. Als wir der Schneewehe näher kamen, wurden wir zwar langsamer, fuhren aber unbeirrt geradeaus. Mit einem Geräusch, als würden wir eine Schallmauer durchbrechen, bohrten wir uns in einen Berg aus Schnee.

Verdammt. Carla schlingerte nach links. Die Windschutzscheibe war eine weiße, mit Teer gesprenkelte Wand.

Als wir zum Stehen kamen, drehte ich mich um und sah, wie hinter dem Wagen Brocken aus vereistem Schnee herunterfielen und uns zudeckten. Auf diese Entwicklung des Geschehens reagierte ich mit der Art von Redegewandtheit, für die ich berühmt bin: »Scheiße, Scheiße, Scheiße, Scheiße, Scheiße, Scheiße, Scheiße, verdammte, verdammte, verdammte, verdammte Scheiße.«

Kapitel Sieben

Der Herzog beugte sich vor und stellte den Motor ab. »Sonst kriegen wir eine Kohlenmonoxidvergiftung«, sagte sie so sachlich, als würden wir nicht zehn Meilen von zu Hause entfernt in Eis und Schnee feststecken.

»Hinten raus!«, kommandierte sie und die Autorität in ihrer Stimme beruhigte mich. JP kletterte in den Kofferraum, öffnete die Heckklappe und sprang heraus. Der Herzog folgte ihm und dann kam ich, mit den Füßen zuerst. Nachdem ich meine Gedanken sortiert hatte, war ich jetzt auch endlich in der Lage, meine Gefühle angesichts unserer Situation entsprechend eloquent zu äußern. »Scheiße, Scheiße, Scheiße!« Ich trat Carla gegen die hintere Stoßstange, während mir der Schnee nass aufs Gesicht fiel. »Scheißidee, gottverdammt, mein Gott, meine Eltern, Scheiße, Scheiße, Scheiße.«

JP legte mir die Hand auf die Schulter. »Alles wird gut.«

»Nein«, sagte ich. »Wird es nicht. Und das weißt du auch.«

»Doch, wird es«, beharrte JP. »Weißt du, was? Alles wird echt wieder gut, weil ich den Wagen aus dem Schnee ausgraben werde und dann kommt jemand vorbei und hilft uns – und wenn es die Zwillinge sind. Ich meine, es sähe den Zwillingen überhaupt nicht ähnlich, uns hier erfrieren zu lassen.«

Der Herzog musterte mich und feixte. »Darf ich dich darauf hinweisen«, sagte sie, »wie sehr du schon bald bedauern wirst, meinen Rat bezüglich deiner Fußbekleidung nicht angenommen zu haben?« Ich sah auf den Schnee hinunter, der auf meine Pumas fiel, und zuckte zusammen.

JP blieb unerschütterlich optimistisch. »Ja! Alles wird gut! Es hat doch einen Grund, dass Gott mir Arm- und Brustmuskeln gegeben hat, Mann! Damit ich dein Auto aus dem Schnee ausgraben kann. Ihr müsst mir auch gar nicht dabei helfen. Schwatzt ihr ruhig weiter, während Hulk seine Zauberkräfte anwendet.«

Ich sah JP an. Er wog vielleicht fünfundsechzig Kilo. Eichhörnchen haben eindrucksvollere Muskeln. Aber das kümmerte JP nicht. Er band die Ohrenklappen seiner Mütze unter dem Kinn zusammen. Aus seinem knallengen Schneeanzug zog er ein Paar Wollhandschuhe heraus und drehte sich zum Auto um.

Ich hatte keine Lust, ihm zu helfen, weil ich wusste, dass es hoffnungslos war. Carla steckte knapp zwei Meter tief in einer Schneewehe, die mir fast bis über den Kopf reichte, und wir hatten nicht mal eine Schaufel. Ich stand einfach auf der Straße neben dem Herzog und wischte über die nasse Haarsträhne, die unter meiner Mütze hervorkam. »Tut mir leid«, sagte ich zum Herzog.

»Hey, das war doch nicht deine Schuld. Carla ist schuld. Du hast am Lenkrad gedreht und Carla hat einfach nicht gehorcht. Ich wusste, ich hätte sie nicht lieben sollen. Sie ist genau wie alle anderen, Tobin: Sobald ich jemandem meine Liebe gestehe, werde ich verlassen.«

Ich lachte. »Ich habe dich nie verlassen«, sagte ich und tätschelte ihr den Rücken.

»Na ja, a) habe ich dir nie meine Liebe gestanden und b) bin ich für dich nicht mal eine Frau.«

»Mann, wir stecken richtig in der Klemme«, sagte ich abwesend und sah mich nach JP um, der sich gerade einen Weg zum Beifahrersitz bahnte. Er wühlte sich durch wie ein kleiner Maulwurf und war erstaunlich erfolgreich.

»Ja, mir ist auch schon ziemlich kalt«, sagte sie und stellte sich ganz dicht neben mich. Ich konnte mir zwar nicht vorstellen, wie es ihr unter ihrer dicken Skijacke kalt sein konnte, aber das war eigentlich auch egal. Zumindest machte es mir klar, dass ich nicht allein hier draußen war. Ich legte den Arm um sie und zerknautschte dabei ihre Mütze. »Mann, Herzog, was sollen wir bloß tun?«

»Das hier macht jedenfalls wahrscheinlich mehr Spaß, als wir im Waffelhaus je gehabt hätten«, antwortete sie.

»Aber im Waffelhaus ist Billy Talos«, zog ich sie auf. »Jetzt weiß ich, warum du dahin wolltest. Es ging gar nicht um Kartoffelpuffer.«

»Es geht immer um Kartoffelpuffer«, sagte sie. »Wie schon der William Carlos Williams geschrieben hat: *›So viel liegt an den güldenen Kartoffelpuffern, beglänzt von Öl, Seit' an Seit' mit Rührei.‹*«

Ich hatte keine Ahnung, wovon sie sprach. Ich nickte nur, starrte die Straße hinauf und fragte mich, wann wohl ein Auto käme und uns rettete.

»Ich weiß, es klingt blöd, aber das ist der abenteuerlichste Weihnachtstag meines Lebens.«

»Stimmt, und das erinnert mich daran, warum ich Abenteuer eigentlich grundsätzlich ablehne.«

»Ein kleines Risiko hier und da ist nicht zu verachten«, sagte der Herzog und sah mich an.

»Finde ich überhaupt nicht, und das hier beweist, wie recht ich habe. Ich bin ein Risiko eingegangen und jetzt steckt Carla in einer Schneewehe fest und ich werde bald enterbt werden.«

»Ich verspreche dir, dass alles gut gehen wird«, sagte der Herzog mit leiser, zuversichtlicher Stimme.

»So was kannst du echt gut«, sagte ich. »Du kannst etwas Verrücktes so sagen, dass ich dir glaube.«

Sie stellte sich auf die Zehenspitzen, packte meine Schultern und sah mich an. Ihre Nase war rot und nass vor Schnee, ihr Gesicht ganz dicht vor meinem. »Du magst keine Cheerleader. Du findest sie langweilig. Du magst süße, witzige, gefühlvolle Mädchen, mit denen ich auch gern herumhängen würde.«

Ich zuckte mit den Schultern. »Tja, dieses Mal hat's nicht funktioniert«, sagte ich.

»Verdammt.« Sie lächelte.

JP tauchte aus seinem Schneetunnel auf, schüttelte den Schnee von seinem türkisfarbenen Strampelanzug und verkündete: »Tobin, ich habe eine nicht ganz so gute Nachricht, aber das ist kein Grund überzureagieren.«

»Okay«, sagte ich ängstlich.

»Ich weiß nicht, wie ich dir das mit einfachen Worten sagen soll. Ähm, was wäre deiner Meinung nach die ideale Anzahl von Reifen, über die Carla momentan verfügen sollte?«

Ich schloss die Augen und legte den Kopf in den Nacken, sodass mir das Licht der Straßenlaterne durch die Lider schien und der Schnee auf meinen Mund fiel.

JP fuhr fort: »Um ganz ehrlich zu sein, finde ich, dass die bestmögliche Anzahl von Reifen vier sein müsste. Momentan allerdings sind nur drei Reifen an Carla befestigt, nicht gerade eine ideale Menge. Glücklicherweise befindet sich der vierte zwar ganz in der Nähe, leider bin ich jedoch kein Experte, was das Wiederanbringen von Autoreifen angeht.«

Ich zog mir die Mütze übers Gesicht. Mir ging das ganze

Ausmaß meiner beschissenen Situation auf und zum ersten Mal spürte ich die Kälte – Kälte an meinen Handgelenken, zwischen Handschuhen und Jackenärmeln, Kälte im Gesicht und Kälte an den Füßen, wo der schmelzende Schnee schon in meine Socken eindrang. Meine Eltern würden mich nicht verprügeln oder mich mit einem heißen Drahtkleiderbügel brandmarken oder so was. Für Grausamkeiten waren sie zu nett. Und genau deshalb hatte ich so ein schlechtes Gewissen: Sie hatten es nicht verdient, ein Kind zu haben, das auf dem Weg, die Heilige Nacht mit vierzehn Cheerleadern zu verbringen, einen Reifen an ihrer geliebten Carla abfuhr.

Jemand zog mir die Mütze aus dem Gesicht. JP. »Ich hoffe, du lässt dich von so einem kleinen Hindernis, wie kein Auto zu haben, nicht vom Waffelhaus abhalten«, sagte er.

Der Herzog, der sich an Carlas halb frei liegendes Heck lehnte, lachte. Ich lachte nicht.

»JP, das ist nicht der richtige Zeitpunkt, um Witze zu machen«, sagte ich.

Er richtete sich auf, als wollte er mich daran erinnern, dass er ein bisschen größer war als ich, ging dann mit zwei Schritten mitten auf die Straße und stellte sich direkt unter das Licht der Straßenlaterne. »Ich mache keine Witze«, sagte er. »Ist es witzig, an seine Träume zu glauben? Ist es witzig, Hindernisse zu überwinden, um diese Träume wahr zu machen? War es witzig, dass Huckleberry Finn

Hunderte von Meilen den Mississippi hinuntergerudert ist, um Cheerleader aus dem neunzehnten Jahrhundert zu treffen? War es witzig, dass Tausende von Männern und Frauen ihr Leben der Erforschung des Alls gewidmet haben, damit Neil Armstrong sich bei Cheerleadern auf dem Mond andocken konnte? Nein! Und es ist auch nicht witzig, dass wir drei weisen Männer uns in dieser Nacht der großen Wunder auf das strahlende gelbe Licht des Waffelhauses zubewegen!«

»Wir drei weisen Leute«, sagte der Herzog sehr bestimmt.

»Ach, komm schon!«, sagte JP. »Habt ihr gar nichts dazu zu sagen? Nichts?!« Der Schnee dämpfte seine Worte, deshalb schrie JP und seine Stimme kam mir vor wie das einzige Geräusch auf der ganzen Welt. »Wollt ihr noch mehr hören? Es geht noch weiter. Meine Dame und mein Herr, als meine Eltern Korea verließen mit nichts als der Kleidung auf ihrem Leib und dem beträchtlichen Reichtum, den sie im Reedereigeschäft angehäuft hatten, da verfolgten sie einen Traum. Sie hatten den Traum, dass ihr Sohn eines Tages in den verschneiten Hügeln von North Carolina in der Damentoilette eines Waffelhauses an der Autobahn seine Jungfräulichkeit an eine Cheerleaderin verlieren würde. Was haben meine Eltern diesem Traum alles geopfert! Und deshalb müssen wir nun einfach weiterziehen, allen Irrungen und Wirrungen zum Trotz! Nicht um meinetwillen und am allerwenigsten wegen der armen Cheerleader, aber um meiner Eltern willen und für alle

Einwanderer, die mit der Hoffnung in dieses großartige Land gekommen sind, dass irgendwie und irgendwann ihre Kinder das bekommen, was sie selbst nie haben konnten: Cheerleader-Sex.«

Der Herzog applaudierte. Ich lachte und nickte JP zu. Je länger ich darüber nachdachte, desto bescheuerter kam es mir vor, mit einer Horde von Cheerleadern herumzuhängen, die ich nicht mal kannte und die ohnehin nur eine Nacht lang in der Stadt bleiben würden. Nichts gegen das Herumhängen mit Cheerleadern, aber ich hatte auf diesem Gebiet eben bereits einige Erfahrung. Es konnte zwar Spaß machen, aber es lohnte sich kaum, dafür durch den Schnee zu stapfen. Andererseits: Was stand dabei auf dem Spiel, was ich nicht bereits aufs Spiel gesetzt hatte? Nur mein Leben, und ich würde eher überleben, indem ich drei Meilen zum Waffelhaus lief als zehn Meilen nach Hause. Ich kletterte also ins Heck des Wagens, schnappte mir ein paar Decken, sah nach, ob alle Türen zu waren, und schloss Carla ab. Ich legte ihr die Hand auf die Stoßstange und sagte: »Wir holen dich wieder ab.«

»Genau«, sagte der Herzog tröstend. »Wir lassen unsere Gestrauchelten nicht im Stich.«

Wir waren kaum dreißig Meter hinter der Kurve, als wir das Knattern eines Autos hörten.

Die Zwillinge.

KAPITEL ACHT

Die Zwillinge fuhren einen alten, aufgemotzten, tiefergelegten kirschroten Ford Mustang – ein Auto, das nicht gerade berühmt war für sein Fahrverhalten bei schlechtem Wetter. Deshalb war ich ziemlich sicher, dass auch sie die Kurve nicht schaffen und wahrscheinlich auf Carla auffahren würden. Als sich das Motorengeräusch zu einem Röhren steigerte, schob der Herzog JP und mich sicherheitshalber an den Straßenrand.

Sie dröhnten um die Ecke – der Mustang spritzte den Schnee hinter sich hoch, sein Heck schlingerte, aber irgendwie schafften sie es, auf der Straße zu bleiben. Der winzige Tommy Reston drehte das Lenkrad wie ein Wahnsinniger hin und her. Er kam mir vor wie ein Schneefahrergott, der kleine Blödmann.

Das Gewicht war so ungleich verteilt, dass der Mustang sich deutlich sichtbar nach links neigte, wo Timmy Restons riesiger Körper irgendwie auf den Beifahrersitz gequetscht worden war. Ich sah, wie er lächelte und die Grübchen sich zentimetertief in seine fetten, fleischigen Wangen eingruben. Tommy brachte den Mustang knapp zehn Meter vor uns zum Stehen, rollte die Scheibe hinunter und steckte den Kopf aus dem Fenster.

»Probleme mit dem Auto?«, fragte er.

Ich ging auf den Wagen zu. »Genau«, sagte ich. »Wir sind in eine Schneewehe gefahren. Ich bin froh, euch zu sehen, Leute. Könntet ihr uns mitnehmen, wenigstens bis in die Innenstadt?«

»Na klar«, sagte er. »Steigt ein.« Dann schaute er an mir vorbei und trällerte: »Hallo, Angie.« So heißt der Herzog mit richtigem Namen.

»Hi«, erwiderte sie. Ich drehte mich um und winkte JP und den Herzog heran. Ich war schon fast am Auto, blieb aber auf der Fahrerseite, weil ich mir nicht vorstellen konnte, wie man hinter Timmys Sitz auf die Rückbank kommen könnte.

In dem Moment, als ich bei der Motorhaube ankam, sagte Tommy: »Weißt du, was? Hinten hab ich Platz genug für zwei Loser.« Und dann lauter, damit JP und der Herzog ihn hören konnten: »Aber nicht genug für zwei Loser und eine Schlampe.« Er trat aufs Gas, aber es passierte nichts, weil die Reifen des Mustangs eine Sekunde lang durchdrehten. Ich machte einen Satz nach vorn in Richtung Türgriff, aber bevor ich ihn packen konnte, fuhr der Mustang los. Ich verlor das Gleichgewicht und fiel in den Schnee. Im Vorbeifahren spritzte mir der Wagen Schnee auf Gesicht, Hals und Brust. Ich spuckte ihn aus und sah zu, wie Timmy und Tommy auf JP und den Herzog zurasten.

Sie standen nebeneinander am Straßenrand, der Herzog zeigte Timmy und Tommy mit beiden Händen den Stinkefinger. Als der Mustang nahe genug war, machte JP einen kleinen Schritt nach vorn und hob ein Bein hoch. Im Vorbeifahren trat er gegen das Heckfenster. Es war nur ein sanfter Tritt wie von einem Mädchen. Ich hörte nicht mal, dass sein Fuß das Auto berührte. Und trotzdem reichte es, um den Wagen aus dem Gleichgewicht zu bringen: Urplötzlich kippte der Mustang zur Seite. Tommy musste noch versucht haben, den Motor auf die höchste Drehzahl hochzufahren, als er ins Schleudern kam, aber es half nicht. Der Mustang schoss von der Straße direkt in eine Wand aus zur Seite geräumtem Schnee und war bis auf die Bremslichter komplett verschwunden.

Ich kam mühsam auf die Beine und rannte auf JP und den Herzog zu. »Heilige Scheiße!«, sagte JP und schaute auf seinen Fuß. »Mann, bin ich stark!«

Der Herzog marschierte in Richtung Mustang. »Wir müssen sie ausgraben«, überlegte sie. »Das ist lebensgefährlich.«

»Scheiß drauf«, sagte ich. »Nach dem, was sie gerade getan haben? Außerdem haben sie dich Schlampe genannt!« Ich sah, wie sie rot wurde, trotz der vom Wind geröteten

Wangen. Ich hatte dieses Wort noch nie leiden können und ich hasste es, dass sie den Herzog so genannt hatten. Obwohl es lächerlich und völlig unzutreffend war, sie so zu bezeichnen, war es ihr dennoch peinlich und sie wusste, dass wir wussten, dass es ihr peinlich war und ... wie auch immer. Es machte mich einfach nur stinksauer. Aber ich wollte nicht noch weiter auf dem Thema herumreiten, also hielt ich den Mund.

Der Herzog fasste sich schnell wieder. »Oh ja«, sagte sie und verdrehte die Augen, »Tommy Reston hat mich Schlampe genannt. Wow. Ein echter Angriff auf meine Weiblichkeit. Aber was soll's. Ich bin nur froh, dass überhaupt mal jemand die Möglichkeit in Betracht zieht, dass ich eventuell ein sexuelles Lebewesen sein könnte!«

Ich sah sie prüfend an, während ich mit ihr auf den Mustang zuging. Schließlich sagte ich: »Ich meine das nicht persönlich, aber ich möchte mir niemanden, der was mit Billy Talos zu tun hat, als sexuelles Lebewesen vorstellen.«

Sie blieb stehen und sah mich an. Sehr ernst sagte sie: »Hörst du jetzt bitte auf, über ihn zu sprechen? Ich mag ihn nicht mal besonders.«

Ich hatte keine Ahnung, warum sie sich ausgerechnet jetzt so darüber aufregte. Wir zogen uns ständig gegenseitig auf. »Was?«, schoss ich zurück.

Und sie erwiderte: »Nichts, vergiss es. Komm und hilf mir lieber, diese zurückgebliebenen Frauenhasser vor einer Kohlenmonoxidvergiftung zu retten.«

»Äh, ja«, erwiderte ich.

»Seid ihr bald da?«

Ich überlegte, ob er diese Information nutzen würde, um seinen Freunden zu helfen. »Ziemlich bald«, sagte ich.

»Okay, ich geb dir Keun«, sagte er. Dann dröhnte Keuns Stimme durch den Hörer. »Was ist los? Wo seid Ihr? Mann, ich glaube, Billy hat sich verliebt. Im Moment setzt er sich gerade neben eine Madison. Eine der Madisons. Es gibt mehrere. Die Welt ist voll mit magischen Madisons!«

Ich warf einen Blick auf den Herzog, um zu sehen, ob sie etwas mitbekommen hatte, aber sie schaute stur geradeaus und lief weiter. Ich hatte geglaubt, dass Billy sich nach dem Herzog erkundigt hatte, weil er sie sehen wollte, und nicht, weil er vermeiden wollte, dass sie mitkriegte, wie er sich an eine andere heranmachte. Schlappschwanz.

»TOBIN!«, brüllte Keun mir ins Ohr.

»Ja, was ist denn?«

»Hallo, du hast mich angerufen«, sagte er.

»Stimmt. Wir sind bald da. Wir sind an der Ecke Main und Third. In einer halben Stunde müssten wir da sein.«

»Hervorragend, ich glaube, ihr werdet die Ersten sein. Die Collegetypen hängen offenbar irgendwo am Straßenrand fest.«

»Super. Okay. Ich ruf wieder an, wenn wir fast da sind.«

»In Ordnung. Oh, hey, habt ihr *Twister* dabei?«

Ich sah JP an und dann den Herzog. Ich legte die Hand über das Handy und fragte: »Haben wir *Twister?*«

JP blieb stehen. Der Herzog ebenfalls. JP sagte: »Scheiße, wir haben es in Carla liegen lassen.«

Ich nahm die Hand vom Mikro und sagte: »Keun, tut mir echt leid, Mann, aber wir haben es im Auto liegen lassen.«

»Das ist nicht gut«, sagte er mit drohendem Unterton in der Stimme.

»Ich weiß, ist echt scheiße. Tut mir leid.«

»Ich ruf dich zurück«, sagte er und legte auf.

Eine Minute später rief Keun zurück. »Hör mal«, sagte er, »wir haben abgestimmt und ihr müsst leider zurückgehen und das Spiel holen. Die Mehrheit hat dafür gestimmt, dass keiner ohne *Twister* hier reindarf.«

»Was? Wer hat abgestimmt?«

»Billy, Mitchell und ich.«

»Ach, komm schon, Keun. Bequatsch sie! Zurück zu Carla heißt zwanzig Minuten gegen den Wind laufen und außerdem sind da irgendwo die Reston-Zwillinge. Bring einen von ihnen dazu, seine Meinung zu ändern!«

»Leider war das Ergebnis drei zu null.«

»Was? Keun? Du hast gegen uns gestimmt?«

»Ich betrachte das nicht als eine Entscheidung gegen euch«, erklärte er. »Ich betrachte es als Entscheidung für *Twister.*«

»Du machst Witze«, sagte ich. Der Herzog und JP konnten nicht hören, was Keun sagte, aber langsam guckten sie beunruhigt.

KAPITEL NEUN

Der Herzog und JP kamen gut voran – sie rannten zwar nicht, aber sie gingen sehr schnell. Meine Füße waren eiskalt und ich war müde, weil ich den Herzog getragen hatte, deshalb konnte ich nicht ganz mit ihnen Schritt halten, und wegen des Gegenwindes hörte ich zwar, was sie sagten, aber sie konnten nicht hören, was ich sagte.

Der Herzog stellte (schon wieder) fest, dass Cheerleading kein Sport wäre, und JP zeigte mit dem Finger auf sie und schüttelte entschieden den Kopf. »Ich möchte kein negatives Wort mehr über Cheerleader hören. Wenn es keine Cheerleader gäbe, wie würden wir dann wissen, wann und wie wir uns bei Sportveranstaltungen freuen sollten? Wenn es keine Cheerleader gäbe, wie würden Amerikas hübscheste Mädchen an ihr Training kommen, das für ein gesundes Leben so wichtig ist?«

Ich beeilte mich, sie einzuholen, damit ich auch etwas zu

dem Gespräch sagen konnte. »Und was würde aus der Polyester-Minirock-Industrie werden, wenn es keine Cheerleader gäbe?«, fragte ich. Allein schon durch Reden wurde das Gehen leichter und der Wind weniger schneidend.

»Genau«, sagte JP und wischte sich die Nase am Ärmel des Strampelanzugs von meinem Dad ab. »Ganz zu schweigen von der Pompon-Industrie. Habt ihr eine Ahnung, wie viele Menschen auf der ganzen Welt mit der Herstellung, dem Vertrieb und Verkauf von Pompons beschäftigt sind?«

»Zwanzig?«, riet der Herzog.

»Tausende!«, erwiderte JP. »Auf dieser Welt gibt es Millionen von Pompons für Millionen von Cheerleadern! Und wenn an meinem Wunsch etwas falsch sein sollte, dass diese Millionen von Cheerleadern ihre Millionen von Pompons über meine nackte Brust reiben, dann ist es eben falsch, Herzog. Dann ist es eben falsch.«

»Du bist echt ein Clown«, sagte sie. »Und ein Genie.«

Ich blieb wieder zurück, aber ich schleppte mich weiter. Weder war ich ein Clown noch ein Genie. Aber es machte immer wieder Spaß zu sehen, wie witzig JP sein konnte und wie der Herzog dann mithielt. Wir brauchten eine Viertelstunde, um zu Carla zurückzukommen, auf einem Schleichweg, der nicht über die Sunrise (und hoffentlich nicht zu den Zwillingen) führte. Ich kletterte in den Kofferraum und schnappte mir *Twister*. Dann stiegen wir über einen Maschendrahtzaun, durchquerten einen fremden

Garten und hielten uns strikt westlich, Richtung Autobahn. Wir dachten, dass die Zwillinge die Strecke nehmen würden, die wir ursprünglich gegangen waren. So waren sie zwar schneller, aber wir waren uns einig, dass weder Timmy noch Tommy *Twister* bei sich gehabt hatten, deshalb war es egal, ob sie vor uns da waren.

Lange gingen wir schweigend an dunklen Holzhäusern vorbei und ich hielt mir den *Twister*-Karton über den Kopf, um nicht so viel Schnee ins Gesicht zu bekommen. Auf der einen Straßenseite lag der Schnee bis in Höhe der Türklinken und ich dachte darüber nach, wie sehr so viel Schnee einen Ort verändert. Ich hatte nie irgendwo anders gewohnt als hier. Ich war schon tausend Mal diese Straße entlanggegangen oder -gefahren. Ich dachte daran, wie einmal alle diese Bäume durch einen Schädlingsbefall eingegangen waren und wie man in all den Gärten neue gepflanzt hatte. Über die Zäune hinweg konnte ich einen Abschnitt der Main Street sehen, der mir sogar noch vertrauter war: Ich kannte jeden Laden dort, der Folklorekunst an Touristen verkaufte, jedes Outdoorgeschäft, wo es die Art von Wanderschuhen gab, die ich gerade gern angehabt hätte.

Aber jetzt sah alles ganz anders aus – bedeckt von einem so reinen Weiß, dass es fast bedrohlich wirkte. Unter mir gab es weder Straße noch Bürgersteig und Feuerwehrhydranten waren auch nicht mehr zu sehen. Nichts als Weiß überall, als ob der ganze Ort weihnachtlich in

Schnee verpackt worden wäre. Und es sah nicht nur anders aus, es roch auch anders, die Luft roch nach schneidender Kälte und Schneefeuchtigkeit. Und dazu die unheimliche Stille, nur das gleichmäßige Knirschen unser Schritte war zu hören. So verloren war ich in dieser weißen Wirbelwelt, dass ich nicht mal mehr hören konnte, was JP und der Herzog vor mir redeten.

Und wenn nicht plötzlich die Lichter des Herzog-Minimarktes vor uns aufgetaucht wären, als wir von der Third Street auf die Maple abbogen, hätte ich fast geglaubt, dass wir die Einzigen im westlichen Teil von North Carolina waren, die noch nicht in ihren Betten lagen und schliefen.

Der Grund, warum wir den Herzog »Herzog« nennen, ist folgender: In der achten Klasse waren wir mal im Herzog-Minimarkt. Das Besondere an diesem Laden ist, dass die Mitarbeiter dieses Minimarktes einen nicht mit »Sir« oder »Ma'am« ansprechen oder mit »du da« oder etwas Ähnlichem, sondern angehalten sind, einen entweder »Herzog« oder »Herzogin« zu nennen.

An diesem Tag kam der Herzog ein bisschen später als wir anderen und wie immer in der Mittelstufe trug sie Jeans und Baseballcap. Deshalb kam es, wie es kommen musste: Wir wollten Big League Chew oder Mountain Dew Code Red kaufen oder irgendetwas anderes, womit wir unsere Zähne schädigen konnten, und als der Herzog bezahlen wollte, sagte der Typ hinter der Kasse: »Danke, Herzog.«

Das blieb hängen. Irgendwann später, in der neunten Klasse, saßen wir dann mal beim Mittagessen und JP und Keun und ich machten ihr den Vorschlag, sie Angie zu nennen, aber sie sagte, sie hasste es, Angie genannt zu werden. Also blieben wir bei Herzog. Es passte zu ihr. Sie hatte eine beeindruckende Körperhaltung und war die geborene Anführerin, und obwohl sie inzwischen kein bisschen jungenhaft mehr aussah, verhielt sie sich meistens doch immer noch wie einer von uns.

Als wir die Maple hinaufliefen, wurde JP langsamer und ging schließlich neben mir her.

»Was ist?«, fragte ich.

»Geht es dir gut?«, erwiderte er. Er griff nach oben, nahm mir den *Twister*-Karton ab und klemmte ihn sich unter den Arm.

»Äh . . . ja?«

»Weil du gehst wie . . . ich weiß auch nicht, wie. Als hättest du weder Knöchel noch Knie.« Ich blickte nach unten und sah, dass ich tatsächlich sehr seltsam ging, mit steifen, weit gespreizten Beinen und durchgedrückten Knien. Ich sah aus wie ein Cowboy nach einem langen Ritt. »Huch«, sagte ich und beobachtete meinen merkwürdigen Gang. »Hm, ich glaube, das liegt an meinen eiskalten Füßen.«

»SOFORT ANHALTEN! NOTFALL!«, schrie JP. »Hier liegt eine mögliche Erfrierung vor!«

Ich schüttelte den Kopf, es war doch alles in Ordnung,

aber der Herzog drehte sich um, sah, wie ich ging, und befahl: »Los, zum Herzog-Minimarkt!«

Sie liefen und ich torkelte. Sie waren lange vor mir im Laden, und als ich kam, stand der Herzog schon an der Kasse und bezahlte vier Paar weiße Baumwollsocken.

Wir waren nicht die einzigen Kunden: Als ich mich in eine Nische des winzigen »Cafés« quetschte, sah ich in einer anderen Nische, mit einer dampfenden Tasse vor sich, den Silberfolienmann sitzen.

KAPITEL ZEHN

Alles klar?«, sagte JP zum Silberfolienmann, als ich meine durchnässten Schuhe auszog. Es ist nicht einfach, den Silberfolienmann zu beschreiben, weil er eigentlich aussieht wie ein ganz normaler, grauhaariger, älterer Mann, außer dass er, wann immer er sein Haus verlässt, von Kopf bis Fuß in Silberfolie eingewickelt ist. Ich schälte mich aus meinen fast tiefgefrorenen Socken. Meine Füße waren hellblau. JP reichte mir eine Serviette, um sie abzutrocknen, als der Silberfolienmann anfing zu sprechen.

»Wie geht es euch dreien, in dieser Nacht?« So sprach der Silberfolienmann immer, als wäre das Leben ein Horrorfilm und er der messerschwingende Irre. Aber alle waren sich einig, dass er harmlos war. Die Frage war an uns alle gerichtet, aber er schaute dabei nur mich an.

»Na ja«, erwiderte ich. »Unser Auto hat einen Reifen verloren und ich spüre meine Füße nicht mehr.«

»Du hast sehr verlassen ausgesehen da draußen«, sagte er. »Der einsame Held im Kampf gegen die Elemente.«

»Ja. Okay. Und wie geht es Ihnen?«, fragte ich höflich. Warum stellst du ihm eine Frage?, schalt ich mich unmittelbar danach selbst. Blöde Südstaatenmanieren.

»Ich gönne mir eine sättigende Tasse Nudeln«, sagte er. »Ich liebe eine gute Tasse. Und dann gehe ich noch eine Runde spazieren.«

»Ist Ihnen nicht kalt, in der Folie?« Ich konnte einfach nicht aufhören, Fragen zu stellen.

»Welche Folie?«, fragte er.

»Äh«, sagte ich, »schon gut.« Der Herzog gab mir die Socken. Ich zog ein Paar an und dann noch eins und dann ein drittes. Das vierte hob ich mir auf, falls ich später noch ein trockenes Paar brauchen sollte. Ich kam kaum wieder in meine Pumas hinein, aber trotzdem fühlte ich mich wie neugeboren, als ich aufstand, um zu gehen.

»Immer wieder nett«, sagte der Silberfolienmann.

»Oh ja«, erwiderte ich. »Fröhliche Weihnachten.«

»Mögen die Schweine des Schicksals euch sicher nach Hause fliegen«, entgegnete er. Tja. Ich hatte Mitleid mit der Dame hinter der Kasse, weil sie sich jetzt um ihn kümmern musste. Auf dem Weg nach draußen sprach sie mich an. »Herzog?«

Ich drehte mich um. »Ja?«

»Ich konnte nicht umhin mitzuhören«, sagte sie. »Das mit eurem Wagen.«

»Ja«, sagte ich. »Scheiße.«

»Hör mal«, sagte sie. »Wir können ihn abschleppen. Wir haben einen Lkw.«

»Echt?«, fragte ich.

»Ja, hier, gib mir was, um die Nummer aufzuschreiben.« Ich suchte in der Manteltasche und fand ein altes Rezept. In einer sehr verschnörkelten Schrift schrieb sie ihre Telefonnummer und ihren Namen auf, Rachel. »Wow, vielen Dank, Rachel.«

»Ja. Hundertfünfzig Mäuse plus fünf Mäuse pro Meile, weil Weihnachten ist und wegen des Wetters und so.«

Ich verzog das Gesicht, aber ich nickte. Ein teurer Abschleppdienst war verdammt viel besser als gar kein Abschleppdienst.

Kaum waren wir wieder auf der Straße – ich ging mit einem ganz neuen, positiven Gefühl für meine Füße –, lief JP neben mir her und sagte: »Ehrlich gesagt, die Tatsache, dass der Silberfolienmann schätzungsweise schon vierzig ist und immer noch am Leben, lässt mich auf ein einigermaßen erfolgreiches Erwachsenenleben hoffen.«

»Genau.« Der Herzog marschierte vor uns und kaute Cheetos. »He Mann«, sagte JP. »Guckst du dem Herzog etwa auf den Hintern?«

»Was? Nein.« Und erst als ich die Lüge aussprach, merkte ich, dass ich tatsächlich ihre Rückseite betrachtet hatte, wenn auch nicht speziell ihren Hintern.

Der Herzog drehte sich um. »Worüber redet ihr?«

»Über deinen Hintern!«, rief JP in den Wind.

Sie lachte. »Ich weiß schon, dass du in deinen einsamen Nächten davon träumst, JP.«

Sie ging langsamer, bis wir sie eingeholt hatten. »Willst du die Wahrheit wissen, Herzog?«, sagte JP und legte den Arm um sie. »Hoffentlich bist du nicht beleidigt, aber wenn ich jemals einen erotischen Traum von dir haben sollte, müsste ich unverzüglich mein Unterbewusstsein finden, es aus meinem Körper reißen und mit einem Stock totschlagen.«

Sie reagierte souverän wie immer. »Ich bin kein bisschen beleidigt«, erwiderte sie. »Wenn du es nicht tätest, müsste ich es an deiner Stelle tun.« Und dann sah sie mich an. Ich nahm an, sie wollte sehen, ob ich lachte – was ich tat, wenn auch leise.

Wir gingen gerade am Grosvenor Park vorbei, wo sich der größte Spielplatz der Stadt befand, als ich von Weitem einen lauten, starken Motor hörte. Eine Sekunde lang dachte ich, es könnten die Zwillinge sein, aber dann drehte ich mich um und sah im Licht der Straßenlaterne das Blaulicht auf dem Autodach. »Bullen«, stellte ich fest und rannte in den Park. Auch JP und der Herzog beeilten sich, von der Straße zu kommen. Wir duckten uns halb hinter, halb in einer Schneewehe, während der Polizeiwagen langsam vorbeifuhr und das Suchlicht über den Park schwenkte.

Erst danach fiel es mir ein: »Vielleicht hätte er uns mitnehmen können.«

»Genau, ins Gefängnis«, sagte JP.

»Aber wir haben doch gar nichts gemacht«, wandte ich ein.

JP dachte kurz darüber nach. Um zwei Uhr dreißig in der Weihnachtsnacht draußen zu sein, fühlte sich falsch an, aber das hieß noch lange nicht, dass es auch falsch war. »Sei kein Arschgesicht«, sagte JP. Also gut, ich tat das am wenigsten Arschgesichtmäßige, was mir gerade in den Sinn kam: Ich ging ein paar Schritte durch den wadenhoch liegenden Schnee von der Straße in den Park hinein. Dann ließ ich mich mit ausgebreiteten Armen auf den Rücken fallen, in dem sicheren Bewusstsein, dass ich sanft auf dem Schnee landen würde. Dort blieb ich einen Moment lang liegen und machte dann einen Schneeengel. Der Herzog warf sich bäuchlings in den Schnee. »Schneeengel mit Titten!«, sagte sie. JP nahm Anlauf, sprang in den Schnee und landete mit dem *Twister*-Karton im Arm ausgestreckt auf der Seite. Er stand vorsichtig auf, betrachtete den Abdruck seines Körpers und sagte: »Körperumriss bei Morduntersuchung!«

»Wie ist es passiert?«, fragte ich.

»Jemand hat versucht, ihm sein *Twister*-Spiel wegzunehmen, und er ist im heldenhaften Kampf darum gestorben«, erklärte er.

Ich kämpfte mich aus meinem Engel heraus und machte

noch einen. Dieses Mal machte ich ihm mit meinen Handschuhen ein Paar Hörner. »Schneeteufel!«, rief der Herzog vergnügt. Mit dem ganzen Schnee um uns herum kam ich mir vor wie ein kleines Kind in einer dieser aufblasbaren Hüpfburgen – wenn ich hinfiel, würde ich mir nicht wehtun. Nichts konnte mir wehtun. Der Herzog rannte mit gesenkten Schultern und Kopf auf mich zu und stieß mich vor die Brust. Wir fielen gemeinsam auf den Boden und ich hatte so viel Schwung, dass ich über sie rollte und ihr Gesicht so dicht vor meinem war, dass sich unsere weißen Atemwölkchen zu einem vermischten. Ich spürte sie unter mir liegen, und als sie mich anlächelte, fing mein Magen an zu flattern. Ganz kurz spürte ich, dass ich mich von ihr hätte lösen können, aber ich tat es nicht. Stattdessen stieß sie mich zur Seite, stand auf und wischte den Schnee von ihrem Mantel, der auf mich, der ich noch immer bäuchlings im Schnee lag, herunterfiel.

Dann stand ich auch auf, wir stapften zurück auf die Straße und gingen weiter. Ich war noch nasser und mir war noch kälter als vorher, aber jetzt lag nur noch eine Meile bis zur Autobahn vor uns und von da war es ein Katzensprung zum Waffelhaus.

Wir gingen nebeneinanderher und der Herzog sprach davon, dass ich mich unbedingt vor Frostbeulen schützen müsste, und ich sprach davon, welche Anstrengungen ich unternehmen wollte, um den Herzog mit ihrem fettigen Freund zu vereinen, und der Herzog trat mir in die Waden und JP nannte uns beide Arschgesichter. Eine Weile später lag die Straße wieder so voller Schnee, dass ich auf den frischen Reifenspuren des Polizeiwagens lief. JP ging in der einen Spur, ich in der anderen und der Herzog war uns ein paar Schritte voraus. »Tobin«, sagte JP plötzlich. Ich blickte auf und er war direkt neben mir und lief durch den hohen Schnee. »Nicht, dass mir die Vorstellung sonderlich gefiele«, sagte er, »aber ich glaube, du stehst auf den Herzog.«

KAPITEL ELF

Sie ging vor uns her, in ihren hohen Stiefeln, die Kapuze übergestülpt, den Kopf gesenkt. Es ist etwas an der Art, wie ein Mädchen geht – besonders wenn sie keine hohen Absätze trägt, wenn sie einfach Turnschuhe oder so anhat –, es hat was damit zu tun, wie ihre Beine an den Hüften befestigt sind.

Auf jeden Fall ging der Herzog vor mir her und es war etwas Bestimmtes an ihrer Art zu gehen und ich schämte mich vor mir selbst, weil ich über dieses Etwas nachdachte. Ich meine, meine Cousinen haben vermutlich dieselbe Art zu gehen, aber der Punkt ist, dass es einem manchmal auffällt und manchmal eben nicht. Wenn Cheerleaderin Brittany geht, fällt es einem auf. Wenn der Herzog geht, dann nicht. Normalerweise.

Ich dachte so lange über den Herzog nach und ihren Gang und die nassen Locken auf ihrem Rücken und die

Art und Weise, wie ihr dicker Mantel ihre Arme ein bisschen vom Körper abstehen ließ, und all so was, dass ich viel zu viel Zeit brauchte, um JP zu antworten. Schließlich sagte ich: »Sei kein Arschgesicht.«

Und er: »Für diese überaus intelligente Antwort hast du aber verdammt lange gebraucht.«

»Nein«, entgegnete ich abschließend. »Ich steh nicht auf den Herzog, nicht so jedenfalls. Ich würde es dir sagen, wenn's so wäre, aber ich mag sie nur so, wie man seine Cousine mag.«

»Komisch, dass du das sagst, weil ich eine echt scharfe Cousine habe.«

»Du bist widerlich.«

»Herzog«, rief JP. »Was hast du mir neulich über das Cousinenbumsen erzählt? Dass es völlig sicher ist?«

Sie drehte sich zu uns um, lief aber weiter, ihr Rücken im Wind, der Schnee wirbelte um sie herum und fiel uns ins Gesicht. »Nein, es ist nicht völlig sicher. Es erhöht, wenn auch nur leicht, das Risiko eines angeborenen Defekts. Aber ich habe in einem naturwissenschaftlichen Buch gelesen, dass die Wahrscheinlichkeit 99,9999 Prozent beträgt, dass mindestens einer deiner Ururgroßeltern einen Cousin ersten Grades geheiratet hat.«

»Also behauptest du doch, dass man ganz unbesorgt mit seiner Cousine rummachen kann.«

Der Herzog blieb stehen und wartete auf uns. Sie seufzte laut. »Das behaupte ich keineswegs. Aber ich habe es ziemlich satt, über Cousinengeknutsche und scharfe Cheerleader zu sprechen.«

»Worüber sollen wir denn dann sprechen? Das Wetter? Sieht aus, als würde es gleich anfangen zu schneien«, sagte JP.

»Ehrlich gesagt würde ich lieber übers Wetter reden.«

Ich sagte: »Weißt du, was, Herzog, es gibt auch männliche Cheerleader. Du könntest immer noch einfach was mit einem von ihnen anfangen.«

Der Herzog war total eingeschnappt. Mit verzerrtem Gesicht brüllte sie mich an: »Weißt du, was? Das ist sexistisch. Ich hasse es, die Oberemanze spielen zu müssen, aber wenn ihr den ganzen Abend darüber redet, Mädchen anzubaggern, weil sie kurze Röcke tragen, und wie scharf Pompons sind und das alles . . . Das ist sexistisch, okay? Weibliche Cheerleader in kleinen, engen Männerfantasiekostümen – sexistisch! Schon die Annahme, dass sie sich darum reißen, mit euch rumzumachen – sexistisch! Ich weiß, dass ihr einen unwiderstehlichen Dauerdrang habt, euch an Mädchenfleisch zu reiben, aber könnt ihr wenigstens versuchen, nicht ständig in meiner Gegenwart darüber zu reden?!«

Ich sah in den Schnee, der auf den Schnee fiel. Ich hatte das Gefühl, als wäre ich gerade während einer Klassenarbeit beim Mogeln erwischt worden. Ich wollte sagen, dass es mir inzwischen völlig gleichgültig war, ob wir noch zum Waffelhaus gingen, aber ich hielt den Mund. Wir gingen alle drei weiter nebeneinanderher. Der fauchende Wind blies uns inzwischen in den Rücken und ich hielt den Blick gesenkt und versuchte, mich zum Waffelhaus wehen zu lassen.

»Tut mir leid«, sagte der Herzog zu JP.

»Nee, das war unsere Schuld«, erwiderte er, ohne sie anzusehen. »Ich war ein Arschgesicht. Wir müssten nur ... ich weiß auch nicht, manchmal denkt man einfach nicht dran.«

»Tja, vielleicht sollte ich meine Titten weiter vorstrecken oder so was«, sagte der Herzog laut genug, dass ich es hören konnte.

Dieses Risiko besteht immer: Etwas geht gut und gut und gut und gut und dann wird es von jetzt auf gleich ungemütlich. Plötzlich merkt sie, dass man sie ansieht, und dann hat sie keine Lust mehr herumzualbern, weil sie nicht den Eindruck erwecken will, dass sie flirtet, weil sie nicht will, dass man glaubt, sie mag einen. In zwischenmenschlichen Beziehungen ist es immer eine Katastrophe, wenn einer anfängt, an der Wand zwischen Freundschaft und Küssen herumzukratzen. Wenn man sich traut, die Wand einzureißen, entsteht eine Geschichte, die vielleicht einen guten Mittelteil hat – oh, guck mal, wir haben diese Wand eingerissen, ich nehme dich als Mädchen wahr und du nimmst mich als Jungen wahr und wir spielen das lustige Spiel Kann-ich-meine-Hand-hierhin-legen-oder-dahin-oder-dahin? Und manchmal kommt einem der gute

Mittelteil dann so großartig vor, dass man davon überzeugt ist, dass es sich gar nicht um den Mittelteil handelt, sondern einfach immer so weitergeht.

Aber der Mittelteil ist etwas anderes als der Schluss. Gott weiß, dass die Sache mit Brittany nicht der Schluss war. Und dabei waren Brittany und ich nicht mal enge Freunde gewesen. Nicht wie der Herzog und ich. Wenn ich mich für einen besten Freund entscheiden müsste, wäre es der Herzog. Wen ich auf eine einsame Insel mitnehmen würde? Den Herzog. Wenn ich nur eine einzige CD mitnehmen dürfte? Einen von ihr zusammengestellten Mix namens *Die Erde ist blau wie eine Orange,* den sie mir letztes Jahr zu Weihnachten geschenkt hat. Mein dickstes Lieblingsbuch? *Die Bücherdiebin,* eine Empfehlung des Herzogs. Und ich hatte nicht die mindeste Lust auf einen guten Mittelteil mit dem Herzog, wenn die Gefahr bestand, dass der Schluss eine unausweichliche Katastrophe werden könnte.

Andererseits jedoch (und das ist etwas, was mir am menschlichen Bewusstsein mit am meisten missfällt) kann man einen Gedanken, wenn man ihn einmal gedacht hat, nicht wieder ungedacht machen. Und ich hatte diesen Gedanken gedacht. Wir jammerten über die Kälte. Der Herzog zog ständig die Nase hoch, weil wir kein Taschentuch hatten und sie sich weigerte, auf den Boden zu rotzen. JP, der versprochen hatte, nicht mehr über Cheerleader zu sprechen, sprach stattdessen über Kartoffelpuffer.

Dabei benutzte er das Wort »Kartoffelpuffer« allerdings eindeutig als Synonym für Cheerleader. Er sagte Dinge wie »Was mir am besten an den Kartoffelpuffern im Waffelhaus gefällt, sind ihre niedlichen kurzen Röcke«. »Kartoffelpuffer haben immer gute Laune. Und das steckt an. Wenn ich gut gelaunte Kartoffelpuffer sehe, bin ich glücklich.«

JPs Gelaber kam mir endlos vor, aber der Herzog fand es offenbar nicht nervig. Sie lachte nur und ihre Antworten bezogen sich tatsächlich auf Kartoffelpuffer. »Sie werden richtig schön heiß sein«, sagte sie. »Knusprig und goldbraun und köstlich. Ich bestelle mir vier große. Und dazu Rosinentoast. Mein Gott, ich liebe diesen Rosinentoast. Mmm, das wird ein Kohlehydratfest.« In einiger Entfernung konnte man inzwischen schon die Brücke erkennen, die über die Autobahn führte. Der Schnee türmte sich zu beiden Seiten. Das Waffelhaus war jetzt nur noch ungefähr eine halbe Meile weit weg, immer geradeaus. Die schwarzen Buchstaben auf dem gelben Schild verhießen Käsewaffeln und Keuns spitzbübisches Lächeln und die Art von Mädchen, die es einem leicht macht, nicht mehr zu denken.

Und als wir weitergingen, sah ich durch das dichte Schneegestöber tatsächlich das Licht aufleuchten. Es war noch nicht das Leuchtschild selbst, sondern nur das Licht, das es ausstrahlte. Und dann konnte man endlich auch das Schild selbst sehen, das über dem winzigen Restaurant aufragte, größer und strahlender, als das kleine Restaurantgebäude je sein konnte, und die schwarzen Buchstaben in dem gelben Rechteck versprachen Wärme und Nahrung: WAFFELHAUS. Ich fiel mitten auf der Straße auf die Knie und rief: »Weder in einem Schloss noch in einem Herrenhaus, nur in einem Waffelhaus werden wir Erlösung finden!«

Der Herzog lachte, packte mich unter den Achseln und zog mich hoch. Sie hatte ihre eisverkrustete Mütze tief in die Stirn gezogen. Ich sah sie an und sie sah mich an und wir gingen nicht weiter. Wir standen nur da und ihre Augen sahen so interessant aus. Nicht im herkömmlichen Sinn von interessant, wie beispielsweise leuchtend blau oder ungewöhnlich groß und von unanständig langen Wimpern eingerahmt oder so was in der Art. Das Interessante an den Augen des Herzogs war die Komplexität der Farbe – sie sagte immer, sie sähen aus wie der Boden einer Mülltonne, ein Mischmasch aus Grün und Braun und Gelb. Aber sie verkaufte sich unter Wert. Sie verkaufte sich immer unter Wert.

Verdammt. Wie schwer es war, den Gedanken ungedacht zu machen.

Vielleicht hätte ich sie noch ewig weiter angestarrt, während sie fragend meinen Blick erwiderte, wenn ich nicht in dem Moment erneut von Weitem das Geräusch eines Autos gehört hätte. Ich drehte mich um und sah einen roten Ford Mustang, der ziemlich schnell um die Ecke sauste. Ich packte den Herzog am Arm und wir rannten auf die Schneewehe am Straßenrand zu. Ich blickte die Straße hinauf zu JP, der ziemlich weit vor uns war. »JP!«, brüllte ich. »DIE ZWILLINGE!«

KAPITEL ZWÖLF

JP wirbelte herum. Er sah uns an, wie wir uns in den Schnee gedrückt hatten. Er sah auf das Auto. Sein Körper erstarrte einen Moment lang. Und dann drehte er sich wieder um und rannte los. Seine Beine waren Fleisch gewordene Energie. Er wollte unbedingt als Erster im Waffelhaus sein. Der Mustang der Zwillinge knatterte am Herzog und an mir vorbei. Der kleine Tommy Reston beugte sich aus dem Fenster, hielt einen *Twister*-Karton hoch und verkündete: »Euch bringen wir später um.«

Aber im Moment schienen sie sich damit begnügen zu wollen, JP umzubringen. Sie fuhren immer näher an ihn heran und ich brüllte: »Lauf, JP! Lauf!« Mit Sicherheit konnte er mich bei dem Krach, den der Mustang machte, gar nicht hören, aber ich brüllte trotzdem, ein letzter, verzweifelter Schrei in der Wildnis. Von diesem Augenblick an waren der Herzog und ich nur noch Zeugen.

JPs Kopf war kaum noch zu sehen – er rannte sehr schnell, aber gegen den gekonnt gesteuerten Mustang hatte er keine echte Chance.

»Dabei hatte ich mich so auf die Kartoffelpuffer gefreut«, sagte der Herzog missmutig.

»Ja«, erwiderte ich. Der Mustang war jetzt so dicht hinter JP, dass er ihn überholen konnte, aber JP lief einfach mitten auf der Straße weiter. Die Hupe ertönte und die Bremslichter des Mustangs leuchteten auf, aber JP rannte unbeirrt weiter. Jetzt wurde mir seine wahnsinnige Strategie klar: Er verließ sich darauf, dass die Straße wegen der Schneewehen am Rand nicht breit genug war, damit der Mustang ihn rechts oder links überholen konnte, und sicher konnte er sich nicht vorstellen, dass die Zwillinge ihn überfahren würden. Das schien mir eine sehr großzügige Einschätzung ihres Wohlwollens zu sein, aber im Moment ging JPs Strategie auf. Die Zwillinge hupten ebenso wütend wie erfolglos, während JP vor ihnen herrannte.

Dann bemerkte ich etwas im Augenwinkel. Ich sah zur Autobahnbrücke hinauf und erkannte die Umrisse von zwei dicken Männern, die langsam auf die Ausfahrt zuwankten und ein Fass trugen, das sehr schwer zu sein schien. Das Bierfass. Die Collegetypen. Ich machte den Herzog auf sie aufmerksam und sie blickte mich an und riss die Augen auf.

»Abkürzung!«, rief sie und hechtete mitten durch die Schneewehe auf die Autobahn zu. Ich hatte sie noch nie so schnell rennen sehen und wusste nicht, was sie vorhatte, aber irgendwas hatte sie zweifellos vor, also folgte ich ihr. Wir kletterten gemeinsam die Autobahnböschung hinauf, wo der Schnee so hoch lag, dass das Klettern leichtfiel. Als ich über die Leitplanke sprang, sah ich JP auf der anderen Seite der Unterführung, wie er immer noch weiterrannte. Der Mustang war stehen geblieben, Timmy und Tommy Reston verfolgten ihn jetzt zu Fuß.

Der Herzog und ich liefen auf die Collegetypen zu, bis einer von ihnen aufblickte und sagte: »Hey, seid ihr . . .«, aber er konnte den Satz nicht beenden. Wir rannten einfach an ihnen vorbei und der Herzog rief mir zu: »Nimm die Matte raus! Nimm die Matte raus!« Ich öffnete den *Twister*-Karton und warf ihn mitten auf die Autobahn. Ich klemmte mir die Drehscheibe zwischen die Zähne und hielt die Matte fest und jetzt verstand ich erst, was sie vorhatte. Vielleicht waren die Zwillinge schneller. Aber durch die brillante Idee des Herzogs würden wir schließlich doch noch eine Chance haben.

Als wir die abschüssige Böschung an der Ausfahrt erreichten, warf ich mit einer einzigen Handbewegung die *Twister*-Matte aus. Sie sprang mit dem Hintern zuerst drauf, ich folgte ihr und platzierte die Drehscheibe unter mir. Sie rief: »Du musst deine rechte Hand in den Schnee stecken, damit wir uns rechts halten können«, und ich sagte: »Okay, okay.« Mit zunehmender Geschwindigkeit rutschten wir nach unten, und als die Kurve kam, grub ich meine Hand in den Schnee und wir bogen immer noch schneller werdend ab. Ich sah JP in Timmy Restons Rücken gekrallt, wie er vergeblich versuchte, dessen gewaltigen Körper daran zu hindern, unaufhaltsam auf das Waffelhaus zuzumarschieren.

»Wir können es noch schaffen«, sagte ich, obwohl ich es bezweifelte. Und dann hörte ich es über uns rumpeln, drehte mich um und erblickte ein Fass Bier, das in rasender Geschwindigkeit die Böschung herunterrollte. Sie versuchten, uns umzubringen. Wie außerordentlich unsportlich!

»DAS FASS!«, brüllte ich und der Herzog fuhr herum. Es kam uns jetzt schon gefährlich nahe. Ich hatte keine Ahnung, wie schwer ein Bierfass war, aber wenn man gesehen hatte, welche Kraft es die Typen gekostet hatte, das Ding zu tragen, war es sicher schwer genug, um zwei junge, vielversprechende Highschool-Schüler während eines Weihnachtsausflugs auf einem *Twister*-Schlitten zu töten. Der Herzog schaute weiter nach hinten und beobachtete das Fass, das immer näher rollte, aber ich hatte zu viel Angst. Und dann schrie sie: »Jetzt, jetzt, rechts, rechts, rechts«, und ich grub die Hand in den Schnee und sie fiel auf mich drauf und hätte mich fast von der Matte geschubst und dann wurde alles langsamer und ich sah, wie das Fass ganz dicht an uns vorbeirollte, direkt über die roten Punkte auf der Matte, auf denen der Herzog eben noch gesessen hatte. Es schoss vorbei, knallte gegen die Leitplanke und flog über sie hinweg. Ich konnte nicht sehen, was dann passierte, aber ich hörte es: Ein sehr durchgeschütteltes Bierfass traf auf einen spitzen Gegenstand und explodierte wie eine riesige Bierbombe.

Der Knall war so laut, dass Tommy und Timmy und JP mindestens fünf Sekunden lang wie angewurzelt stehen blieben. Dann rannten sie weiter, bis Tommy auf einer vereisten Stelle ausrutschte und aufs Gesicht fiel. Als er seinen Bruder fallen sah, wechselte der voluminöse Timmy plötzlich die Taktik: Statt weiter hinter JP herzurennen, kämpfte er sich durch die Schneewehe am Straßenrand und lief direkt aufs Waffelhaus zu. JP, der ihm ein paar Schritte voraus war, tat es ihm auf der Stelle gleich, sodass sie aus leicht unterschiedlichen Winkeln auf dieselbe Tür zusteuerten. Auch der Herzog und ich waren jetzt dicht dran – dicht genug am Ende der Böschung, um zu spüren, dass wir langsamer wurden, und dicht genug an den Zwillingen, um zu hören, wie sie JP und sich gegenseitig anschrien. Ich konnte bereits durch die beschlagenen Scheiben ins Waffelhaus hineinsehen. Cheerleader in grünen Trainingsanzügen. Pferdeschwänze.

Aber als wir aufstanden und ich die *Twister*-Matte aufhob, wurde mir klar, dass wir nicht nah genug waren. Timmy raste mit angewinkelten Armen auf der Innenspur der Straße vorwärts. In seinen fleischigen Händen sah der *Twister*-Karton seltsam klein aus. JP kam aus einem leicht anderen Winkel und rannte sich durch den knietiefen Pulverschnee die Seele aus dem Leib. Der Herzog und ich liefen, so schnell wir konnten, aber wir lagen einfach ein gutes Stück zurück. Ich hoffte jedoch noch auf JP, bis Timmy nur noch ein paar Schritte von der Tür entfernt war und ich erkennen musste, dass er unweigerlich der Erste sein würde. Mein Magen drehte sich um. JP hätte es fast geschafft. Seine Einwanderereltern hatten so große Opfer gebracht. Der Herzog würde keine Kartoffelpuffer bekommen und ich keine Käsewaffeln.

Und dann, als Timmy gerade die Hand nach dem Türgriff ausstreckte, machte JP einen Satz nach vorne. Er sprang mit gestrecktem Körper in die Luft, wie ein Tennisspieler, der sich nach einem hohen Ball reckt, und er sprang so hoch, dass es aussah, als hätte er sich von einem Trampolin abgestoßen. Er traf Timmy Restons Brust mit der Schulter und sie fielen zusammen in die schneebedeckten Büsche neben der Eingangstür. JP kam als Erster wieder auf die Beine, griff nach der Tür, zog sie auf und schloss hinter sich ab. Der Herzog und ich waren jetzt in Spuckweite, wir hörten die Jubelschreie durch die Fensterscheiben. JP reckte die geballten Fäuste in die Luft und das fröhliche Geschrei schien minutenlang anzudauern.

Als JP mit den Fäusten in der Luft durch die Dunkelheit zu uns nach draußen starrte, sah ich, wie Keun – der eine schwarze Kappe mit dem WH-Logo trug, ein gelb-weiß gestreiftes Hemd und eine braune Schürze – sich von hinten auf JP stürzte. Keun packte ihn um die Taille und hob ihn hoch und JP reckte immer noch die Fäuste in die Luft. Die Cheerleader, die auf den Bänken in den Nischen hockten, sahen zu. Ich schaute den Herzog an, die mich betrachtete, anstatt zu beobachten, was drinnen vor sich ging. Ich lachte und sie lachte auch.

Tommy und Timmy schlugen eine Zeit lang gegen die Fenster, aber Keun hob nur die Hände, als wollte er sagen: *Was soll ich machen?*, und schließlich trotteten sie zum Mustang zurück. Als wir aufs Waffelhaus zugingen, kamen wir an ihnen vorbei und Timmy drohte mir, aber das war auch schon alles. Als ich ihnen nachschaute, sah ich, wie die drei Collegetypen versuchten, die Böschung runterzurutschen.

Endlich waren der Herzog und ich an der Tür angekommen, ich zog daran, Keun schloss auf und sagte: »Genau genommen dürfte ich euch gar nicht reinlassen, weil nur JP die Restons besiegt hat. Aber ihr habt *Twister*.«

Wir drängten uns an ihm vorbei und die warme Luft strömte mir ins Gesicht. Ich hatte gar nicht gemerkt, wie gefühllos mein Körper geworden war, aber er kribbelte, als er jetzt allmählich wärmer wurde und das Leben in ihn zurückkehrte. Ich warf die klatschnasse *Twister*-Matte und die Drehscheibe auf den gefliesten Boden und rief: »Twister ist da!«

Keun schrie: »Hurra!«, aber die Neuigkeiten entlockten der grünen Herde kaum mehr als einen müden Blick.

Ich schnappte mir Keun, umarmte ihn mit einem Arm

und mit der anderen Hand wuschelte ich ihm durch die Haare, die unter der Kappe hervorschauten. »Ich brauche dringend ein paar Käsewaffeln«, sagte ich. Der Herzog bat um Kartoffelpuffer und ließ sich dann auf eine Bank neben der Jukebox fallen. JP und ich setzten uns nebeneinander an den Tresen und unterhielten uns mit Keun, während er das Essen zubereitete.

»Ich kann mir nicht helfen, aber die Cheerleader scheinen dir nicht gerade an der Figur zu kleben.«

»Ja«, sagte er und wandte uns den Rücken zu, während er mit den Waffeleisen hantierte. »Ja. Ich hoffe, dass Twister das ändern wird. Sie haben versucht, mit Mr Ich-trage-einen-Pferdeschwanz-bin-aber-trotzdem-ein-Macho zu flirten«, sagte Keun und zeigte auf einen Typen in einer Nische, der aussah, als wäre er bewusstlos, »der scheint aber nichts als seine Freundin im Kopf zu haben.«

»Tja, Twister scheint auch richtig gut anzukommen«, sagte ich. Die nasse Matte lag noch immer zusammengeknüllt auf dem Boden, ohne dass die Cheerleader sie auch nur eines Blickes würdigten.

JP beugte sich vor, um die Cheerleader zu betrachten, und schüttelte den Kopf. »Eigentlich kann ich Cheerleader jeden Tag beim Mittagessen sehen – komisch, dass mir das jetzt erst auffällt.«

»Tja«, erwiderte ich.

»Ich meine, sie wollen ganz offensichtlich gar nicht mit uns sprechen.«

»Sieht so aus«, sagte ich. Sie saßen zu rechteckigen Haufen zusammengedrängt in drei Nischen und unterhielten sich sehr schnell und sehr intensiv miteinander. Ein paar Worte konnte ich verstehen, aber sie ergaben keinen Sinn – Herkies und Kewpies und Extensions. Es ging allem Anschein nach um einen Cheerleader-Wettbewerb. Es gibt schon ein paar Themen, die ich nicht so interessant finde wie Cheerleader-Wettbewerbe. Aber nicht viele.

»Hey, der Bewusstlose wacht auf«, sagte JP.

Ich sah hinüber zu der besagten Nische und sah einen Typen mit Pferdeschwanz, der mich aus dunklen, zusammengekniffenen Augen anblinzelte. Ich brauchte eine Sekunde, dann erkannte ich ihn. »Der Typ geht auf die Gracetown«, sagte ich.

»Ja«, antwortete Keun. »Jeb.«

»Stimmt«, sagte ich. Jeb war in der elften Klasse. Ich kannte ihn zwar nicht gut, hatte ihn aber schon öfter gesehen. Offenbar erkannte er mich ebenfalls, denn er stand auf und kam auf uns zu.

»Tobin?«, sagte er.

Ich nickte und schüttelte ihm die Hand.

»Kennst du Addie?«, fragte er.

Ich sah ihn verständnislos an.

»Elfte Klasse? Bildhübsch?«, half er mir auf die Sprünge.

Ich kniff die Augen zusammen. »Äh, ich glaube nicht.«

»Lange blonde Haare, ziemlich auffallend«, sagte er. Er klang leicht verzweifelt und so, als könnte er nicht glauben, dass ich das Mädchen, von dem die Rede war, wirklich nicht kannte.

»Äh, tut mir leid, Mann. Keinen Schimmer.«

Er schloss die Augen. Sein ganzer Körper sackte in sich zusammen.

»Wir sind seit Heiligabend zusammen«, sagte er und starrte ins Leere.

»Seit gestern?«, fragte ich und dachte: *Ihr seid seit einem Tag zusammen und du bist jetzt schon so fertig? Ein Grund mehr, den glücklichen Mittelteil zu umgehen.*

»Nicht seit gestern«, sagte Jeb müde. »Gestern vor einem Jahr.«

Ich sah Keun an. »Mann«, sagte ich, »dieser Typ ist wirklich schlecht drauf.«

Keun nickte, während er die Kartoffelpuffer für den Herzog auf den Grill warf. »Ich nehm ihn morgen früh mit in die Stadt«, erklärte Keun. »Aber wie lautet die Regel, Jeb?«

Jeb sagte sie auf, als hätte Keun sie ihm schon tausend Mal vorgebetet. »Wir gehen nicht eher, bis der letzte Cheerleader weg ist.«

»Stimmt genau, Kumpel. Vielleicht solltest du noch ein Nickerchen machen.«

»Nur für den Fall«, sagte Jeb, »nur für den Fall, dass du sie zufällig siehst, würdest du ihr ausrichten, dass ich, äh, aufgehalten wurde?«

»Meinetwegen«, antwortete ich. Ich schien ihn nicht

überzeugt zu haben, denn er drehte sich um und nahm Blickkontakt mit dem Herzog auf.

»Sag ihr, ich komme«, bat er und seltsamerweise verstand sie ihn genau. Wenigstens hatte ich den Eindruck. Jedenfalls nickte sie so, als wollte sie sagen: *Ja, ich richte es ihr aus, falls ich aus irgendeinem Grund dieses Mädchen, das ich nicht kenne, morgens um vier im Schneesturm treffen sollte.* Mitfühlend lächelte sie ihn an und wieder kam mir der Gedanke in den Sinn, den ich ungedacht machen wollte.

Ihr Lächeln schien ihn zufriedenzustellen. Er trottete zurück in seine Nische.

Ich unterhielt mich mit Keun, bis er meine Waffel fertig hatte und sie mir dampfend heiß servierte. »Mein Gott, sieht das gut aus, Keun«, sagte ich, aber er hatte sich schon umgedreht und legte die Kartoffelpuffer für den Herzog auf einen Teller. Gerade hob er den Teller hoch, als Billy Talos auftauchte, sich den Teller schnappte, ihn dem Herzog brachte und sich neben sie setzte.

Ich sah ein paarmal zu ihnen hinüber, wie sie sich über den Tisch beugten und sich intensiv unterhielten. Am liebsten wäre ich dazwischengegangen und hätte ihr erzählt, dass er mit mehreren Madisons geflirtet hatte, während wir uns durch den Schnee kämpften, aber dann sagte ich mir, das ginge mich nichts an.

»Ich gehe und rede mit einer von ihnen«, kündigte ich JP und Keun an.

JP sah mich ungläubig an. »Einer von wem? Den Cheerleadern?«

Ich nickte.

»Mann«, sagte Keun. »Ich versuch's schon den ganzen Abend. Sie hängen zu dicht aufeinander, um nur mit einer zu reden. Und wenn du versuchst, mit allen gleichzeitig zu sprechen, dann ignorieren sie dich einfach.«

Aber ich wollte jetzt unbedingt mit einer von ihnen sprechen oder wenigstens so tun, als ob. »Es ist, als ob Löwen Gazellen jagen«, sagte ich, während wir den wirren Haufen genauestens beobachteten. »Du brauchst nur einen Nachzügler und . . .« Ein zierliches blondes Mädchen löste sich aus der Gruppe. »Und dann . . . schlägst du zu«, fügte ich hinzu und sprang vom Hocker.

Entschlossen ging ich auf sie zu. »Ich heiße Tobin«, sagte ich und streckte die Hand aus.

»Amber«, erwiderte sie.

»Schöner Name«, sagte ich.

Sie nickte und ihre Augen irrten umher. Sie suchte einen Fluchtweg, aber ich konnte sie noch nicht gehen lassen. Ich überlegte, was ich sie fragen könnte. »Äh, wisst ihr schon Genaueres über euren Zug?«, fragte ich.

»Unser Zug kann selbst morgen vielleicht noch nicht weiterfahren«, informierte sie mich.

»Tja, das hört sich nicht gut an«, sagte ich lächelnd. Ich sah über meine Schulter zu Billy und dem Herzog, aber sie war fort. Die Kartoffelpuffer dampften noch auf ihrem

Teller; auf einen Extrateller hatte sie wie üblich Ketchup gekippt, aber dann war sie gegangen. Ich ließ Amber stehen und ging zu Billy.

»Sie ist rausgegangen«, sagte er nur.

Welcher Idiot ging denn nach draußen, wenn er drinnen Wärme, Kartoffelpuffer und vierzehn Cheerleader haben konnte?

Ich schnappte mir meine Mütze vom Tresen, zog sie über die Ohren, schlüpfte in meine Handschuhe und ging nach draußen in den Sturm. Der Herzog saß auf dem Bordstein am Parkplatz, nur so eben noch unter der Markise und nur halb geschützt vor dem immer noch fallenden Schnee.

Ich setzte mich neben sie. »Hat dir die postnasale Sekretion gefehlt?«

Sie zog die Nase hoch und sah mich nicht an. »Geh wieder rein«, sagte sie. »Ist nicht so wichtig.«

»Was ist nicht so wichtig?«

»Nichts ist nicht so wichtig. Geh einfach wieder rein.«

»›Nichts ist nicht so wichtig‹ wäre ein guter Name für eine Band«, sagte ich. Ich wollte, dass sie mich ansah, damit ich erkennen konnte, was los war, und schließlich tat sie das auch. Ihre Nase war rot und ich nahm an, dass ihr kalt war, aber dann dachte ich, dass sie vielleicht geweint hatte, was seltsam wäre, weil der Herzog nie weint.

»Ich . . . ich wünschte, du würdest es nicht tun, wenn ich dabei bin. Ich meine, was ist denn so interessant an ihr?

Sag mir mal ernsthaft, was so interessant an ihr ist. Oder an einer der anderen da drin.«

»Keine Ahnung«, sagte ich. »Du hast dich mit Billy Talos unterhalten.«

Wieder sah sie mich an und hielt meinen Blick fest, während sie sprach. »Ich habe Billy gesagt, dass ich nicht mit ihm zu diesem blöden Ball gehen möchte, weil ich nicht aufhören kann, jemand anderen zu mögen.«

Langsam, ganz langsam kroch eine Ahnung in mir hoch. Ich sah sie an und sie sagte: »Mir ist klar, dass sie kichern und ich lache, dass sie ihr Dekolleté zeigen und ich keins habe, aber nur, dass du's weißt: Ich bin auch ein Mädchen.«

»Ich weiß, dass du ein Mädchen bist«, verteidigte ich mich.

»Wirklich? Weiß das überhaupt jemand? Denn wenn ich in den Minimarkt komme, bin ich der Herzog. Und ich bin einer der drei weisen Männer. Und wenn man James Bond scharf findet, ist man schwul. Und du siehst mich nie so an, wie du andere Mädchen ansiehst, außer ... egal. Egal, egal, egal. Auf dem Weg hierhin, kurz bevor die Zwillinge kamen, da habe ich eine Sekunde lang gedacht, du würdest mich ansehen, als wäre ich tatsächlich ein weibliches Wesen, und ich dachte, *hey, vielleicht ist Tobin doch nicht das oberflächlichste Arschgesicht der Welt,* und dann sage ich Billy Talos ab, und als ich hochschaue, redest du mit einem Mädchen auf eine Art, wie du mit mir nie redest ... und überhaupt.«

Und dann, endlich, endlich, endlich begriff ich. Der Gedanke, den ich ungedacht machen wollte, war ein Gedanke, den der Herzog auch gedacht hatte. Wir versuchten beide, denselben Gedanken ungedacht zu machen. Der Herzog mochte mich. Ich musste darüber nachdenken, bevor ich sie ansehen konnte. Okay. Okay. Ich beschloss, ich würde sie ansehen, und wenn sie mich auch ansähe, dann würde ich sie genau betrachten und dann würde ich wieder auf den Boden gucken und alles noch einmal überdenken. Ein Blick.

Ich sah zu ihr hin. Sie hatte mir ihr Gesicht zugewandt, ihre Augen zwinkerten nicht und alle Farben waren da. Sie saugte ihre trockenen Lippen in den Mund und ließ sie wieder los, unter ihrer Mütze kam eine Haarsträhne hervor und ihre Nase war rot wie eine Rose und sie schniefte. Und ich konnte meinen Blick nicht abwenden, aber schließlich tat ich es doch und schaute wieder auf den beschneiten Parkplatz unter meinen Füßen.

»Kannst du bitte etwas sagen?«, bat sie.

Nach unten gewandt sagte ich: »Ich habe immer gedacht, dass man einen glücklichen Mittelteil niemals in der Hoffnung auf ein glückliches Ende aufgeben sollte, weil es so etwas wie ein glückliches Ende nicht gibt. Verstehst du, was ich meine? Man könnte so viel verlieren.«

»Hast du eine Ahnung, warum ich mitgehen wollte? Warum ich noch einmal diesen Hügel hinaufwollte, Tobin? Ganz bestimmt nicht, weil ich mir Sorgen machte, ob

Keun sonst wohl mit den Reston-Zwillingen herumhängen muss, oder weil ich scharf drauf war, dich um Cheerleader rumscharwenzeln zu sehen.«

»Ich dachte, es wäre wegen Billy.«

Sie sah mich an und ich merkte, wie wir in der Kälte von ihrem Atem eingehüllt wurden. »Ich wollte, dass wir ein Abenteuer erleben. Weil ich auf so was stehe. Weil ich nicht Wie-heißt-sie-noch-gleich bin. Ich finde es nicht ach so schrecklich, vier Meilen durch den Schnee zu laufen. Als wir bei dir zu Hause den Film geguckt haben, habe ich mir gewünscht, dass es noch mehr schneit. Und noch mehr und noch mehr! Das macht es spannender. Vielleicht bist du da anders, aber ich glaube eigentlich nicht.«

»Ich wollte das auch.« Fast wäre ich ihr ins Wort gefallen, aber ansehen konnte ich sie immer noch nicht, aus lauter Angst, was ich vorfinden würde, wenn ich es täte. »Dass es weiterschneit.«

»Wirklich? Cool. Echt cool. Ist es nicht egal, ob ein glückliches Ende durch mehr Schnee weniger wahrscheinlich ist? Und ob das Auto kaputtgeht – na und? Und ob wir unsere Freundschaft aufs Spiel setzen – na und? Ich habe schon Jungs geküsst, bei denen gar nichts auf dem Spiel stand, und danach habe ich mir immer gewünscht, jemand zu küssen, bei dem alles . . .«

Ich blickte auf, als sie sagte »bei denen gar nichts auf dem Spiel stand«, und ich wartete, bis sie »alles« sagte, und dann konnte ich nicht länger warten und dann lag meine

Hand auf ihrem Hinterkopf und ihre Lippen waren auf meinen, statt der kalten Luft spürte ich die Wärme ihres Mundes, sanft und süß und kartoffelpufferig, und ich öffnete die Augen und berührte mit meinen Handschuhen ihr Gesicht, das ganz blass vor Kälte war, und ich hatte nie zuvor ein Mädchen geküsst, das ich liebte. Als wir uns losließen, sah ich sie schüchtern an und sagte »Wow!« und sie lachte und zog mich wieder an sich und dann hörte ich über und hinter uns das Ding-Dong von der Tür des Waffelhauses.

»HEILIGE. SCHEISSE. WAS. ZUM. TEUFEL. IST. DENN. HIER. LOS?«

Ich schaute zu JP hoch und versuchte, das dämliche Grinsen auf meinem Gesicht loszuwerden.

»KEUN!«, rief JP. »BEWEG DEINEN FETTEN KOREANISCHEN ARSCH NACH DRAUSSEN.«

Keun erschien an der Tür und sah auf uns hinunter. JP rief: »ERZÄHLT IHM, WAS IHR GERADE GEMACHT HABT!«

»Ähm«, sagte ich.

»Wir haben uns geküsst«, sagte der Herzog.

»Das find ich ein bisschen schwul«, sagte Keun.

»ICH BIN EIN MÄDCHEN.«

»Ja, das weiß ich, aber das ist Tobin auch«, sagte Keun.

JP schrie immer noch und schien nicht in der Lage zu sein, seine Stimme zu mäßigen. »BIN ICH DER EINZIGE, DER SICH ECHTE SORGEN MACHT ÜBER DEN ZUSTAND

UNSERER GRUPPE? DENKT DENN NIEMAND DARAN, WAS DER GRUPPE GUTTUT?«

»Geh und glotz die Cheerleader an«, schlug der Herzog vor.

JP sah uns eine Weile an und lächelte dann. »Passt auf, dass ihr nicht aneinander festklebt.« Er drehte sich um und ging wieder ins Haus.

»Deine Kartoffelpuffer werden kalt«, sagte ich.

»Keine Flirterei mit den Cheerleadern, wenn wir wieder reingehen.«

»Ich hab's nur getan, um dich auf mich aufmerksam zu machen«, gab ich zu. »Darf ich dich noch mal küssen?« Sie nickte und ich tat es und der zweite Kuss war kein bisschen weniger schön als der erste. Ich hätte ewig so weitermachen können, aber schließlich sagte sie mitten im Kuss: »Eigentlich möchte ich jetzt wirklich meine Kartoffelpuffer.« Also öffnete ich die Tür, sie ging unter meinem Arm hindurch hinein und um drei Uhr morgens aßen wir zu Abend.

Wir versteckten uns im hinteren Bereich des Restaurants zwischen den riesigen Stahlkühlschränken und wurden nur von Zeit zu Zeit von JP gestört, der uns in allen komischen Einzelheiten von seinen und Keuns vergeblichen Versuchen berichtete, die Cheerleader in ein Gespräch zu verwickeln. Und dann schliefen der Herzog und ich auf den roten Bodenfliesen der Waffelhaus-Küche ein. Meine

Schulter diente ihr als Kopfkissen, ich legte den Kopf auf meine Jacke. Um sieben wurden wir von JP und Keun geweckt. Keun brach seinen Schwur, die Cheerleader nicht allein zu lassen, und fuhr uns zum Herzog-Minimarkt. Dort stellte sich heraus, dass der Fahrer von Rachels Abschleppwagen der Silberfolienmann war, und so schleppte der Silberfolienmann uns ab und ich bockte den Wagen in unserer Einfahrt auf, damit die Achse nicht brach, und stellte den Reifen einfach in die Garage und dann gingen der Herzog und ich zu ihr nach Hause und packten Geschenke aus und ich gab mir Mühe, ihren Eltern nicht allzu offensichtlich unter die Nase zu reiben, wie verliebt ich in den Herzog war. Und dann kamen meine Eltern nach Hause und ich erzählte ihnen, dass der Reifen abgegangen war, als ich den Herzog nach Hause fahren wollte, und sie schrien mich an, aber nur kurz, weil Weihnachten war und sie versichert waren, und schließlich ging es ja nur um ein Auto. Am Abend rief ich den Herzog an und JP und Keun, nachdem die Cheerleader endlich das Waffelhaus verlassen und alle zu Abend gegessen hatten. Sie kamen zu mir, wir guckten James-Bond-Filme, blieben die halbe Nacht auf und erzählten uns wieder und wieder, was wir erlebt hatten. Und dann schliefen wir ein, alle vier in vier Schlafsäcken, und alles war wie immer, außer dass ich gar nicht einschlief und der Herzog auch nicht. Wir schauten uns die ganze Zeit an und standen schließlich gegen halb fünf wieder auf, um eine Meile durch den

Schnee zu Starbucks zu laufen, nur wir beide. Ich kämpfte mich durch das verwirrende Fachchinesisch des Starbucks-Bestellsystems und schaffte es, einen Latte zu bekommen, mit dem nötigen Koffein, das ich so dringend brauchte, und dann setzten der Herzog und ich uns nebeneinander auf plüschige purpurfarbene Stühle und machten uns darauf breit. Ich war so müde wie noch nie in meinem Leben, so müde, dass ich kaum noch lächeln konnte. Wir sprachen über nichts Besonderes, was sie so wunderbar beherrschte, und dann entstand eine Pause und sie sah mich schläfrig an und sagte: »So weit, so gut«, und ich sagte: »Mein Gott, ich liebe dich«, und sie sagte: »Oh«, und ich sagte: »Ein gutes Oh?«, und sie sagte: »Das allerbeste Oh«, und ich stellte den Latte auf den Tisch und schwebte im glücklichen Mittelteil meines allergrößten Abenteuers.

DER SCHUTZHEILIGE DER SCHWEINE

Lauren Myracle

Für Dad, Sarah Lee und Brevard, NC, die wunderbare Stadt in den Bergen . . .
Alle voller Charme und Schönheit

KAPITEL EINS

Ich-zu-Sein, war zum Kotzen. In dieser angeblich so wunderbaren Nacht, mit all dem angeblich wunderbaren Schnee, der sich anderthalb Meter hoch vor meinem Schlafzimmerfenster auftürmte, war Ich-Sein doppelt zum Kotzen. Wenn man die Tatsache mitzählt, dass heute Weihnachten war, dann war mein Los dreifach zum Kotzen. Und dazu noch die traurige, schmerzhafte, niederschmetternde Abwesenheit von Jeb: Ding-ding-ding! Die Glocke oben auf der Kotzskala könnte lauter nicht sein.

Statt Weihnachtsglocken hatte ich Kotzskalaglocken. Super.

Na, was bist du heute doch wieder für ein munterer kleiner weihnachtlicher Feigenpudding, sagte ich zu mir selbst und wünschte, Dorrie und Tegan würden endlich kommen. Ich hatte keine Ahnung, wie ein weihnachtlicher Feigenpudding aussah oder schmeckte, aber es hörte sich nach einem Gericht an, das kalt und einsam am Ende des Buffets stand, weil niemand es wollte. Wie ich. Kalt und einsam und vermutlich klumpig.

Grrrrr. Ich hasste es, wenn ich mir selbst leidtat. Deshalb hatte ich Tegan und Dorrie angerufen und sie gebeten, mir Gesellschaft zu leisten. Aber sie waren noch nicht da und außerdem konnte ich es gar nicht verhindern, mir selbst leidzutun.

Weil Jeb mir so schrecklich fehlte.

Weil unsere Trennung, die erst eine Woche zurücklag und noch so wehtat wie eine offene Wunde, mein eigener blöder Fehler gewesen war.

Weil ich Jeb eine (klägliche?) E-Mail geschickt und ihn gebeten hatte, sich bitte, bitte, bitte gestern bei Starbucks mit mir zu treffen, damit wir reden konnten. Aber er war nicht gekommen. Hatte nicht mal angerufen.

Und weil ich, nachdem ich fast zwei Stunden lang bei Starbucks gesessen und gewartet hatte, das Leben und mich selbst so sehr hasste, dass ich über den Parkplatz zu Fantastic Sam's trottete und der Friseurin dort heulend sagte, sie sollte meine Haare abschneiden und das, was übrig blieb, pink färben. Was sie widerspruchslos tat, denn ihr konnte es schließlich egal sein, wenn ich Haarselbstmord beging.

Demzufolge tat ich mir nun natürlich selbst leid: Ich war ein gerupftes pinkfarbenes Huhn mit gebrochenem Herzen und jeder Menge Selbstvorwürfen.

»Ach du liebe Güte, Addie«, hatte Mom gestern Nachmittag gesagt, als ich endlich nach Hause kam. »Das ... das ist eine ziemlich radikale Frisur. Und dann auch noch gefärbt. Deine schönen blonden Haare.«

Ich warf ihr einen Dann-erschieß-mich-doch-gleich-Blick zu, woraufhin sie eine warnende Kopfbewegung machte, die besagte: *Pass auf, Süße. Ich weiß, dass du Kummer hast, aber das gibt dir nicht das Recht, es an mir auszulassen.*

»Tut mir leid«, sagte ich. »Ich muss mich selbst noch dran gewöhnen.«

»Na ja ... es ist auch eine ganze Menge, woran man sich gewöhnen muss. Wie bist du bloß auf die Idee gekommen?«

»Keine Ahnung. Ich brauchte mal Abwechslung.«

Sie legte den Schneebesen hin. Sie machte gerade Cherries Jubilee, unser traditionelles Weihnachtsdessert, und der intensive Geruch der pürierten Kirschen ließ mir die Augen tränen.

»Es hat nicht ganz zufällig was damit zu tun, was letztes Wochenende bei Charlies Party passiert ist?«, fragte sie.

Mir wurde ganz heiß. »Ich weiß nicht, was du meinst.« Ich blinzelte. »Woher weißt du überhaupt, was bei Charlies Party passiert ist?«

»Na ja, Süße, du hast dich seitdem fast jeden Abend in den Schlaf geweint ...«

»Hab ich nicht.«

»Und du hängst rund um die Uhr an der Strippe und textest Dorrie oder Tegan voll.«

»Du hast bei meinen Gesprächen zugehört?«, schrie ich. »Du belauschst deine eigene Tochter?«

»›Belauschen‹ ist wohl kaum der richtige Ausdruck, wenn man keine andere Wahl hat.«

Ich starrte sie mit offenem Mund an. Mit ihrer Weihnachtsschürze um die Taille und ganz in die Zubereitung des Cherries Jubilee nach einem alten Familienrezept vertieft, tat sie so furchtbar mütterlich, während sie in Wirklichkeit . . . ja, was war sie in Wirklichkeit?

Also, ich wusste auch nicht, was sie war, aber ich wusste sehr genau, dass es falsch und böse und schlecht war, die Gespräche anderer Leute zu belauschen.

»Und sag nicht ›volltexten‹«, sagte ich. »Du bist zu alt, um ›volltexten‹ zu sagen.«

Mom lachte, was mich noch wütender machte, erst recht, als sie ihre Heiterkeit unterdrückte und mich mit diesem mütterlichen Blick bedachte, der sagte *Sie ist ein Teenager, das arme Ding. Da gehört Herzschmerz einfach dazu.*

»Ach, Addie«, sagte sie. »Wolltest du dich selbst bestrafen?«

»Oh mein Gott«, sagte ich. »Das ist das Verkehrteste, was man über eine neue Frisur überhaupt nur sagen kann!« Und dann floh ich in mein Zimmer, um ungestört zu heulen.

Vierundzwanzig Stunden später war ich immer noch in meinem Zimmer. Gestern Abend war ich zum Cherries Jubilee rausgekommen und heute Morgen zum Geschenkeauspacken, aber es hatte mir keinen Spaß gemacht. Die Freude und der Zauber des Weihnachtsfestes konnten mir dieses Jahr gestohlen bleiben. Genau genommen war ich nicht einmal sicher, ob ich überhaupt noch an die Freude und den Zauber des Weihnachtsfestes glaubte.

Ich rollte mich zur Seite und nahm meinen iPod vom Nachttisch, wählte die »Graue-Tage«-Playlist, die jeden einzelnen melancholischen Song enthielt, der je geschrieben worden war, und drückte auf PLAY. Mein iPinguin flatterte trübsinnig mit den Flügeln, während *Fools in Love* aus seinem Plastikkörper schallte.

Dann klickte ich mich zum Hauptmenü zurück und scrollte so lange, bis ich zu FOTOS kam. Mir war klar, das war vermintes Gelände, aber es war mir egal. Ich markierte das Album, das ich mir ansehen wollte, und drückte die Taste, um es zu öffnen.

Als Erstes tauchte das allererste Foto auf, das ich je von Jeb gemacht hatte, und zwar heimlich mit meinem Handy vor etwas über einem Jahr. Auch an jenem Tag hatte es geschneit und auf dem Foto konnte man Schneeflocken in Jebs dunklen Haaren sehen. Trotz der Eiseskälte trug er eine Jeansjacke und ich weiß noch, dass ich mir Gedanken darüber machte, ob er und seine Mom nicht viel Geld hatten. Ich hatte gehört, dass die beiden aus dem Cherokee-

Reservat, ungefähr hundert Meilen von hier, nach Gracetown gezogen waren. Ich fand das cool. Er kam mir so exotisch vor.

Jedenfalls hatten Jeb und ich in der zehnten Klasse Englisch zusammen gehabt und mit seinem pechschwarzen Pferdeschwanz und den rauchgrauen Augen sah er atemberaubend scharf aus. Außerdem war seine se-e-e-e-e-hr ernsthafte Art etwas ganz Neues für mich, weil ich eher dazu neige, eine verrückte Nudel zu sein. Jeden Tag saß er über seinen Tisch gebeugt da und machte sich Notizen, während ich ihm heimlich Blicke zuwarf, seine glänzenden Haare bewunderte und feststellte, dass ich nie etwas Schöneres gesehen hatte als seine Wangenknochen. Aber er war total zurückhaltend und blieb es auch weiterhin, da konnte ich so quirlig sein, wie ich wollte.

Als ich dieses schwerwiegende Problem einmal mit Dorrie und Tegan diskutierte, gab Dorrie zu bedenken, dass Jeb sich vielleicht unwohl fühlte in unserem kleinen Bergstädtchen, in dem jeder ein echter Südstaatler, ein echter Christ und ein echter Weißer war.

»Und was ist daran falsch?«, sagte ich damals abwehrend, weil das alles auch auf mich zutraf.

»Nichts«, entgegnete Dorrie. »Ich meine ja nur, dass der Typ sich hier vielleicht wie ein Außenseiter vorkommt. Vielleicht.« Als eins von zwei – zähl nach, es sind zwei – jüdischen Kindern in der Schule wusste sie, wovon sie sprach.

Na ja, jedenfalls dachte ich nach dem Gespräch darüber nach, ob Jeb sich vielleicht wirklich wie ein Außenseiter vorkam. War das der Grund dafür, dass er zusammen mit Nathan Krugle zu Mittag aß, der mit seiner Star-Trek-T-Shirt-Sammlung ganz sicher ein Außenseiter war? Oder dafür, dass er morgens vor Schulbeginn mit den Händen in der Tasche an der Mauer lehnte, statt sich mit uns anderen über *American Idol* zu unterhalten? Oder dafür, dass er im Englischunterricht nicht meinen Verführungskünsten erlag – weil er sich unwohl fühlte?

Je länger ich grübelte, desto mehr Sorgen machte ich mir. Kein Mensch sollte sich in seiner eigenen Schule als Außenseiter fühlen – erst recht nicht jemand, der so hinreißend war wie Jeb. Dazu kam, dass wir, seine Klassenkameraden, echt nett waren.

Na ja, das heißt, wenigstens ich und Dorrie und Tegan und unsere anderen Freunde. Wir waren sehr nett. Die Kiffer waren weniger nett. Sie waren grob. Und Nathan Krugle war auch nicht nett, er war verbittert und feindselig. Um ehrlich zu sein, war ich ziemlich misstrauisch, welche schrägen Ideen Nathan Jeb vielleicht in den Kopf setzen könnte.

Und dann, eines Tages, als ich mir all das zum tausendsten Mal durch den Kopf gehen ließ, wechselte meine Stimmung von besorgt zu beleidigt. Also wirklich. Warum zog Jeb es vor, seine Zeit mit Nathan Krugle zu verbringen, statt mit mir?

Deshalb pikste ich ihn an jenem Tag in der Schule mit meinem Stift und sagte: »Um Himmels willen, Jeb. Kannst du nicht ein Mal lächeln?«

Er sprang hoch, ließ sein Buch auf den Boden fallen und ich fühlte mich schrecklich. Ich dachte: *Na super, Addie, nächstes Mal bohrst du ihm gleich ein Jagdhorn ins Ohr.*

Aber dann gingen seine Mundwinkel nach oben und Heiterkeit blitzte in seinen Augen auf. Und noch etwas – etwas, das mein Herz schneller schlagen ließ. Er wurde rot und bückte sich rasch, um sein Buch aufzuheben.

Oh, wurde mir schlagartig klar. *Er ist einfach nur schüchtern.*

Gegen mein Kissen gelehnt, starrte ich Jebs Foto auf meinem iPod an, bis meine Augen anfingen zu brennen.

Ich drückte wieder auf die Taste und das nächste Foto erschien. Es war letztes Jahr Weihnachten beim *Großen Hollyhock-Blitzkrieg* aufgenommen worden, ein paar Wochen, nachdem ich Jeb aufgefordert hatte, um Himmels willen doch mal zu lächeln. Weil der Heiligabend zu den nicht enden wollenden Tagen gehörte, an denen man ungeduldig mit den Fingern trommelt und ständig auf irgendetwas wartet, waren ein paar von uns in den Hollyhock-Park marschiert, um eine Zeit lang aus dem Haus zu kommen. Ich bat einen der Jungs, Jeb anzurufen, und wie durch ein Wunder hatte er tatsächlich Lust mitzukommen.

Am Ende machten wir eine Schneeballschlacht, Jungs gegen Mädchen. Es war echt super. Dorrie, Tegan und ich bauten uns einen Schutzwall aus Schnee und entwickelten ein ausgeklügeltes System: Tegan machte die Schneebälle, ich stapelte sie auf und Dorrie attackierte unsere Gegner mit tödlicher Treffsicherheit. Wir waren den Jungs so lange überlegen, bis Jeb sich von hinten anschlich, mich packte und vor sich her in unseren Schneeballstapel stieß. Ich bekam Schnee in die Nase, was scheußlich wehtat, aber ich war so aufgekratzt, dass es mir egal war. Ich rollte mich herum und lachte und sein Gesicht war direkt über mir, nur ein paar Zentimeter von meinem entfernt.

In diesem Moment hatte Tegan mit ihrem Handy das Foto gemacht. Wieder trug Jeb seine Jeansjacke – das verwaschene Blau sah gegen seine dunkle Haut total sexy aus – und er lachte ebenfalls. Als ich jetzt unsere glücklichen Gesichter betrachtete, erinnerte ich mich, dass er mich nicht direkt losgelassen hatte. Um mich nicht platt zu drücken, hatte er sich auf seine Unterarme gestützt und sein Lachen hatte sich in einen fragenden Blick verwandelt, der meinen Magen zum Flattern brachte.

Nach der Schneeballschlacht gingen Jeb und ich noch einen Caffè Latte trinken, nur wir beide. Ich war diejenige, die den Vorschlag gemacht hatte, aber Jeb war, ohne zu zögern, sofort einverstanden gewesen. Wir gingen zu Starbucks und setzten uns in die zueinander passenden purpurfarbenen Armsessel im Eingangsbereich. Mir war schwindelig, er war schüchtern. Und dann legte er seine Schüchternheit ab und griff beherzt nach meiner Hand.

Ich war so überrascht, dass ich meinen Kaffee verschüttete.

»Um Himmels willen, Addie«, sagte er. Sein Adamsapfel hüpfte auf und ab. »Darf ich dich küssen?«

Mein Herz schlug Purzelbäume und plötzlich war ich die Schüchterne, was total bescheuert war. Jeb nahm mir den Becher aus der Hand, stellte ihn auf den Tisch, beugte sich vor und berührte meine Lippen mit seinen. Als er sich schließlich wieder zurücklehnte, wirkten seine Augen so warm wie geschmolzene Schokolade. Er lächelte und ich schmolz dahin, genau wie Schokolade.

Es war der vollkommenste Heiligabend meines Lebens.

»Hey, Addie!«, rief mein kleiner Bruder von unten, wo er mit Mom und Dad mit der *Wii-Konsole* spielte, die er vom Weihnachtsmann bekommen hatte. »Willst du mit mir boxen?«

»Nein, danke«, rief ich.

»Oder Tennis spielen?«

»Nein.«

»Bowlen?«

Ich stöhnte. *Wii* brachte mich jetzt ganz sicher nicht dazu, Oui zu sagen. Aber Chris war erst acht und tat sein Bestes, um mich aufzuheitern.

»Vielleicht nachher«, rief ich.

»Okay«, sagte er und seine Schritte verklangen.

Ich hörte, wie er meinen Eltern erzählte: »Sie hat Nein

gesagt«, und ich wurde noch niedergeschlagener. Unten saßen Mom und Dad und Chris zusammen und hauten sich fröhlich mithilfe von Nunchucks in die Gesichter, während ich traurig und allein hier oben hockte.

Und wessen Schuld ist das?, fragte ich mich.

Ach, halt die Klappe, gab ich mir zur Antwort.

Ich scrollte mich durch weitere Fotos.

Jeb in einer albernen Pose mit Reese's Big Cup, meinem Lieblingssnack, den er mir als Überraschung mitgebracht hatte.

Jeb im Sommer, ohne Hemd, bei Megan Montgomerys Poolparty. Mein Gott, sah er gut aus!

Jeb, genauso hinreißend und mit Seifenschaum bedeckt, bei einer von Starbucks organisierten Autowasch-Spendenaktion. Beim Anblick dieses Fotos wurde mir ganz warm ums Herz. Wir hatten so viel Spaß gehabt an jenem Tag – und es war zusätzlich cool gewesen, dass es um eine gute Sache gegangen war. Christina, meine Chefin bei Starbucks, hatte eine Frühgeburt gehabt und unsere Filiale wollte ihr mit den Krankenhausrechnungen helfen, die nicht von der Versicherung abgedeckt wurden.

Jeb machte freiwillig mit und er war eine Wucht. Er kam schon um neun und blieb bis um drei. Er schrubbte und schuftete und sah aus wie einer der heißen Muskeltypen auf dem Universe-Kalender. Er engagierte sich weit mehr, als man es von seinem Freund erwarten konnte, was mich richtig glücklich machte. Nachdem der letzte Wagen den

Parkplatz verlassen hatte, schlang ich meine Arme um Jeb und legte mein Gesicht an seins.

»So sehr hättest du dich gar nicht ins Zeug legen müssen«, sagte ich und atmete seinen Seifengeruch ein. »Ich war schon beim allerersten Auto hin und weg.«

Es war ganz klar ein Flirtversuch, ich zitierte Renée Zellweger in *Jerry Maguire*, die zu Tom Cruise sagt: »Ich war schon nach dem Hallo hin und weg.« Aber Jeb runzelte nur die Stirn und sagte: »Aha? Wie schön. Aber ich weiß nicht genau, was du meinst.«

»Haha«, sagte ich und dachte, er wäre auf weitere Komplimente aus. »Ich finde es süß von dir, dass du die ganze Zeit geblieben bist. Und wenn du es getan hast, um mich zu beeindrucken . . . also, das wäre nicht nötig gewesen. Das ist schon alles.«

Er zog die Augenbrauen hoch. »Du hast gedacht, ich hätte diese Autos gewaschen, um dich zu beeindrucken?«

Ich wurde rot, als mir klar wurde, dass er es ernst meinte. »Äh . . . jetzt nicht mehr.«

Verlegen versuchte ich, mich loszumachen. Aber er hielt mich fest, küsste mich auf den Kopf und sagte: »Addie, meine Mom hat mich ganz allein großgezogen.«

»Ich weiß.«

»Deshalb weiß ich, wie schwer das manchmal ist. Das ist schon alles.«

Einen Augenblick lang war ich gekränkt. Was total bescheuert war. Ich hielt es zwar für eine gute Sache, dass

Jeb Christina helfen wollte, aber ich hätte auch nichts dagegen gehabt, wenn wenigstens ein Teil seiner Motivation mir gegolten hätte.

Jeb zog mich an sich. »Trotzdem bin ich froh, dass ich dich beeindruckt habe«, sagte er. Ich spürte seine Lippen auf meiner Haut und fühlte die Wärme seiner Brust durch sein nasses Hemd hindurch. »Nichts könnte schöner sein, als mein Mädchen zu beeindrucken.«

Ich war noch nicht ganz so weit, aus meinem Schmollwinkel herauszukommen. »Du meinst also, dass ich dein Mädchen bin?«

Er lachte, als hätte ich gefragt, ob der Himmel noch blau wäre. Aber ich ließ nicht locker, löste mich aus seiner Umarmung und schaute ihn herausfordernd an.

Seine dunklen Augen blickten ernst und er nahm meine beiden Hände in seine. »Ja, Addie, du bist mein Mädchen. Du wirst immer mein Mädchen sein.«

In meinem Zimmer kniff ich die Augen zusammen, weil diese Erinnerung so wehtat. Zu weh, zu schmerzhaft und so, als hätte ich ein Stück von mir selbst verloren. Was stimmte. Ich drückte die OFF-Taste auf meinem iPod und das Display wurde schwarz. Die Musik brach ab und mein iPinguin hörte auf zu tanzen. Er machte sein trauriges Du-willst-mich-nicht-mehr?-Geräusch und ich sagte: »Dich nicht und mich auch nicht, Pingi.«

Ich sank ins Kissen, starrte an die Decke und dachte zum x-ten Mal darüber nach, warum es zwischen Jeb und mir falsch gelaufen war. Natürlich kannte ich die offensichtliche Antwort (und sie war so schlimm, dass ich nicht mal daran denken wollte), aber ich war besessen von dem Drang herauszufinden, was uns an diesen Punkt gebracht hatte, denn schon vor Charlies Party war es nicht mehr so richtig gut gewesen zwischen uns. Nicht, weil er mich nicht liebte, denn das tat er, das wusste ich genau. Und ich liebte ihn so sehr, dass es wehtat.

Was uns zu schaffen gemacht hatte, war die Art, wie wir uns unsere Liebe zeigten. Oder, was Jeb anging, die Art, wie er sie nicht zeigte – so fühlte es sich jedenfalls für mich an. Tegan zufolge, die sich oft die *Dr. Phil Show* ansah, sprachen Jeb und ich in der Liebe unterschiedliche Sprachen.

Ich wünschte mir, dass Jeb immer so süß und romantisch und zärtlich sein sollte wie damals bei Starbucks, als er mich letztes Jahr an Weihnachten zum ersten Mal geküsst hatte. Einen Monat später hatte ich in derselben Starbucks-Filiale einen Job bekommen und ich weiß noch, wie ich dachte: Wie süß, jetzt können wir diesen einen Kuss immer und immer und immer wieder neu erleben.

Aber das taten wir nicht, nicht ein einziges Mal. Obwohl er dauernd vorbeikam und obwohl ich ihm immer wieder mit meiner Körpersprache signalisierte, dass ich von ihm geküsst werden wollte, war es in diesen Situationen das Höchste der Gefühle, dass er über den Tresen griff und an den Bändern meiner grünen Schürze zog.

»Hey, Kaffeemädchen«, sagte er dann. Das war liebevoll, aber . . . es war nicht genug.

Das war die eine Sache. Es gab noch andere, so wünschte ich mir zum Beispiel, dass er jeden Abend anrief, um mir Gute Nacht zu sagen, was ihm aber peinlich war, weil die Wohnung, in der er mit seiner Mutter lebte, so klein war. »Ich will nicht, dass meine Mom mir dabei zuhört«, sagte er. Ein weiteres Beispiel: Andere Jungs hatten überhaupt kein Problem damit, in der Schule mit ihrer Freundin Hand in Hand zu gehen, aber wenn ich nach Jebs Hand griff, drückte er sie nur und ließ sie schnell wieder los.

»Magst du mich nicht anfassen?«, fragte ich.

»Natürlich mag ich das.« Dann bekamen seine Augen jedes Mal diesen Ausdruck, nach dem ich mich eigentlich sehnte, und seine Stimme war belegt. »Das weißt du doch, Addie. Ich bin total gern allein mit dir. Ich möchte nur, dass wir dann auch wirklich allein sind.«

Das alles fiel mir zwar auf, doch eine ganze Zeit lang behielt ich es für mich. Ich wollte keine Heulsusenfreundin sein.

Aber kurz, nachdem wir ein halbes Jahr zusammen waren (ich hatte für Jeb die romantischsten Songs, die es je gegeben hat, zusammengestellt – er hatte mir nichts geschenkt), kippte irgendetwas in mir um. Ich wurde sauer, denn ich war zwar mit dem Typ, den ich liebte, zusammen und wollte, dass alles perfekt lief zwischen uns, aber allein konnte ich das nicht schaffen. Und wenn mich das zur

Heulsusenfreundin machte, tja, dann konnte ich es auch nicht ändern.

So wie die Sache mit unserem Halbjährigen. Jeb merkte, dass ich unglücklich war, und er fragte immer wieder nach dem Grund, bis ich schließlich sagte: »Was glaubst du denn?«

»Ist es, weil ich dir nichts geschenkt habe?«, fragte er. »Ich wusste nicht, dass das dazugehört.«

»Hättest du aber wissen sollen«, murmelte ich. Am nächsten Tag schenkte er mir eine Kette mit einem Herzchen aus einem Kaugummiautomaten, nur dass er sie aus dem Plastikei herausgenommen und in ein richtiges Schmuckkästchen gesteckt hatte. Meine Begeisterung hielt sich in Grenzen. Einen Tag später nahm Tegan mich beiseite und erzählte mir, dass Jeb befürchtete, die Kette hätte mir nicht gefallen, weil ich sie nicht trug.

»Sie war aus dem Herzog-Minimarkt«, sagte ich. »Ganz genau die gleiche Kette liegt im Kaugummiautomaten am Eingang. Sieht aus wie eine dieser Sie-haben-gewonnen!-Ketten.«

»Hast du eine Ahnung, wie viele Münzen Jeb einwerfen musste, um sie zu ziehen?«, fragte Tegan. »Achtunddreißig. Er musste immer wieder zur Kasse, um Wechselgeld zu holen.«

Ein unbehagliches Schweigen entstand. »Du meinst …?«

»Er wollte, dass du genau diese bekommst. Die mit dem Herz.«

Mir gefiel nicht, wie Tegan mich ansah. Ich schaute weg. »Das sind immer noch weniger als zehn Dollar.«

Tegan schwieg. Ich hatte Angst, ihrem Blick zu begegnen. Schließlich sagte sie: »Ich weiß, dass du das nicht so meinst, Addie. Sei nicht so gemein.«

Ich wollte nicht gemein sein – und natürlich war es mir egal, wie teuer ein Geschenk war. Aber ich schien mehr von Jeb zu wollen, als er geben konnte, und je länger wir so weitermachten, desto mieser fühlten wir uns.

Ein paar Monate später kam, was kommen musste: Immer noch löste der eine von uns beim anderen dieses komische Gefühl aus – und umgekehrt. Nicht immer, aber immer öfter. Ziemlich ungesund.

»Du willst, dass ich jemand werde, der ich nicht bin«, sagte er an dem Abend, bevor wir Schluss machten. Wir saßen im Corolla seiner Mutter vor Charlies Haus, waren aber noch nicht hineingegangen. Wenn ich die Zeit bis zu diesem Abend zurückdrehen und irgendwie verhindern könnte, dass ich damals hineinging, ich würde es, ohne zu zögern, tun.

»Das ist nicht wahr«, antwortete ich. Ich suchte nach dem Riss auf dem Beifahrersitz und steckte die Finger in die Schaumstofffüllung.

»Doch, das ist wahr, Addie«, sagte er.

Ich änderte die Taktik. »Na gut, und wenn es wahr ist, was ist denn so schlimm daran? Leute ändern sich andauernd anderen zuliebe. Guck dir irgendeine Liebesgeschichte an, irgendeine große Liebesgeschichte, und da wirst du sehen, dass man bereit sein muss, sich zu ändern, wenn man will, dass die Sache funktioniert. Wie in *Shrek,* wenn Fiona zu Shrek sagt, dass sie sein Rülpsen und Furzen und das alles satthat. Und Shrek sagt: ›Ich bin ein Monster. Damit musst du fertig werden.‹ Und Fiona antwortet: ›Und wenn ich das nicht kann?‹ Also schluckt Shrek den Zaubertrank, der ihn in einen wunderschönen Prinzen verwandelt. Er macht es aus Liebe zu Fiona.«

»Das ist in Shrek zwei«, sagte Jeb. »Nicht im ersten Teil.«

»Ist doch egal.«

»Und dann merkt Fiona, dass sie gar keinen wunderschönen Prinzen will. Sie will, dass er sich wieder in ein Monster zurückverwandelt.«

Ich runzelte die Stirn. So hatte ich es nicht in Erinnerung.

»Es geht darum, dass er bereit ist, sich zu ändern«, sagte ich.

Jeb seufzte. »Warum muss immer der Mann derjenige sein, der sich ändert?«

»Es kann genauso gut das Mädchen sein«, entgegnete ich. »Ist ja auch egal. Ich sage nur, dass man, wenn man jemanden liebt, auch bereit sein muss, es zu zeigen. Denn man hat nur einen einzigen Versuch im Leben, Jeb. Wir haben nur einen einzigen Versuch.« Ich fühlte, wie mich die vertraute Verzweiflung überkam. »Kannst du es nicht wenigstens versuchen, und sei es auch nur, weil du weißt, wie wichtig es für mich ist?«

Jeb starrte aus dem Fenster auf der Fahrerseite.

»Ich . . . ich wünsche mir, dass du mir ins Flugzeug folgst und mir in der ersten Klasse ein Ständchen bringst, wie Robbie für Julia in *Eine Hochzeit zum Verlieben*«, sagte ich. »Ich wünsche mir, dass du mir ein Haus baust wie Noah für Allie in *Wie ein einziger Tag*. Ich wünsche mir, dass du mich am Bug eines Ozeanriesen über das Meer fliegen lässt! Wie der Typ in *Titanic*, weißt du noch?«

Jeb sah mich an. »Der Typ, der ertrunken ist?«

»Du sollst natürlich nicht ertrinken, das ist doch wohl klar. Es geht nicht ums Ertrinken. Es geht darum, dass du mich so sehr liebst, dass du bereit wärst zu ertrinken, wenn du müsstest.« Meine Stimme brach. »Ich wünsche mir . . . ich wünsche mir eine große Geste.«

»Addie, du weißt doch, dass ich dich liebe«, sagte er.

»Oder wenigstens eine mittelgroße Geste«, beharrte ich, weil ich nicht lockerlassen konnte.

Sein Gesichtsausdruck schwankte zwischen Frustration und Kummer. »Kannst du unserer Liebe nicht einfach vertrauen, ohne dass ich sie dir in jeder einzelnen Sekunde beweisen muss?«

Offensichtlich konnte ich das nicht, wie das weitere Geschehen bewies. Nein, nicht das Geschehen, sondern das, was ich tat. Weil ich mich beschissen verhielt und weil ich gemein war und weil ich für achtunddreißig

Fünfundzwanzig-Cent-Stücke Bier in mich hineinkippte, wenn nicht für noch mehr. Na ja, vielleicht waren es auch nicht achtunddreißig, aber auf jeden Fall waren es viele.

Jeb und ich gingen auf die Party, aber wir gingen getrennte Wege, weil wir immer noch Krach hatten. Ich landete schließlich im Souterrain mit Charlie und ein paar anderen Jungs, während Jeb oben blieb. Später erfuhr ich, dass er gemeinsam mit ein paar Theaterfreaks *Die große Liebe meines Lebens* auf dem Flachbildfernseher von Charlies Eltern angeschaut hatte. Das war so schrecklich ironisch, dass es schon wieder hätte komisch sein können, war es aber leider überhaupt nicht.

Unten im Souterrain spielte ich *Quarters*, ein Trinkspiel, mit den Jungs und Charlie piesackte mich. Charlie ist ein Teufel. Als das *Quarters*-Spiel beendet war, fragte Charlie mich, ob wir irgendwo hingehen könnten, um zu reden, und ich stolperte wie ein Idiot gehorsam hinter ihm her in das Zimmer seines älteren Bruders. Ich war ein bisschen überrascht, weil Charlie und ich uns noch nie wirklich persönlich miteinander unterhalten hatten. Aber Charlie gehörte zu einer Gruppe von Jungs, mit denen wir öfter zusammen waren. Er war arrogant und ein Schmeichler und durch und durch ein Arschgesicht, um einen koreanischen Mitschüler zu zitieren, aber er war eben Charlie. Weil er aussah wie ein männliches Model, konnte er es sich leisten, ein Arschgesicht zu sein.

Im Zimmer seines Bruders setzte Charlie mich aufs Bett und sagte, er bräuchte einen Rat wegen Brenna, einem Mädchen aus unserem Jahrgang, mit dem er manchmal ausging. Er sah mich auf diese Ich-weiß-ich-bin-süß-und-ich-werde-es-ausnutzen-Art an und sagte, was Jeb für ein Glück hätte, mit einem so tollen Mädchen wie mir zusammen zu sein.

Ich schnaubte und sagte so etwas wie »Ja, unbedingt«.

»Habt ihr etwa Probleme?«, fragte er. »Jetzt sag bloß nicht, dass ihr Probleme habt. Ihr seid das Traumpaar schlechthin.«

»Tja, und genau deshalb ist Jeb oben und macht Gott weiß was und ich bin hier unten bei dir.« *Warum bin ich hier unten bei dir?* Ich weiß noch, dass ich das gedacht habe. *Und wer hat die Tür zugemacht?*

Mit Charme und Mitgefühl holte Charlie weitere Einzelheiten aus mir heraus, und als ich anfing zu weinen, kam er näher, um mich zu trösten. Ich protestierte, aber er presste seine Lippen auf meine und schließlich gab ich nach. Ein Typ schenkte mir seine volle Aufmerksamkeit – ein echt gut aussehender und charismatischer Typ –, wen kümmerte es, dass er es nicht ernst meinte?

Mich. Selbst in dem Moment, als ich Jeb betrog, kümmerte es mich. Ich habe diesen Augenblick im Nachhinein immer wieder analysiert und es war genau das, was mich umbrachte. Was hatte ich mir dabei gedacht? Jeb und ich hatten Probleme, aber trotzdem liebte ich ihn. Ich liebte ihn damals und ich liebte ihn jetzt. Ich würde ihn immer lieben.

Aber gestern, als er nicht im Starbucks auftauchte, hatte ich eine Sache glasklar erkannt: Er liebte mich nicht mehr.

KAPITEL ZWEI

Ein Klirren an der Fensterscheibe unterbrach meine kleine Party unter dem Motto *Ich ertrinke in Selbstmitleid.* Ich brauchte einen Moment, um in die Wirklichkeit zurückzufinden. Es klirrte noch einmal. Ich setzte mich im Bett auf und sah eine dick vermummte Tegan und eine noch dicker vermummte Dorrie oben auf einer Schneewehe stehen. Sie winkten mit behandschuhten Händen und Dorrie rief mir mit durch die Fensterscheibe gedämpfter Stimme zu, ich solle zu ihnen nach draußen kommen.

Ich kletterte aus dem Bett und die seltsame Leichtigkeit in meinem Kopf erinnerte mich an meine Friseurkatastrophe.

Mist. Ich sah mich um, griff nach meiner Kuscheldecke und zog sie mir wie eine Kapuze über den Kopf. Den Stoff unter meinem Kinn zusammenhaltend, ging ich zum Fenster und riss es auf.

»Schwing deinen Hintern auf die Tanzfläche!«, brüllte Dorrie, deren Stimme plötzlich viel lauter klang.

»Das ist keine Tanzfläche«, korrigierte ich sie. »Das ist Schnee. Kalter, eisiger Schnee.«

»Es ist wunderschön«, sagte Tegan. »Komm und sieh's dir an.« Sie schwieg und warf mir unter ihrer gestreiften Wollmütze einen fragenden Blick zu. »Addie? Warum hast du eine Decke über dem Kopf?«

»Husch«, sagte ich und winkte sie fort. »Geht nach Hause. Ich bin ein Depri. Ich zieh euch nur runter.«

»Ach, hör schon auf«, erwiderte Dorrie. »Erstens: Du hast angerufen und gesagt, du steckst in einer Krise. Zweitens: Hier sind wir. Jetzt komm gefälligst runter und schau dir dieses Wunder der Natur an.«

»Lieber nicht.«

»Es wird dich aufmuntern, ganz bestimmt.«

»Unmöglich. Tut mir leid.«

Sie verdrehte die Augen. »Sei kein Baby. Komm, Tegan.«

Sie verschwanden aus meinem Sichtfeld und Sekunden später klingelte es an der Haustür. In meinem Zimmer zog ich die Decke zurecht, damit es mehr wie eine Art Turban aussah. Ich saß auf der Bettkante und tat so, als wäre ich ein wüstenwandernder Nomade mit auffallend grünen Augen und verzweifeltem Gesichtsausdruck. Über Verzweiflung wusste ich so gut wie alles.

Elterliche Wortfetzen drangen nach oben. »Frohe Weihnachten! Ihr seid den ganzen Weg durch den Schnee gelaufen?« Ärgerlicherweise antworteten Dorrie und Tegan auch noch. Ihre fröhlichen Stimmen mischten sich zu einem fröhlichen Weihnachtsplausch und ich wurde immer mürrischer, bis ich am liebsten runtergebrüllt hätte: »Hey, Mädels! Die unglückliche Seele, die ihr trösten wollt – sie ist hier oben!«

Schließlich kamen zwei Paar bestrumpfte Füße die Treppe hinauf. Dorrie platzte als Erste herein.

»Puuuh«, sagte sie, schob sich die Haare aus dem Nacken und fächelte sich Luft zu. »Wenn ich mich nicht gleich hinsetze, muss ich plötzen.«

»Ich muss plötzen« war einer von Dorries Lieblingssätzen und bedeutete, dass sie gleich platzen würde. Darüber hinaus stand sie auf einen Softdrink namens Cheerwine und auf Bagels und tat gern so, als käme sie aus der alten Heimat – ich glaube, das ist da, wo die Juden lebten, bevor sie nach Amerika kamen. Dorrie betonte ihr Jüdisch-Sein, wo sie nur konnte, und ging sogar so weit, dass sie ihren beeindruckenden Lockenkopf als »jüdischen Afrolook« bezeichnete. Als ich das zum ersten Mal hörte, war ich geschockt, aber dann musste ich lachen. Typisch Dorrie!

Tegan kam mit roten Wangen gleich hinter Dorrie ins Zimmer. »Herrje, ich schwitz mich tot«, sagte sie und zog das Flanellhemd aus, das sie über ihrem T-Shirt trug. »Der Weg hierher war mörderisch.«

»Du sagst es«, fügte Dorrie hinzu. »Fünftausend Meilen hab ich mich von mir zu dir geschleppt!«

»Du meinst . . . fünf bis sechs Meter?«, sagte Tegan. Sie drehte sich zu mir um. »Müsste ungefähr hinkommen, fünf bis sechs Meter von Dorrie bis zu mir, oder?«

Ich sah sie grimmig an. Schließlich waren wir nicht hier, um lang und breit darüber zu diskutieren, wie weit sie auseinanderwohnten.

»Also, was hat dein Kopfschmuck zu bedeuten?«, fragte Dorrie und ließ sich neben mich fallen.

»Nichts«, sagte ich, weil ich auch über dieses Thema nicht diskutieren wollte. »Mir ist kalt.«

»Ach was.« Sie riss mir die Decke vom Kopf und gab einen erstickten Entsetzensschrei von sich. »Oy. Was hast du gemacht?«

»Vielen Dank auch«, sagte ich beleidigt. »Du bist genauso schlimm wie meine Mom.«

»Boah«, sagte Tegan. »Ich meine . . . boah.«

»Darf ich davon ausgehen, dass das deine Krise ist?«, fragte Dorrie.

»Eigentlich nicht.«

»Bist du sicher?«

»Dorrie«, ging Tegan dazwischen. »Es sieht . . . süß aus, Addie. Sehr mutig.«

Dorrie schnaubte. »Okay, wenn jemand diese Frisur als mutig bezeichnet, würdest du dann nicht auf der Stelle zurückgehen und dein Geld wiederhaben wollen?«

»Hau ab«, sagte ich und trat mit den Füßen nach ihr.

»Hey!«

»Du bist gemein zu mir in Zeiten der Not, also darfst du nicht länger auf meinem Bett sitzen.« Ich trat kräftiger zu und sie plumpste auf den Boden.

»Du hast mir das Steißbein gebrochen«, jammerte sie.

»Mit einem gebrochenen Steißbein musst du auf einem aufblasbaren Donut sitzen.«

»Ich setze mich nicht auf einen aufblasbaren Donut.«

»Ich mein ja nur.«

»Ich bin nicht gemein zu dir in Zeiten der Not«, unterbrach Tegan. Sie deutete auf das Bett. »Darf ich?«

»Meinetwegen.«

Tegan setzte sich dahin, wo Dorrie gesessen hatte. Ich streckte mich aus und legte meinen Kopf in ihren Schoß. Sie streichelte mir über die Haare, erst ganz vorsichtig und dann fester.

»Also . . . was ist los?«, fragte sie.

Ich gab keine Antwort. Einerseits wollte ich es ihnen erzählen, aber dann auch wieder nicht. Meine Haare waren das kleinste Problem – die eigentliche Krise war um so vieles schlimmer, dass ich nicht wusste, wie ich darüber sprechen könnte, ohne in Tränen auszubrechen.

»Oh nein«, sagte Dorrie. Ihr Gesicht spiegelte wider, was sie auf meinem gesehen hatte. »Oh, Bubbele.«

Tegan hörte auf zu streicheln. »Ist was mit Jeb?«

Ich nickte.

»Hast du ihn gesehen?«, fragte Dorrie.

Ich schüttelte den Kopf.

»Hast du mit ihm gesprochen?«

Wieder schüttelte ich den Kopf.

Dorrie schaute hoch und ich spürte, wie sie mit Tegan einen Blick wechselte.

Tegan stupste mich gegen die Schulter, damit ich mich hinsetzte.

»Addie, erzähl es uns«, sagte sie.

»Ich bin so blöd«, flüsterte ich.

Tegan legte ihre Hand auf meinen Oberschenkel, als wollte sie sagen: *Wir sind da. Alles ist gut*. Dorrie beugte sich vor und legte ihr Kinn auf mein Knie.

»Es war einmal . . .«, fing sie an.

»Es war einmal eine Zeit, da waren Jeb und ich noch zusammen«, sagte ich kläglich. »Und ich liebte ihn und er liebte mich. Und dann habe ich alles vermasselt.«

»Die Sache mit Charlie«, sagte Dorrie.

»Das wissen wir«, erklärte Tegan und gab mir ein paar aufmunternde Klapse. »Aber das ist schon eine Woche her. Was ist denn danach Schlimmes passiert?«

»Außer deiner Frisur«, fügte Dorrie hinzu.

Sie warteten auf meine Antwort.

Sie mussten ziemlich lange warten.

»Ich habe Jeb eine E-Mail geschickt«, beichtete ich.

»Nein«, sagte Dorrie und schlug mit der Stirn gegen mein Knie. Bäng-bäng-bäng.

»Ich dachte, du wolltest ihm Zeit lassen, damit er damit fertig wird«, sagte Tegan. »Du hast gesagt, das Beste wäre, ihn in Ruhe zu lassen, auch wenn es noch so schwerfällt. Erinnerst du dich?«

Hilflos zuckte ich mit den Achseln.

»Ich will dich ja nicht noch weiter runterziehen, aber ich dachte, dass Jeb jetzt mit Brenna zusammen ist«, sagte Dorrie.

Ich funkelte sie an.

»Ich meine, nein, das ist er natürlich nicht«, verbesserte sie sich. »Schließlich ist es erst eine Woche her. Aber sie ist hinter ihm her, stimmt's? Und soweit wir wissen, stößt er sie nicht gerade von sich weg.«

»Brenna ist gemein«, sagte ich. »Ich hasse Brenna.«

»Ich dachte, Brenna wäre wieder mit Charlie zusammen«, sagte Tegan.

»Natürlich hassen wir Brenna«, sagte Dorrie. »Darum geht es nicht.« Sie sah Tegan an. »Wir wollten, dass sie wieder mit Charlie zusammen ist, aber es hat nicht funktioniert.«

»Oh«, sagte Tegan. Sie sah ganz verwirrt aus.

Ich seufzte. »Wisst ihr noch, wie Brenna am letzten Schultag rumgeprahlt hat? Wie sie sich immer wieder darüber ausgelassen hat, dass sie sich in den Ferien mit Jeb treffen würde?«

»Ich dachte, wir hätten das so interpretiert, dass sie nur Charlie eifersüchtig machen wollte«, sagte Tegan.

»Stimmt«, bestätigte Dorrie, »aber trotzdem. Falls es da echte Absichten gegeben haben sollte . . .«

»Aha«, sagte Tegan. »Verstehe. Aber Jeb ist kein Typ, der ›Absichten‹ hat, es sei denn, er meint es ernst.«

»Ich will nicht, dass Jeb Absichten hat mit wem auch immer – und mit Brenna schon gar nicht«, jammerte ich. »Falsche Dreadlocks bei einem weißen Mädchen.«

Dorrie atmete hörbar aus. »Addie, kann ich dir was sagen, was du nicht hören willst?«

»Lieber nicht.«

»Sie tut es trotzdem«, sagte Tegan.

»Ist mir schon klar«, entgegnete ich. »Ich sag ja nur, dass ich es lieber nicht wissen will.«

»Es liegt an den Ferien«, sagte Dorrie. »Ferien machen Leute einsam.«

»Ich bin doch nicht deswegen einsam!«, protestierte ich.

»Bist du doch. Man ist nie so bedürftig wie in den Ferien – und für dich ist es doppelt schlimm, weil du und Jeb eigentlich Einjähriges gehabt hättet. Stimmt's?«

»Gestern«, gab ich zu. »An Heiligabend.«

»Oh, Addie«, sagte Tegan.

»Glaubt ihr, dass überall auf der Welt Menschen an Weihnachten zusammenkommen?«, fragte ich und dachte zum ersten Mal darüber nach. »Weil alles so . . . so weihnachtlich und verzaubert ist, aber dann geht es schief und alles ist nur noch scheiße?«

»Die E-Mail, die du ihm geschickt hast«, sagte Dorrie in einem Weich-nicht-vom-Thema-ab-Tonfall. »Hatte es was mit ›Fröhliche Weihnachten‹ und so zu tun?«

»Nicht direkt.«

»Was hast du denn geschrieben?«

Ich schüttelte den Kopf. »Es tut zu weh.«

»Nun sag schon«, drängte Dorrie.

Ich stand vom Bett auf. »Nei-hein. Aber ich zeig's euch. Ihr könnt es selber lesen.«

KAPITEL DREI

Sie folgten mir zum Schreibtisch, wo uns mein weißes MacBook bereits fröhlich erwartete und so tat, als wüsste es nichts von meiner Schande. Sein Deckel war mit aufgeblähten Schokoladenaufklebern verziert, die ich eigentlich hätte abkratzen sollen, nachdem Jeb und ich uns getrennt hatten, weil er derjenige gewesen war, der sie mir geschenkt hatte. Aber ich konnte es einfach nicht über mich bringen.

Ich klappte den Laptop auf und öffnete *Firefox*. Dann ging ich auf die *Hotmail*-Seite, klickte auf den Ordner GESPEICHERT und bewegte den Cursor auf die peinliche Mail. Mein Magen zog sich zusammen. *Caffè Latte?* stand in der Betreffzeile.

Dorrie hockte sich auf den Computerstuhl und rutschte beiseite, um Tegan Platz zu machen. Sie drückte auf das Mausklickdingsbums und die E-Mail, die ich vor zwei Tagen geschrieben hatte, erschien mit dem Datum vom 23. Dezember auf dem Monitor:

Hey Jeb, ich sitze hier voller Angst und tippe diese Worte. Das ist doch verrückt. Wie kann ich Angst davor haben, mit DIR zu sprechen? Ich habe schon so viele Versionen dieses Briefs geschrieben und sie alle wieder gelöscht und ich bin schon ganz wirr im Kopf. Keine weiteren Löschungen mehr.

Obwohl es eine Sache gibt, die ich sehr gern »löschen« würde – du weißt, welche. Dass ich Charlie geküsst habe, war der größte Fehler meines Lebens. Es tut mir leid. Es tut mir so sehr leid. Ich weiß, dass ich dir das immer wieder beteuert habe, aber ich könnte es dir bis in alle Ewigkeit beteuern und es wäre immer noch nicht genug.

Du weißt doch, wie das in Filmen ist, wenn jemand etwas wirklich Blödes macht, wie hinter dem Rücken seiner Freundin rumzumachen. Und anschließend sagt er: »Das hat nichts zu bedeuten. Sie bedeutet mir gar nichts!« Na ja, was ich gemacht habe, war nicht nichts. Ich habe dir wehgetan und dafür gibt es keine Entschuldigung.

Charlie jedoch bedeutet mir wirklich nichts. Ich möchte nicht mal über ihn reden. Er hat mich angemacht und ich ... ich war einfach nur überrumpelt. Und du und ich, wir hatten diesen blöden Krach und ich brauchte Trost oder so, oder vielleicht war ich auch einfach nur sauer und fühlte mich geschmeichelt von seiner Aufmerksamkeit.

Und an dich habe ich dabei gar nicht gedacht. Ich habe nur an mich gedacht.

Es ist nicht leicht, all das zu sagen.

Ich fühl mich echt mies.

Aber ich möchte dir Folgendes sagen: Ich habe alles vermasselt, aber ich habe daraus gelernt.

Ich habe mich geändert, Jeb.

Ich vermisse dich. Ich liebe dich. Wenn du mir noch eine Chance gibst, dann schenke ich dir mein ganzes Herz. Ich weiß, das hört sich kitschig an, aber es ist die Wahrheit.

Erinnerst du dich an letztes Jahr Weihnachten? Natürlich tust du das. Ich denke andauernd daran. An dich. An uns.

Komm und trink einen Weihnachtskaffee mit mir, Jeb. Um drei bei Starbucks. Genau wie voriges Jahr. Morgen habe ich frei, aber ich werde dort sein und auf einem der purpurfarbenen Stühle auf dich warten. Wir können reden . . . und vielleicht noch mehr.

Ich weiß, ich habe es nicht verdient, aber wenn du mich noch willst, gehöre ich dir.

xoxo,

ich

Ich merkte, dass Dorrie zu Ende gelesen hatte, weil sie sich umdrehte, mich ansah und auf ihre Unterlippe biss. Tegan gab ein trauriges *Ohhhhh* von sich, stand auf und umarmte mich fest. Ich fing an zu weinen. Nur dass es kein Weinen war, sondern eher ein Weinkrampf, der mich zu meiner eigenen Überraschung überkam.

»Oh Süße!«, rief Tegan aus.

Ich putzte mir die Nase mit dem Ärmel. Holte tief Luft.

»Okay«, sagte ich und lächelte sie unter Tränen an. »Es geht schon wieder.«

»Tut es nicht«, sagte Tegan.

»Stimmt«, gab ich zu und weinte weiter. Meine Tränen waren heiß und salzig und ich stellte mir vor, dass sie mein Herz zum Schmelzen brachten. Aber das taten sie nicht. Sie weichten es lediglich an den Rändern ein bisschen auf.

Tief Luft holen.

Tief Luft holen.

Tief und zittrig Luft holen.

»Hat er geantwortet?«, fragte Tegan.

»Um Mitternacht«, sagte ich. »Nicht gestern um Mitternacht, sondern um Mitternacht vor Heiligabend.« Ich schluckte und blinzelte und putzte mir die Nase. »Ich habe meine Mails stündlich gecheckt, nachdem ich die Nachricht abgeschickt hatte – nichts. Eigentlich dachte ich: *Gib's auf. Du nervst und natürlich antwortet er nicht.* Aber dann hab ich noch ein allerletztes Mal nachgeguckt, versteht ihr?«

Sie nickten. Jedes Mädchen auf diesem Planeten kennt dieses Ein-allerletztes-Mal-Nachgucken bei E-Mails.

»Und?«, fragte Dorrie.

Ich beugte mich vor und drückte auf die Tastatur. Jebs Antwort erschien.

Addie . . . hatte er geschrieben und in diesem Pünktchen-Pünktchen-Pünktchen lag Jebs ganze komplizierte Schweigsamkeit. Ich sah ihn in Gedanken vor mir, wie er nachdachte und atmete und wie seine Finger dabei über der Tastatur schwebten. Endlich – zumindest stellte ich es mir so vor – tippte er *Gib uns Zeit.*

»Gib uns Zeit?«, las Dorrie laut. »Das ist alles, was er geschrieben hat: ›Gib uns Zeit‹?«

»Genau. Typisch Jeb.«

»Hmmm«, sagte Dorrie.

»Ich finde ›Gib uns Zeit‹ gar nicht so schlecht«, sagte Tegan. »Wahrscheinlich wusste er nicht, was er sonst schreiben sollte. Er hat dich so sehr geliebt, Addie. Ich wette, als er deine Mail bekommen hat, wurde ihm ganz warm uns Herz, und dann, typisch Jeb . . .«

»Typisch Mann«, unterbrach Dorrie.

»Bestimmt hat er sich gesagt: Warte. Sei vorsichtig.«

»Hört auf«, sagte ich. Es tat zu weh.

»Und vielleicht bedeutet sein ›Gib uns Zeit‹ genau das«, fuhr Tegan unbeirrt fort. »Dass er darüber nachdenken muss. Ich meine, das ist doch gut, Addie!«

»Tegan . . .«, sagte ich.

Ihr Gesichtsausdruck änderte sich. Er wechselte von hoffnungsvoll über unsicher zu bekümmert. Ihr Blick flatterte zu meinen pinken Haaren.

Dorrie, die bei solchen Dingen schneller von Begriff war, sagte: »Wie lange hast du bei Starbucks gewartet?«

»Zwei Stunden.«

Sie zeigte auf meine Frisur. »Und danach bist du . . .?«

»Genau. Zu Fantastic Sam's gegenüber.«

»Fantastic Sam's?«, wiederholte Dorrie. »Du hast dir deine Trennungsfrisur bei jemandem machen lassen, der Lollies und Luftballons verschenkt?«

»Ich habe weder Lollies noch Luftballons bekommen«, sagte ich mürrisch. »Sie wollten gerade schließen. Eigentlich wollten sie mich gar nicht mehr reinlassen.«

»Ich begreif es nicht«, sagte Dorrie. »Hast du eine Ahnung, wie viele Mädchen für deine Haare sterben würden?«

»Tja, wenn sie bereit sind, sich durch eine Mülltonne zu wühlen, können sie sie gerne haben.«

»Ehrlich, so langsam gefällt mir das Pink«, sagte Tegan. »Und das sag ich nicht nur, um dich zu trösten.«

»Tust du doch«, sagte ich. »Aber ist ja auch egal. Es ist Weihnachten und ich bin ganz allein . . .«

»Du bist nicht allein«, protestierte Tegan.

»Und ich werde für immer allein sein . . .«

»Wie kannst du allein sein, wenn wir direkt neben dir sitzen?«

»Und Jeb . . .« Meine Stimme wackelte. »Jeb liebt mich nicht mehr.«

»Ich kann es einfach nicht glauben, dass er nicht gekommen ist!«, sagte Tegan. »Das ist total untypisch für Jeb.

Selbst, wenn er nicht mehr mit dir zusammen sein wollte, meinst du nicht, dass er trotzdem wenigstens gekommen wäre?«

»Aber warum will er denn nicht mehr mit mir zusammen sein?«, sagte ich. »Warum?«

»Bist du sicher, dass nicht irgendwas schiefgelaufen ist?«, beharrte Tegan.

»Nicht«, sagte Dorrie warnend.

»Was nicht?«, fragte Tegan. Sie sah mich an. »Bist du hundertprozentig sicher, dass er nicht versucht hat, dich anzurufen oder so was?«

Ich griff nach meinem Handy, das auf dem Nachttisch lag, und warf es ihr zu. »Guck selbst nach.«

Sie öffnete die Datei EINGEGANGENE ANRUFE und las die Namen laut vor. »Ich, Dorrie, zu Hause, zu Hause, noch mal zu Hause . . .«

»Das war meine Mom, die wissen wollte, wo ich war, weil ich so lange weggeblieben bin.«

Tegan runzelte die Stirn. »Acht-null-vier, fünf-fünf-fünf, drei-sechs-drei-eins? Wer ist das?«

»Verwählt«, sagte ich. »Ich hab zurückgerufen, aber niemand ist drangegangen.«

Sie drückte auf einen Knopf und hielt sich das Telefon ans Ohr.

»Was machst du da?«, fragte ich.

»Ich will wissen, wer das gewesen ist. Vielleicht hat Jeb ja von einem anderen Telefon aus angerufen.«

»Hat er nicht«, sagte ich.

»Acht-null-vier ist die Vorwahl für Virginia«, sagte Dorrie. »Ist Jeb vielleicht nach Virginia verreist?«

»Nein«, widersprach ich. Tegan war diejenige, die sich an Strohhalme klammerte, nicht ich. Trotzdem, als sie den Finger hob, wurde mein Puls schneller.

»Ähm, hi«, sagte Tegan. »Darf ich fragen, wer anruft?«

»Du bist diejenige, die angerufen hat, du Meschuggene«, sagte Dorrie.

Tegan wurde rot. »Entschuldigung«, sagte sie in den Hörer. »Ich meinte eigentlich, äh, darf ich fragen, wer spricht?«

Dorrie wartete eine halbe Sekunde. »Und? Wer ist es?«

Tegan wedelte mit der Hand, was heißen sollte: *Psst, quatsch nicht dazwischen.*

»Ich?«, sagte sie zu der geheimnisvollen Person am anderen Ende der Leitung. »Nein, das ist doch bescheuert. Und wenn ich mein Handy in eine Schneewehe geworfen hätte, warum sollte ich dann . . .«

Tegan fuhr zurück und hielt das Telefon vom Ohr weg. Kleine Stimmchen drangen durch den Lautsprecher, die sich anhörten wie Alvin und die Chipmunks.

»Wie alt seid ihr?«, fragte Tegan. »Und hört endlich auf, das Telefon rumzureichen. Alles, was ich wissen will, ist . . . Entschuldige mal, könnten wir vielleicht wieder . . .« Ihr klappte der Unterkiefer herunter. »Nein! Ganz sicher nicht. Ich lege jetzt auf und ich denke, ihr solltet . . . ihr solltet auf der Schaukel weiterspielen.«

Sie klappte das Handy zu. »Unglaublich!«, sagte sie missbilligend zu Dorrie und mir. »Sie sind acht Jahre alt – acht! – und sie wollten, dass ich ihnen erkläre, wie ein Zungenkuss geht. Das kann doch wohl nicht wahr sein!«

Dorrie und ich sahen uns an. Dann sah Dorrie Tegan an und sagte: »Addie ist von einem achtjährigen Mädchen angerufen worden?«

»Es war nicht nur die eine. Das war ein ganzer Haufen, der da rumgequakt hat. Quak, quak, quak.« Sie schüttelte den Kopf. »Ich hoffe doch sehr, dass wir in dem Alter nicht so schräg drauf gewesen sind.«

»Tegan?«, sagte Dorrie. »Du gibst uns nicht gerade viel Stoff zum Nachdenken, Babe. Hast du mal gefragt, warum dieser Haufen von Achtjährigen Addie angerufen hat?«

»Oh. Tut mir leid. Ähm, ich glaube auch nicht, dass sie es gewesen sind, weil sie gesagt haben, es wäre gar nicht ihr Handy. Sie haben gesagt, sie hätten es vor ein paar Stunden gefunden, nachdem ein Mädchen es in eine Schneewehe geworfen hat.«

»Wie bitte?«, sagte Dorrie.

Meine Handflächen fingen an zu jucken. Die Neuigkeit über das Mädchen hörte sich nicht gut an. »Wovon zum Teufel redest du eigentlich?«

»Nun«, sagte Tegan, »ich bin nicht davon überzeugt, dass sie wussten, wovon sie redeten, aber gesagt haben sie, dass dieses Mädchen . . .«

»Das handywerfende Mädchen?«, fragte Dorrie dazwischen.

»Genau. Dass sie mit einem Typ zusammen war und dass sie total verliiiiiebt waren, was die Achtjährigen genau wussten, weil sie gesehen haben, wie der Typ dem Mädchen einen ›feuchten Schmatzer‹ gegeben hat. Und dann wollten sie, dass ich ihnen erkläre, wie Zungenküsse gehen.«

»Man kann niemandem am Telefon beibringen, wie Zungenküsse gehen«, sagte Dorrie.

»Außerdem waren sie erst acht! Das sind doch noch Babys! Sie müssen noch nicht Zungenküssen, Punkt. Und einen ›feuchten Schmatzer‹? Ich bitte euch!«

»Ähm, Tegan?«, sagte ich. »War dieser Typ Jeb?«

Sie hörte auf zu kichern. Ich sah, was in ihr vorging. Sie biss sich auf die Lippe, klappte mein Handy wieder auf und drückte auf Wiederwahl.

»Ich rufe nicht an, um mit euch zu plaudern«, sagte sie ohne weitere Vorrede. Sie zuckte zusammen, hielt den Hörer vom Ohr weg und dann wieder dran. »Nein! Pschsch! Ich habe nur eine einzige Frage. Der Typ mit dem Mädchen . . . wie hat der ausgesehen?«

Chipmunkgeschnatter blubberte aus dem Hörer, aber die Worte waren zu leise, um sie zu verstehen. Ich beobachtete Tegans Gesicht und biss auf meinem Daumennagel herum.

»Aha, so, okay«, sagte Tegan. »Hat er das wirklich? Ach, wie süß!«

»Tegan«, sagte ich durch zusammengebissene Zähne.

»Ich muss Schluss machen, Tschüss«, sagte Tegan und klappte das Handy zu. Sie sah mich an. »Ganz eindeutig nicht Jeb, weil dieser Typ Locken hatte. Also . . . juchhu! Fall geklärt!«

»Und warum hast du gesagt: ›Ach wie süß‹?«, wollte Dorrie wissen.

»Sie haben gesagt, dass der Typ angefangen hat zu tanzen wie ein Irrer, nachdem er das handywerfende Mädchen geküsst hat, und dass er die Faust in die Höhe gereckt und ›Jubilee!‹ gebrüllt hat.«

Dorrie fuhr mit einem Okay-das-ist-wirklich-schräg-Ausdruck im Gesicht zurück.

»Was ist?«, fragte Tegan. »Würdest du dir nicht wünschen, dass ein Typ ›Jubilee‹ schreit, nachdem er dich geküsst hat?«

»Vielleicht hatten sie gerade Nachtisch gegessen«, sagte ich.

Sie sahen mich an.

Ich sah sie an. Ich hob meine Hände hoch, Handflächen nach oben: *Na, los, Mädels.* »Mit Kirschen? Cherries Jubilee?«

Dorrie warf Tegan einen Blick zu. »Nein«, sagte sie. »Ich möchte nicht, dass irgendein Typ wegen meiner jungfräulichen Kirsche ›Jubilee‹ brüllt.«

Tegan kicherte, hörte aber sofort wieder auf, als sie merkte, dass ich nicht kicherte.

»Aber es war jedenfalls nicht Jeb«, sagte sie. »Das ist doch gut, oder?«

Ich gab keine Antwort. Ich wollte bestimmt nicht, dass Jeb in Virginia fremde Mädchen küsste, aber falls die achtjährige Kuss-Patrouille irgendwelche Neuigkeiten über Jeb gehabt hätte – tja, auf die wäre ich schon neugierig gewesen. Nur mal angenommen, dass der Typ, den sie gesehen hatten, keine Locken gehabt hätte und, statt irgendein Mädchen zu küssen, in einem Dixiklo eingesperrt gewesen wäre. Wenn die Kuss-Patrouille Tegan *das* erzählt hätte, ja, das wären wirklich gute Neuigkeiten gewesen. Weil Jeb dann eine Entschuldigung dafür gehabt hätte, dass er nicht zu unserer Verabredung erschienen war.

Nicht, dass ich mir wünschen würde, dass Jeb in einem Dixiklo eingesperrt wäre, nur um das klarzustellen.

»Addie? Bist du okay?«, fragte Tegan.

»Glaubst du an Weihnachtswunder?«, wollte ich wissen.

»Hä?«, sagte sie.

»Ich nicht. Ich bin jüdisch«, sagte Dorrie.

»Ja, ich weiß«, sagte ich. »Vergesst es. Ich bin einfach nur blöd.«

Tegan sah Dorrie an. »Glaubst du an Chanukkawunder?«

»Was?«

»Oder . . . jetzt weiß ich's. Engel!«, sagte Tegan. »Glaubt ihr an Engel?«

Jetzt starrten Dorrie und ich sie an.

»Du hast damit angefangen«, sagte Tegan zu mir. »Weihnachtswunder, Chanukkawunder, Feiertagswunder . . .« Sie streckte die Handflächen aus, als wäre die Antwort offensichtlich. »Engel.«

Dorrie schnaubte. Ich nicht, denn ich glaube, genau in diese Richtung drängte mein einsames Herz, auch wenn ich das Wort »Engel« nicht benutzt hätte.

»Letztes Jahr Heiligabend ist Jeb, nachdem er mich bei Starbucks geküsst hat, mit zu uns gekommen und hat mit Mom und Dad und Chris und mir *Ist das Leben nicht schön?* angeguckt«, sagte ich.

»Den Film kenn ich«, sagte Dorrie. »Das ist doch der, wo Jimmy Stewart von einer Brücke springen will, weil er sein Leben so deprimierend findet?«

Tegan zeigte auf mich. »Und ein Engel überzeugt ihn davon, es nicht zu tun. Ja, genau der.«

»Eigentlich war er noch gar kein Engel«, sagte Dorrie. »Die Rettung von Jimmy Stewart war seine Bewährungsprobe, um ein Engel zu werden. Er muss Jimmy Stewart davon überzeugen, dass sein Leben doch lebenswert ist.«

»Und das hat er geschafft und alles ist gut gelaufen und dann hat der Engel seine Flügel bekommen!«, vervollständigte Tegan die Geschichte. »Ich erinnere mich genau. Am Schluss gibt es diese silberne Glocke am Weihnachtsbaum, die ganz von allein, ohne dass jemand sie berührt, *Ting-a-ling-a-ling* macht.«

Dorrie lachte. *»Ting-a-ling-a-ling?* Tegan, du bringst mich um.«

Tegan fuhr fort: »Und Jimmy Stewarts kleine Tochter erklärt: ›Die Lehrerin hat gesagt, dass jedes Mal, wenn eine Glocke klingelt, ein Engel seine Flügel erhält.‹« Sie seufzte zufrieden.

Dorrie drehte den Computerstuhl herum, sodass sie und Tegan mir beide gegenübersaßen. Tegan wäre dabei fast vom Stuhl gefallen und musste sich an der Armlehne festhalten, um ihr Gleichgewicht wiederzufinden.

»Weihnachtswunder, Chanukkawunder, *Ist das Leben nicht schön?«,* sagte Dorrie zu mir und zog die Augenbrauen hoch. »Kannst du uns den Zusammenhang erklären?«

»Vergiss die Engel nicht«, sagte Tegan.

Ich setzte mich ans Fußende von meinem Bett. »Ich weiß, dass ich was Schreckliches gemacht habe, und ich weiß, dass ich Jeb sehr, sehr, sehr wehgetan habe. Aber es tut mir leid. Zählt das nicht?«

»Natürlich zählt das«, sagte Tegan mitfühlend.

Ich hatte einen Kloß im Hals. Ich traute mich nicht, Dorrie anzusehen, weil ich wusste, sie würde die Augen verdrehen. »Tja, wenn das so ist . . .« – plötzlich war es schwer, die Worte auszusprechen – »wo ist dann mein Engel?«

KAPITEL VIER

Engel, Schmengel«, sagte Dorrie. »Vergiss das mit den Engeln.«

»Nein, vergiss es nicht«, sagte Tegan und gab Dorrie einen Klaps. »Du tust immer so, als wärst du der Grinch, dabei meinst du es gar nicht so.«

»Ich bin kein Grinch«, sagte Dorrie. »Ich bin nur realistisch.«

Tegan stand vom Computerstuhl auf und setzte sich neben mich. »Dass Jeb nicht angerufen hat, muss nicht unbedingt was bedeuten. Vielleicht ist er im Reservat und besucht seinen Dad. Hat er nicht mal gesagt, dass der Handyempfang im Res ganz schlecht ist?«

Jeb hatte uns beigebracht, das Reservat »Res« zu nennen, was wir cool fanden und uns das Gefühl gab dazuzugehören. Dass Tegan es jetzt sagte, machte mich nur noch niedergeschlagener.

»Jeb war im Res«, sagte ich, »aber er ist schon zurück. Woher ich das weiß? Die ätzende Brenna kam ganz zufällig am Montag zu Starbucks und ganz zufällig posaunte sie Jebs gesamte Ferienpläne aus, während sie vor dem Tresen in der Schlange stand. Sie war mit Meadow da und sagte dauernd: ›Ich bin ja soooo down, dass Jeb nicht hier ist. Aber er kommt Heiligabend mit dem Zug zurück – vielleicht hol ich ihn am Bahnhof ab!‹«

»Hast du deshalb die E-Mail geschrieben?«, fragte Dorrie. »Weil du gehört hast, was Brenna über ihn gesagt hat?«

»Nicht direkt, aber irgendetwas hat es schon damit zu tun.« Mir gefiel nicht, wie sie mich ansah. »Und?«

»Vielleicht ist er im Schneesturm stecken geblieben«, schlug Tegan vor.

»Und jetzt steckt er immer noch fest? Und hat sein Handy wie das geküsste Mädchen in eine Schneewehe geworfen und konnte deshalb nicht anrufen? Und er hat auch keinen Zugang zu einem Computer, weil er ein Iglu bauen musste zum Übernachten und es da keinen Strom gibt?«

Tegan zuckte unsicher mit den Schultern. »Kann doch sein.«

»Es will mir einfach nicht in den Kopf«, sagte ich. »Er ist nicht gekommen, er hat nicht angerufen, er hat keine Mail geschickt. Er hat überhaupt nichts getan.«

»Vielleicht wollte er dir das Herz brechen, so wie du seins gebrochen hast«, stellte Dorrie fest.

»Dorrie!« Schon wieder kamen mir die Tränen. »Wie kannst du so was sagen!«

»Oder auch nicht. Keine Ahnung. Aber, Adds ... du hast ihm echt wehgetan.«

»Ich weiß! Das hab ich doch gerade schon gesagt!«

»Tiefe, schmerzhafte, anhaltende Wunden. So wie Chloe bei Stuart, als sie mit ihm Schluss gemacht hat.« Chloe Newland und Stuart Weintraub waren berühmt in der Gracetown High: Chloe, weil sie Stuart betrogen hatte, und Stuart, weil er einfach nicht damit fertig wurde. Und wo haben sie Schluss gemacht? Genau. Bei Starbucks. Chloe war mit einem anderen Typ dort gewesen – auf der Toilette! Wie ordinär! Und dann tauchte Stuart auf und ich war natürlich live dabei.

»Oh Mann!«, sagte ich. Ich bekam Herzklopfen wie damals, weil ich mich an jenem Tag so sehr über Chloe aufgeregt hatte. Ich fand es so ... so herzlos von ihr, ihren Freund auf diese Art zu betrügen. Ich war so stinkig, dass ich sie aufgefordert hatte zu gehen, und hinterher stellte Christina mich zur Rede. Sie hat gesagt, dass ich in Zukunft keine Starbucks-Kundin mehr rausschmeißen dürfte, nur weil sie eine herzlose Schlampe war.

»Willst du damit sagen ...« Ich versuchte, Dorries Gesichtsausdruck zu lesen. »Willst du damit sagen, dass ich wie Chloe bin?«

»Natürlich nicht!«, sagte Tegan. »Sie behauptet doch nicht, dass du wie Chloe bist. Sie meint, dass Jeb wie Stuart ist. Stimmt's, Dorrie?«

Dorrie wartete einen Moment, bevor sie antwortete. Ich

wusste, dass sie eine Schwäche hatte für Stuart, weil jedes Mädchen in unserem Jahrgang eine Schwäche für Stuart hat. Er war ein netter Kerl. Chloe hatte ihn behandelt wie Dreck. Aber Dorries Beschützerinstinkt ging tiefer, glaube ich, weil Stuart der zweite jüdische Jugendliche an unserer Schule war, sodass er und sie sich irgendwie miteinander verbunden fühlten.

Ich sagte mir, dass das der Grund dafür war, dass sie überhaupt von Chloe und Stuart angefangen hatte. Sie wollte mich ganz bestimmt nicht mit Chloe vergleichen, die nicht nur eine kaltherzige Schlampe war, sondern auch noch roten Lippenstift trug, der überhaupt nicht zu ihrem Teint passte.

»Der arme Stuart«, sagte Tegan. »Ich wünschte, er würde jemand Neues finden. Jemand, der zu ihm passt.«

»Jaja«, sagte ich. »Ich bin auch unbedingt dafür, dass Stuart die wahre Liebe findet. Los, Stuart! Aber Dorrie, ich frage dich noch mal: Denkst du wirklich, dass ich die Chloe in dieser Geschichte bin?«

»Nein«, sagte Dorrie. Sie kniff die Augen zusammen und rieb sich über die Stirn, als hätte sie plötzlich Kopfschmerzen bekommen. Dann ließ sie ihre Hand wieder fallen und sah mich an. »Adeline, ich hab dich lieb. Ich werde dich immer lieb haben. Aber . . .«

Meine Wirbelsäule begann zu kribbeln, denn ein Satz, in dem gleichzeitig »Ich hab dich lieb« und »aber« vorkommen, kann einfach nicht gut sein. »Aber was?«

»Du weißt, dass du dich in deinen eigenen Dramen suhlst. Ich meine, das tun wir ja alle, ich will gar nicht das Gegenteil behaupten. Aber bei dir ist das praktisch schon eine Kunstform. Und manchmal . . .«

Ich stand vom Bett auf und hob die Kuscheldecke hoch. Ich wickelte sie mir wieder um den Kopf und hielt sie unter dem Kinn fest. »Ja?«

»Manchmal bist du eben mehr mit dir selbst beschäftigt als mit anderen, irgendwie.«

»Dann hältst du mich also doch für eine Chloe! Du hältst mich für eine herzlose, egozentrische Schlampe!«

»Herzlos nicht«, sagte Dorrie rasch. »Herzlos kein bisschen.«

»Und auch keine . . .« Tegan senkte ihre Stimme, ». . . du weißt schon. Das bist du echt nicht.«

Es entging mir nicht, dass keine von beiden dem Ausdruck »egozentrisch« widersprach. »Oh mein Gott«, sagte ich. »Ich stecke in einer Krise und meine besten Freundinnen verbünden sich gegen mich und greifen mich an.«

»Wir greifen dich nicht an«, sagte Tegan.

»Tut mir leid, ich kann dich nicht hören«, erwiderte ich. »Ich bin zu sehr damit beschäftigt, egozentrisch zu sein.«

»Nein, du hörst uns nicht, weil du eine Decke über den Ohren hast«, sagte Dorrie und kam auf mich zu. »Ich meine doch nur . . .«

»La-la-la! Ich hör dich immer noch nicht.«

»... dass du nur dann wieder mit Jeb zusammenkommen solltest, wenn du dir ganz sicher bist.«

Wahnsinn, wie schnell mein Herz schlug. Hier war ich also, in meinem Zimmer, in Sicherheit, mit meinen zwei besten Freundinnen, und hatte unwahrscheinliche Angst davor, was eine davon mir zu sagen hatte.

»Sicher worüber?«, brachte ich hervor.

Dorrie zog mir die Decke vom Kopf. »In deiner Mail hast du geschrieben, dass du dich geändert hast«, sagte sie vorsichtig. »Aber ich frage mich, ob das stimmt. Ob du – du weißt schon – in dein Inneres geschaut hast, um herauszufinden, was du denn überhaupt ändern musst.«

Mein Kopf brummte. Sehr wahrscheinlich würde ich gleich hyperventilieren und in Ohnmacht fallen und mir den Kopf anschlagen und sterben und die Decke, die ich um mich herumgeschlungen hatte, würde rot vor Blut werden.

»Geh!«, sagte ich zu Dorrie und zeigte auf die Tür.

Tegan sank in sich zusammen.

»Addie«, sagte Dorrie.

»Ich mein's ernst – hau ab. Und Jeb und ich sind nicht wieder zusammen, oder? Weil er gar nicht aufgetaucht ist. Also – wen kümmert's, ob ich mich wirklich geändert habe? Es ist scheißegal.«

Dorrie hielt die Hände hoch. »Du hast recht. Ich bin ätzend. Das war der total falsche Zeitpunkt.«

»Du sagst es. Und du willst meine Freundin sein?«

»Sie ist deine Freundin«, sagte Tegan. »Könnt ihr aufhören, aufeinander herumzuhacken? Alle beide?«

Ich wandte mich ab und sah mich kurz im Spiegel meines Kleiderschranks. Eine Sekunde lang erkannte ich mich selbst nicht: weder meine Haare noch meinen finsteren Gesichtsausdruck noch meine traurigen Augen. Ich dachte: *Wer ist dieses verrückte Mädchen?*

Dann spürte ich eine Hand auf meiner Schulter.

»Addie, es tut mir leid«, sagte Dorrie. »Ich hab mal wieder erst geredet und dann gedacht, wie ich das immer mache. Ich . . .«

Sie brach ab und dieses Mal sagte ich nicht: »Du was?«

»Es tut mir leid«, wiederholte sie.

Ich krallte die Finger in den Stoff der Kuscheldecke. Nach ein paar langen Sekunden nickte ich fast unmerklich. *Aber du bist immer noch ätzend,* dachte ich, obwohl ich wusste, dass es nicht stimmte.

Dorrie drückte meine Schulter und ließ mich dann los. »Wir sollten lieber gehen, Tegan, oder?«

»Ich glaub auch«, sagte Tegan. Sie zerrte am Saum ihres T-Shirts. »Ich will nur nicht, dass dieser Abend schlecht endet. Es ist doch schließlich Weihnachten.«

»Er hat bereits schlecht geendet«, murmelte ich.

»Nein, hat er nicht«, sagte Dorrie. »Wir haben uns vertragen. Stimmt's, Addie?«

»Das hab ich nicht gemeint«, sagte ich.

»Stopp«, sagte Tegan. »Ich muss euch noch was Schönes

erzählen – etwas, das nichts mit Traurigkeit oder gebrochenen Herzen oder Streit zu tun hat.« Sie sah uns beide flehend an. »Wollt ihr's hören?«

»Na klar«, sagte ich. »Also, ich jedenfalls. Was mit dem Grinch ist, weiß ich nicht.«

»Ich würde sehr gern was Schönes hören«, sagte Dorrie. »Hat es was mit Gabriel zu tun?«

»Gabriel? Wer ist Gabriel?«, sagte ich. Dann fiel es mir ein. »Oh, Gabriel!« Ich sah Dorrie nicht an, weil ich nicht wollte, dass sie meine Bemerkung als neuerlichen Beweis dafür betrachtete, dass ich nur an mich selbst denken konnte.

»Ich hab super Neuigkeiten erfahren, bevor wir zu dir gekommen sind«, sagte Tegan. »Ich wollte nur nicht davon anfangen, solange wir noch mit Addies Krise beschäftigt waren.«

»Ich glaube, mit Addies Krise sind wir durch«, sagte Dorrie. »Addie? Sind wir fertig mit deiner Krise?«

Wir werden nie fertig sein mit meiner Krise, dachte ich.

Ich hockte mich auf den Boden und zog an Tegan, damit sie sich neben mich setzte. Ich machte sogar Platz für Dorrie. »Erzähl uns von deinen guten Neuigkeiten«, sagte ich.

»Es geht tatsächlich um Gabriel«, sagte Tegan und lächelte. »Er kommt morgen!«

KAPITEL FÜNF

Sein Bett ist vorbereitet«, schwärmte Tegan. »Und ich habe ihm ein kleines Plüschschweinchen besorgt, damit er sich auch ganz bestimmt wohlfühlt, und eine Zehnerpackung *Grape Dubble Bubble.«*

»Ah ja, Gabriel liebt *Grape Dubble Bubble«*, sagte Dorrie.

»Fressen Schweine Kaugummi?«, fragte ich.

»Sie fressen es nicht, sie kauen es«, sagte Tegan. »Und ich habe eine Schmusedecke für ihn und eine Leine und einen Behälter mit Katzenstreu. Das Einzige, was ich nicht habe, ist Schlamm, in dem er sich wälzen kann, aber vermutlich kann er sich auch im Schnee wälzen, oder?«

Ich war noch in Gedanken bei dem Kaugummithema, schob es aber beiseite. »Warum nicht?«, antwortete ich. »Tegan, das ist echt super!«

Ihre Augen strahlten. »Ich werde mein eigenes Schwein

haben. Ich werde wirklich ein Schwein ganz für mich allein haben, und das verdanke ich euch!«

Ich konnte ein Lächeln nicht unterdrücken. Tegan war nicht nur unglaublich liebenswert, sie hatte darüber hinaus auch noch etwas, das sie unverwechselbar machte.

Sie hatte diese Vorliebe für Schweine.

Eine echt große Vorliebe für Schweine, also nehme ich an, wenn sie sagte, dass Schweine Kaugummi kauen, dann kauen sie eben Kaugummi. Tegan war Expertin auf dem Gebiet.

Ihr Zimmer war das Schweineparadies; auf jeder verfügbaren Fläche standen Porzellanschweine, Keramikschweine und aus Holz geschnitzte Schweine. Jedes Weihnachten bekam sie von Dorrie und mir ein neues Schwein für ihre Sammlung. (Natürlich schenkten Tegan und ich Dorrie auch etwas zu Chanukka. Dieses Jahr hatten wir ihr ein T-Shirt auf dieser coolen Website *Rabbis Töchter* bestellt. Es war weiß mit schwarzen Puffärmeln und trug die Aufschrift HAST DU CHUZPE?)

Tegan wünschte sich schon ewig ein echtes Schwein, aber ihre Eltern hatten bisher immer Nein gesagt. Die Standardantwort ihres Dads, der sich für einen Komiker hält, war ein Grunzen und der Spruch »Erst wenn Schweine fliegen, meine Zuckerschnute«.

Ihre Mom war weniger nervig, aber ebenso unnachgiebig.

»Tegan, dieses süße kleine Ferkelchen, von dem du

träumst, wird wachsen, bis es dreihundertfünfzig Kilo wiegt«, sagte sie.

Ich konnte sie verstehen. Dreihundertfünfzig Kilo – das waren acht Tegans aufeinandergestapelt. Es war wohl keine besonders gute Idee, ein Haustier zu haben, das achtmal so viel wog wie man selbst.

Aber dann entdeckte Tegan – Trommelwirbel, bitte! – die Teetassenschweine. Sie sind total niedlich. Vorigen Monat hatte Tegan Dorrie und mir die Website gezeigt und wir waren vor lauter Begeisterung über die Fotos der winzig kleinen Schweinchen, die wirklich in eine Teetasse passen, fast ausgeflippt. Sie werden kaum mehr als zwei Kilo schwer, was einem Zwanzigstel von Tegans Gewicht entspricht – und sich deutlich leichter managen lässt als eine ausgewachsene Dreihundertfünfzig-Kilo-Sau.

Tegan setzte sich mit der Züchterin in Verbindung und dann brachte sie ihre Eltern dazu, mit ihr zu sprechen. Währenddessen führten auch Dorrie und ich ein paar Gespräche mit der Züchterin. Als Tegans Eltern schließlich ihre offizielle Zustimmung erteilten, war schon alles entschieden: Das letzte Teetassenschwein der Züchterin war bezahlt und reserviert.

»Mensch, Mädels!«, quiekte Tegan, als wir es ihr erzählten. »Ihr seid die besten Freundinnen der Welt! Aber was wäre gewesen, wenn meine Eltern Nein gesagt hätten?«

»Das Risiko mussten wir in Kauf nehmen«, sagte Dorrie. »Diese Teetassenschweine sind blitzschnell weg.«

»Das stimmt«, fügte ich hinzu. »Sie fliegen praktisch aus den Regalen.«

Dorrie stöhnte auf, was mich erst recht anstachelte.

Ich flatterte mit den Armen und sagte: *»Fly! Fly away home, kleines Schweinchen!«*

Eigentlich hätte Gabriel inzwischen längst angeflogen sein müssen, um im Bild zu bleiben. Vorige Woche hatte die Züchterin Tegan mitgeteilt, dass Gabriel abgestillt war, und Tegan und Dorrie hatten geplant, sofort zur Fancy-Nancy-Schweinefarm zu fahren, um ihn abzuholen. Die Farm lag im Maggie Valley, ungefähr zweihundert Meilen von hier, aber sie hätten es locker in einem Tag schaffen können.

Aber dann kam der Schneesturm. So viel zum Plan.

»Aber Nancy hat heute Abend angerufen und ratet mal!«, sagte Tegan. »Die Straßen im Maggie Valley sind verhältnismäßig frei, sodass sie beschlossen hat, nach Asheville zu fahren, wo sie Silvester feiert. Und weil Gracetown auf dem Weg liegt, kommt sie vorbei und liefert Gabriel bei Pet World ab. Morgen kann ich ihn da abholen!«

»Das Pet World gegenüber von Starbucks?«, fragte ich.

»Warum denn da?«, wollte Dorrie wissen. »Kann sie ihn nicht direkt zu dir nach Hause bringen?«

»Nein, weil die Nebenstraßen nicht geräumt sind«, sagte Tegan. »Nancy ist mit dem Typ befreundet, dem Pet World gehört, und er hinterlegt ihr den Schlüssel. Nancy hat gesagt, sie klebt einen Zettel auf Gabriels Transportkiste, auf dem steht: *Dieses Schwein ist ausschließlich für Tegan Shepherd zur Adoption freigegeben!*«

»Zur Adoption freigegeben?«, wiederholte ich.

»Das sagt man in der Tierhandlung statt verkaufen«, erklärte Dorrie. »Wie gut, dass Nancy diesen Zettel schreibt, sonst würden zweifellos Tausende von Menschen den Laden stürmen, weil sie unbedingt ein Teetassenschwein kaufen wollen.«

»Halt den Mund«, sagte Tegan. »In der Sekunde, wenn der Schneepflug durchgefahren ist, fahre ich in die Stadt und hole ihn.« Sie machte eine bittende Geste. »Bitte, bitte, bitte, lass den Schneepflug ganz früh zu uns kommen!«

»Träum weiter«, sagte Dorrie.

»Hey«, sagte ich, weil mir eine Idee durch den Kopf geschossen war. »Ich hab morgen Frühschicht und ich darf mit Dads Explorer fahren.«

Dorrie spannte ihre Armmuskeln an. »Addie hat Explorer! Addie braucht nicht Schneepflug!«

»Da hast du verdammt recht«, sagte ich. »Ganz im Gegensatz zu diesem ... ähm ... kümmerlichen Civic.«

»Beleidige den Civic nicht!«, protestierte Tegan.

»Ach Süße, es bleibt uns gerade gar nichts anderes übrig, als den Civic zu beleidigen«, sagte Dorrie.

»Auf jeden Fall«, unterbrach ich sie, »bin ich gern bereit, Gabriel abzuholen, wenn du möchtest.«

»Echt?«, fragte Tegan.

»Hat Starbucks denn überhaupt geöffnet?«, fragte Dorrie.

»Du Knalltüte«, sagte ich. »Weder Regen noch Schnee, weder Eisregen noch Hagel schließen die Tore des mächtigen Starbucks.«

»Selbst Knalltüte«, schoss Dorrie zurück. »Das gilt für den Briefträger, nicht für Starbucks.«

»Aber im Gegensatz zum Briefträger ist es bei Starbucks tatsächlich ernst gemeint. Sie werden geöffnet haben, ich versprech's dir.«

»Addie, da draußen liegen fast drei Meter hohe Schneewehen.«

»Christina hat gesagt, wir öffnen, also öffnen wir.« Ich wandte mich an Tegan. »Also Tegan, ich werde morgen sehr früh in die Stadt fahren und ja, ich kann Gabriel abholen.«

»Super!«, jubelte Tegan.

»Moment mal«, sagte Dorrie. »Hast du nicht etwas vergessen?«

Ich runzelte die Stirn.

»Nathan Krugle?«, sagte sie. »Der bei Pet World arbeitet und dich nicht ausstehen kann?«

Mir drehte sich der Magen um. Bei all dem Gerede über Schweine hatte ich überhaupt nicht an Nathan gedacht. Wie konnte ich Nathan vergessen?

Ich reckte mein Kinn vor. »Sei nicht immer so negativ. Ich weiß schon, wie ich mit Nathan umgehen muss – falls er überhaupt morgen arbeitet, was er höchstwahrscheinlich gar nicht tut, weil er vermutlich zu einem Star-Trek-Kongress gefahren ist oder sonst wohin.«

»Suchst du schon nach Ausflüchten?«, fragte Dorrie.

»Nei-hein! Ich stelle nur meinen kompletten und äußersten Mangel an Egozentrik unter Beweis. Selbst wenn Nathan dort sein sollte, hier geht es schließlich um Tegan.«

Dorrie schien nicht überzeugt zu sein.

Ich drehte mich wieder zu Tegan um. »Um neun habe ich Pause und dann werde ich der erste Kunde bei Pet World sein, okay?« Ich ging zum Schreibtisch, riss einen Hello-Kitty-Klebezettel ab und kritzelte mit violettem Stift *Schwein nicht vergessen!* darauf. Dann ging ich zur Kommode, zog ein T-Shirt für morgen heraus und klebte den Zettel darauf.

»Zufrieden?«, fragte ich und hielt Tegan und Dorrie das T-Shirt hin.

»Zufrieden«, sagte Tegan und lächelte.

»Vielen Dank, Tegan«, sagte ich großspurig und ließ durchklingen, dass Dorrie sich an so einer vertrauensvollen Freundin ruhig ein Beispiel nehmen könnte. »Ich verspreche, dich nicht zu enttäuschen.«

KAPITEL SECHS

Tegan und Dorrie verabschiedeten sich und bei all unseren Umarmungen vergaß ich zwei Minuten lang tatsächlich mein gebrochenes Herz. Aber kaum waren sie gegangen, sackte ich wieder in mich zusammen. *Hi,* meldete sich mein Kummer, *ich bin wieder da-ha. Hast du mich vermisst?*

Dieses Mal musste ich an letzten Sonntag denken, an den Morgen nach Charlies Party und den schlimmsten Tag meines Lebens.

Ich war zu Jeb nach Hause gefahren – er wusste nicht, dass ich kommen würde – und zuerst freute er sich, mich zu sehen.

»Wohin bist du gestern Abend verschwunden?«, fragte er. »Ich konnte dich nirgendwo finden.«

Ich fing an zu weinen. Er sah mich besorgt mit seinen dunklen Augen an.

»Addie, du bist doch nicht immer noch sauer, oder? Wegen unseres Streits?«

Ich versuchte zu antworten, konnte aber kein Wort hervorbringen.

»Dabei war es nicht mal ein Streit«, versicherte er mir. »Es war . . . es war nichts.«

Ich weinte noch heftiger und er nahm meine Hände.

»Ich liebe dich, Addie. Und ich werde mir Mühe geben, es dir in Zukunft deutlicher zu zeigen. In Ordnung?«

Wenn in seinem Zimmer eine Klippe gewesen wäre, hätte ich mich herabgestürzt. Hätte auf seiner Kommode ein Dolch gelegen, ich hätte ihn mir, ohne zu zögern, in die Brust gestoßen.

Stattdessen erzählte ich ihm von der Sache mit Charlie.

»Es tut mir so schrecklich leid«, blubberte ich. »Ich dachte, wir würden für immer zusammenbleiben. Ich wollte so gerne, dass wir für immer zusammenbleiben!«

»Addie . . .«, sagte er. Er war noch dabei, die Information zu verarbeiten, aber in diesem Moment – und das wusste ich, weil ich Jeb kannte – reagierte er nur auf die Tatsache, dass ich so bekümmert war. Das war seine größte Sorge und er drückte meine Hände.

»Hör auf damit!«, sagte ich. »Du kannst doch nicht nett zu mir sein, wenn wir gerade Schluss machen!«

Seine Verwirrung war schrecklich mit anzusehen. »Wir machen Schluss? Du . . . du willst lieber mit Charlie zusammen sein als mit mir?«

»Nein, um Gottes willen, nein!« Ich riss mich von ihm los. »Ich habe dich betrogen und ich habe alles kaputt gemacht und deshalb . . .« – ich schluchzte – »deshalb muss ich dich freigeben!«

Er begriff es immer noch nicht. »Aber was ist . . . was ist, wenn ich das gar nicht will?«

Ich bekam vor lauter Schluchzen kaum Luft, aber ich weiß noch, dass ich dachte – nein, ich *wusste* es –, dass Jeb ein viel besserer Mensch war als ich. Er war der großartigste, wunderbarste Mann der Welt und ich war nur ein Häufchen Scheiße, das es nicht wert war, dass er es mit Füßen trat. Ich war ein Arschgesicht. Ich war ein ebenso großes Arschgesicht wie Charlie.

»Ich muss gehen«, sagte ich und ging auf die Tür zu.

Er packte mich am Handgelenk. Sein Gesichtsausdruck sagte *Nicht. Bitte nicht.*

Aber ich musste gehen. Verstand er das nicht?

Ich riss mich los und hörte mich sagen: »Jeb . . . es ist vorbei.«

Seine Kinnmuskeln arbeiteten und ich empfand in diesem Moment eine perverse Freude. Er sollte wütend auf mich sein. Er sollte mich verachten.

»Dann geh«, sagte er.

Ich ging.

Und jetzt . . . stand ich hier. Ich stand am Fenster meines Zimmers und sah Dorrie und Tegan nach, die immer kleiner wurden. Im Mondlicht wirkte der Schnee silbern – der viele, viele Schnee – und der bloße Anblick ließ mich frösteln.

Ich fragte mich, ob Jeb mir jemals verzeihen würde.

Ich fragte mich, ob mir jemals weniger elend zumute sein würde.

Und ich dachte darüber nach, ob Jeb sich wohl gerade genauso schlecht fühlte wie ich, und überrascht stellte ich fest, dass ich es nicht hoffte. Ich meine, ich wünschte mir schon, dass ihm ein bisschen elend zumute sein würde oder sogar ziemlich elend, aber ich wollte nicht, dass sich sein Herz vor lauter Reue anfühlte wie ein Eisblock. Er hatte so ein gutes Herz. Und das machte die Tatsache, dass er gestern nicht aufgetaucht war, umso verwirrender.

Trotzdem, es war nicht Jebs Schuld, dass ich alles vermasselt hatte, und wo immer er auch sein mochte, ich hoffte, dass ihm warm ums Herz war.

KAPITEL SIEBEN

Brrr«, sagte Christina, als sie am nächsten Morgen um halb fünf die Tür von Starbucks aufschloss. Halb fünf, was für eine Scheißzeit! Die Sonne würde erst in eineinhalb Stunden aufgehen und der Parkplatz sah aus wie eine Geisterlandschaft, hier und da durchsetzt von schneebedeckten Autos.

Christinas Freund hupte, als er in die Dearborn Avenue abbog, und Christina drehte sich um und winkte. Weg war er und zurück blieben nur wir und der Schnee und der dunkle Laden.

Sie stieß die Tür auf und ich ging schnell hinter ihr her ins Innere.

»Mann, ist das kalt da draußen«, schimpfte sie.

»Du sagst es«, bestätigte ich. Die Fahrt hierhin war trotz Winterreifen und Schneeketten gefährlich gewesen und ich war mindestens an einem Dutzend Autos vorbeigekommen, die von ihren weniger mutigen Fahrern stehen gelassen worden waren. In einer Schneewehe hatte man den Abdruck eines ganzen Geländewagens oder eines ähnlich großen Autos erkennen können. Wie war das denn möglich? Wie konnte selbst der dusseligste Fahrer eine fast zwei Meter hohe Schneewehe übersehen haben?

Bis der Schneepflug kam, hatte Tegan mit ihrem lächerlichen Civic jedenfalls nicht die mindeste Chance, heute irgendwohin zu fahren.

Ich stampfte mit den Füßen auf den Boden, um den Schnee abzuschütteln, dann zog ich die Stiefel aus und tappte auf Socken ins Hinterzimmer, wo ich die sechs Schalter neben der Heizung drückte. Im Laden flammte das Licht auf.

Wir sind der Weihnachtsstern, den gerade die Engel entzündet haben, dachte ich und stellte mir vor, wie diese einzige Lichtquelle in der ansonsten dunklen Stadt von draußen betrachtet aussehen musste. *Nur dass Weihnachten vorbei ist und wir keine Engel sind.*

Ich zog die Mütze aus und den Mantel und stieg in meine schwarzen Clogs, die zu der schwarzen Hose passten. Schließlich vergewisserte ich mich, dass der *Schwein nicht vergessen!*-Zettel auf meinem Starbucks-T-Shirt mit der Aufschrift SIE BESTELLEN – WIR SERVIEREN klebte. Dorrie machte sich immer lustig über mein T-Shirt und über alles, was mit Starbucks zu tun hatte, aber das war mir egal. Starbucks war mein sicherer Hafen. Und mein trauriger Hafen, weil so viele Erinnerungen an Jeb darin steckten.

Trotzdem fand ich die Gerüche und die Routine hier tröstlich – und ganz besonders die Musik. Man kann sie als eintönig oder als abgedroschen bezeichnen oder sonst wie, aber ich fand, die Starbucks-CDs waren gut.

»Hey, Christina«, rief ich. »Wie wär's mit einem kleinen Halleluja?«

»Unbedingt«, rief sie zurück.

Ich legte die CD *Lifted: Songs of the Spirit* ein (Dorrie hätte gewürgt) und wählte Track sieben. Rufus Wainwrights Stimme schwebte durch den Raum und ich dachte: *Ah, diese süßen Starbucks-Klänge.*

Was Dorrie nie in Betracht zog – genauso wenig wie die Milliarden anderer Starbucks-Hasser – war, dass die Menschen, die bei Starbucks arbeiteten, trotzdem Menschen waren, genau wie jeder andere.

Ja, der Besitzer von Starbucks war irgendein abgehobener Starbucks-Daddy, und ebenfalls ja, Starbucks war eine Kette. Aber auch Christina wohnte in Gracetown, ebenso wie Dorrie. Und wie ich. So wie alle anderen Mitarbeiter dieser Starbucks-Filiale. Wozu also die ganze übertriebene Aufregung?

Ich kam aus dem Hinterzimmer heraus und fing an, das Gebäck auszupacken, das Carlos, unser Lebensmittellieferant, gebracht hatte. Immer wieder musste ich zu den purpurfarbenen Stühlen im Eingangsbereich hinübersehen und durch die Tränen verschwammen die fettreduzierten Blaubeermuffins vor meinen Augen.

Hör auf damit, befahl ich mir. *Nimm dich verdammt noch mal zusammen, sonst wird es ein endlos langer Tag.*

»Mensch«, sagte Christina, die plötzlich vor mir stand. »Du hast die Haare ab.«

Ich hob den Kopf. »Ähm . . . ja.«

»Und hast sie pink gefärbt.«

»Das ist doch kein Problem, oder?«

Bei Starbucks gibt es einen Frag-nicht-sag-nichts-Code, was das Erscheinungsbild der Mitarbeiter betrifft. Nasenringe, andere Gesichtspiercings und sichtbare Tatoos sind zum Beispiel verboten – das bedeutet, man darf zwar Tatoos und Piercings haben, man darf sie nur nicht zeigen. Ich war mir aber ziemlich sicher, dass es keine Regel gab, die pinkfarbene Haare untersagte. Andererseits war diese Frage bisher für mich auch nicht relevant gewesen.

»Hmm«, sagte Christina und betrachtete mich prüfend. »Nein, ist schon okay. Ich war nur überrascht, das ist alles.«

»Ja, ich auch«, sagte ich tonlos.

Das hätte sie eigentlich gar nicht hören sollen, aber sie hatte es gehört.

»Addie, geht es dir gut?«, fragte sie.

»Na klar«, erwiderte ich.

Ihr Blick fiel auf mein T-Shirt. Sie runzelte die Stirn. »Welches Schwein sollst du denn nicht vergessen?«

»Hä?« Ich sah an mir hinunter. »Oh. Äh . . . nichts.« Ich nahm an, dass Schweine vermutlich auch nicht erlaubt waren bei Starbucks, und ich sah keinen Grund, Christina aufzuregen, indem ich ihr die ganze Geschichte erklärte. Ich würde Gabriel im Hinterzimmer verstecken, nachdem ich ihn abgeholt hatte, und sie würde nie davon erfahren.

»Bist du sicher, dass alles in Ordnung ist?«, wiederholte sie.

Ich lächelte strahlend und nahm den Klebezettel ab. »Total!«

Sie machte sich wieder an die Vorbereitung der Kaffeemaschinen. Ich faltete den Zettel zusammen und steckte ihn in die Tasche. Ich sortierte das Gebäck in die Glasvitrine, zog ein Paar Plastikhandschuhe über und fing an, die Tabletts zu füllen. Rufus Wainwrights Halleluja-Version erfüllte den Raum und ich summte mit. In einer »Das-Leben-ist-ätzend-aber-wenigstens-gibt-es-gute-Musik«-Art-und-Weise hatte ich fast gute Laune.

Aber als ich dem Text zuhörte – wirklich zuhörte, statt ihn einfach nur über mich hinwegschwappen zu lassen –, ging die fast gute Laune schnell wieder flöten. Wegen der vielen Hallelujas hatte ich bisher angenommen, dass es sich um einen spirituellen Song über Gott oder so was handelte. Aber jetzt stellte sich heraus, dass es vor und nach den Hallelujas noch weitere Worte gab, und die waren nicht gerade aufmunternd.

Rufus sang von der Liebe und dass es ohne Vertrauen

keine Liebe geben konnte. Ich wurde ganz still, denn seine Worte klangen außerordentlich vertraut. Ich hörte weiter zu und stellte entsetzt fest, dass der Song von einem Typ handelte, der verliebt war, und dass das Mädchen, das er liebte, ihn betrog. Und diese herzzerreißenden Hallelujas? Es waren keine spirituellen Hallelujas. Sondern »kalte und gebrochene« Hallelujas – so hieß es im Refrain!

Warum hatte mir dieser Song je gefallen? Der Song war ätzend!

Ich wollte eine andere CD einlegen, aber bevor ich das tun konnte, hatte schon das nächste Lied angefangen. Eine Gospelversion von *Amazing Grace* tönte durch den Raum und ich dachte: *Na, das ist doch verdammt viel besser als ein gebrochenes Halleluja.* Und: *Bitte, lieber Gott, ich könnte auch ein bisschen Gnade brauchen.*

KAPITEL ACHT

Gegen fünf Uhr waren wir mit unseren Vorbereitungen fertig. Um eine Minute nach fünf klopfte unser erster Kunde an die Glastür und Christina ging hin und öffnete.

»Fröhliche Weihnachten nachträglich, Earl«, sagte sie zu dem stämmigen Typ, der draußen wartete. »Ich war mir nicht sicher, ob du heute kommen würdest.«

»Denkst du, meine Kunden kümmert es, was für ein Wetter wir haben?«, sagte Earl. »Träum weiter, Darling.«

Er kam hineingewatschelt und brachte einen Schwung eiskalter Luft mit. Seine Wangen waren gerötet und auf dem Kopf trug er eine rot-schwarze Mütze mit Ohrenklappen. Er war riesig, bärtig und sah aus wie ein Holzfäller – was gut zu ihm passte, denn er war ein Holzfäller. Er fuhr einen dieser Schwerlaster, die man auf den vielen Bergstraßen in dieser Gegend nie vor sich haben wollte, erstens, weil er durch die Last, die er ziehen musste, nur eine

Geschwindigkeit von unglaublichen zwanzig Meilen in der Stunde schaffte, und zweitens, weil er auf seiner nach hinten offenen Ladefläche Baumstämme transportierte. Dicke Baumstämme, zu fünfen oder sechsen aufeinandergestapelt. Baumstämme, die im Fall, dass sich der Anhänger löste, vom Laster hinunterrollen und dich zerquetschen würden wie einen platt gefahrenen Plastikbecher.

Christina ging wieder hinter den Tresen und setzte den Dampfschäumer in Gang. »Ist doch schön, wenn man gebraucht wird, oder?«

Earl grunzte. Er trottete zur Kasse, blinzelte mich an und sagte: »Was hast du mit deinen Haaren gemacht?«

»Abgeschnitten«, sagte ich und beobachtete seinen Gesichtsausdruck. »Und gefärbt.« Als er nichts sagte, fügte ich hinzu: »Gefällt's Ihnen?«

»Ist doch egal«, sagte er. »Sind ja deine Haare.«

»Ja schon. Aber . . .« Ich wusste nicht, wie ich meinen Satz beenden sollte. Es konnte mir doch total egal sein, ob Earl meine Frisur mochte oder nicht. Ich senkte den Blick und nahm sein Geld entgegen. Er trank immer das Gleiche, deshalb war keine weitere Diskussion notwendig.

Christina häufte einen großzügigen Berg geschlagener Sahne auf Earls Himbeermokka, beträufelte die Sahne mit hellrotem Himbeersirup und krönte das Ganze mit einem weißen Plastikdeckel.

»Bitte sehr«, sagte sie.

»Vielen Dank, die Damen«, erwiderte er. Er hob seinen Becher wie zu einem Toast und ging zur Tür hinaus.

»Glaubst du, dass Earls Holzfällerkumpel sich über ihn lustig machen, weil er so ein Mädchenzeug trinkt?«

»Einmal und danach nie wieder«, sagte Christina.

Die Türglocke klingelte und ein Typ hielt die Tür für seine Freundin auf. Wenigstens vermutete ich, dass sie seine Freundin war, weil sie aussahen wie ein Paar, verwirrt und liebestrunken. Ich musste sofort an Jeb denken – dabei hatte ich schon mindestens zwei Sekunden nicht mehr an ihn gedacht – und fühlte mich einsam.

»Wow, noch ein paar frühe Vögel«, bemerkte Christina.

»Wohl eher Nachteulen.« Der Junge, den ich, wie ich jetzt feststellte, aus der Schule kannte, hatte müde Augen und eine leicht schwankende, übernächtigte Haltung. Ich glaubte, auch das Mädchen schon mal gesehen zu haben, war mir aber nicht sicher. Sie gähnte in einem fort.

»Kannst du nicht damit aufhören?«, sagte der Junge zu dem Gähnmädchen. Tobin, er hieß Tobin. Er war eine Klasse über mir. »Ich krieg sonst einen Komplex.«

Sie lächelte und gähnte aufs Neue. Hieß sie nicht Angie? Genau, Angie, und sie war auf eine bestimmte Weise nicht mädchenhaft, die mir das Gefühl gab, viel zu sehr wie ein Mädchen zu wirken. Ich glaube aber nicht, dass sie das mit Absicht machte. Wahrscheinlich hatte sie überhaupt keine Ahnung, wer ich war.

»Na großartig«, sagte er zu mir und Christina gewandt

und breitete die Arme aus. »Sie findet mich langweilig. Ich langweile sie – könnt ihr euch das vorstellen?«

Mein Gesichtsausdruck blieb freundlich, aber unverbindlich. Tobin trug verschlissene Pullover und war mit dem Koreaner befreundet, der immer »Arschgesicht« sagte. Er und sein gesamter Freundeskreis waren die reinsten Intelligenzbestien. Die Art von Intelligenz, neben der ich mir wie ein blöder Cheerleader vorkam, obwohl ich gar kein Cheerleader war und ich persönlich Cheerleader auch nicht für blöd hielt. Nicht alle jedenfalls. Außer vielleicht Chloe-die-Stuart-Abserviererin.

»Hey«, sagte Tobin und zeigte auf mich. »Ich kenn dich doch.«

»Ähm, ja«, entgegnete ich.

»Aber deine Haare waren nicht immer schon pink.«

»Nein.«

»Du arbeitest also hier? Wahnsinn!« Er wandte sich an das Mädchen. »Sie arbeitet hier. Wahrscheinlich arbeitet sie schon seit Jahren hier, ohne dass ich es gewusst habe.«

»Krass«, sagte das Mädchen. Sie lächelte mich an und legte den Kopf schief, als wollte sie sagen: *Ich weiß, dass ich dich kenne, und es tut mir leid, dass ich nicht weiß, wie du heißt, aber trotzdem Hi.*

»Wollt ihr etwas trinken?«, fragte ich.

Tobin studierte die Karte. »Mensch, das ist doch hier, wo's diese verwirrenden Größenangaben gibt, oder? So was wie *grandé* anstelle von *groß?*« Er betonte es total übertrieben und mit aufgesetztem französischem Akzent und Christina und ich wechselten einen raschen Blick.

»Warum nennt ihr es nicht einfach nur *groß?*«, fragte er.

»Könnten wir, das Problem ist nur, dass *grandé* für *medium* steht«, sagte Christina.

»Venti ist groß.«

»Venti. Aha. Um Himmels willen, kann ich nicht einfach auf Englisch bestellen?«

»Aber sicher«, sagte ich. Es war ein ziemlicher Balanceakt: den Kunden zufriedenzustellen, aber ihn gleichzeitig, falls nötig, darauf hinzuweisen, dass er Unfug redete. »Es könnte mich unter Umständen verwirren, aber ich krieg es schon hin.«

Um Angies Mund zuckte es. Das gefiel mir.

»Nein, nein, nein«, sagte Tobin und hob theatralisch beide Hände, um seine Worte zu widerrufen. »Man soll sich den örtlichen Gepflogenheiten anpassen und so weiter ... Kann ich ... ähm, Moment ... kann ich einen venti Blaubeermuffin haben?«

Ich musste lachen. Seine Haare standen ihm vom Kopf ab, er sah total erschöpft aus und er benahm sich wie ein Idiot. Ich war ziemlich sicher, dass er keine Ahnung hatte, wie ich hieß, obwohl wir in dieselbe Grundschule, Middle School und Highschool gegangen waren. Trotzdem war er irgendwie süß, als er jetzt Angie anschaute, die ebenfalls lachen musste.

»Was ist?«, fragte er verwirrt.

»Die Größenangaben gelten für Getränke«, erklärte sie. Sie legte ihm die Hände auf die Schultern und drehte ihn zu der Glasvitrine um, wo sechs gleich große runde Muffins darauf warteten, verspeist zu werden. »Die Muffins sind alle gleich groß.«

»Sind Muffins immer«, sagte Christina zustimmend.

Tobin brach in einen Redeschwall aus und ich dachte erst, dass er eine weitere Show abzog. *Ein verwirrter Anhänger der Gegenkultur, gegen seinen Willen ins große, böse Starbucks verschleppt.* Dann fiel mir auf, dass er rot geworden war und ich begriff. Tobin und Angie . . . sie waren erst seit Kurzem ein Paar. Seit so Kurzem, dass eine Berührung von ihr noch einem Wunder gleichkam, das ihn rot werden ließ.

Eine neue Welle der Einsamkeit schwappte über mir zusammen. Ich konnte mich noch gut an diesen Gänsehaut erzeugenden Rauschzustand erinnern.

»Ich war noch nie in einem Starbucks«, sagte Tobin. »Echt nicht. Es ist das erste Mal, also seid bitte nachsichtig mit mir.« Seine Hand suchte nach der von Angie und sie verschlangen die Finger ineinander. Auch sie wurde rot.

»Also . . . bleibt's bei dem Muffin?«, fragte ich. Ich schob die Tür der Glasvitrine auf.

»Ach was, ich will deinen stinkigen Muffin gar nicht.« Er gab vor zu schmollen.

»Armer Schatz«, neckte ihn Angie.

Tobin starrte sie an. Müdigkeit und noch etwas anderes ließen sein Gesicht auf einmal sanfter erscheinen.

»Ähm, wie wär's mit eurem größten Latte?«, sagte er. »Wir könnten ihn uns teilen.«

»Gern«, sagte ich. »Mit Sirup?«

Er wandte sich erneut mir zu. »Sirup?«

»Haselnuss, weiße Schokolade, Himbeer, Vanille, Karamell . . .«, zählte ich auf.

»Kartoffelpuffer?«

Eine Sekunde lang dachte ich, er machte sich über mich lustig, aber dann fing Angie an zu lachen, ein sehr privates Lachen, aber keineswegs gemein, und mir wurde klar, dass es wahrscheinlich nicht immer nur um mich ging.

»Tut mir leid, Kartoffelpuffersirup haben wir nicht.«

»Äh, okay«, sagte er und kratzte sich am Kopf. »Dann . . . wie wär's mit . . .«

»Einen Cinnamon Dolce White Mocha«, sagte Angie zu mir.

»Gute Wahl.« Ich tippte es in die Kasse, Tobin bezahlte mit einem Fünfer und steckte einen weiteren Fünfer in den Krug mit der Aufschrift *Futter für das Personal.* Vielleicht war er doch kein so großer Idiot.

Trotzdem, als sie in den vorderen Bereich gingen und sich hinsetzten, dachte ich unwillkürlich: *Nicht auf die purpurfarbenen Sessel! Die gehören Jeb und mir!* Natürlich entschieden sie sich für die purpurfarbenen Sessel. Es waren eben einfach die weichsten und die gemütlichsten.

Angie ließ sich auf den Sessel an der Wand fallen und Tobin plumpste in das Gegenstück. Mit einer Hand hielt er sein Getränk fest. Mit der anderen griff er nach Angie, schlang seine Finger um die ihren und hielt sie fest.

KAPITEL NEUN

Pünktlich um halb sieben ging die Sonne auf. Bestimmt sah es hübsch aus, wenn man auf so etwas steht, jedenfalls. Von vorn anfangen, neu beginnen, wärmende Hoffnungsstrahlen . . .

Ja. Aber nicht für mich.

Um sieben war es wie immer sehr voll, die Cappuccino- und Espresso-Bestellungen nahmen mich voll in Anspruch und mein Kopf schaltete ab, wenigstens eine Zeit lang.

Scott kam auf seinen morgendlichen Chai vorbei und bestellte wie üblich einen Becher mit geschlagener Sahne zum Mitnehmen für Maggie, seinen schwarzen Labrador.

Diana, die weiter unten an der Straße in der Vorschule arbeitete, orderte ihren fettarmen Latte, und während sie in ihrem Portemonnaie nach der Starbucks-Karte kramte, sagte sie mir zum hundertmillionsten Mal, dass ich mein Foto auf der »Das ist euer Team«-Tafel erneuern müsste.

»Weißt du, ich kann dieses Foto nicht ausstehen«, sagte sie. »Mit diesen gespitzten Lippen siehst du aus wie ein Fisch.«

»Ich mag das Foto«, erwiderte ich. Jeb hatte es voriges Jahr an Silvester gemacht, als Tegan und ich herumgeblödelt und so getan hatten, als wären wir Angelina Jolie.

»Tja, das ist mir echt schleierhaft«, erwiderte Diana. »Du bist so ein hübsches Mädchen, sogar mit diesem . . .«, sie deutete mit der Hand auf meine neue Frisur, ». . . diesem Punklook, den du dir da zugelegt hast.«

Punklook. Oh mein Gott.

»Das ist nicht Punk«, sagte ich. »Sondern pink.«

Sie hatte ihre Karte gefunden und hielt sie hoch. »Ah! Bitte sehr.«

Ich zog sie durch, gab sie ihr wieder und sie fuchtelte damit vor meinem Gesicht herum, bevor sie ihr Getränk holte.

»Tausch das Foto aus!«, befahl sie.

Um acht schneiten alle drei Johns herein und setzten sich auf ihren Stammplatz in der Ecke. Sie waren Rentner und verbrachten ihre Vormittage mit Teetrinken und ihren Sudokuheften.

John Nummer eins verkündete mir, mit meiner neuen Frisur sähe ich flott aus, worauf John Nummer zwei ihm sagte, er solle aufhören zu flirten.

»Du bist alt genug, ihr Großvater zu sein«, erklärte John Nummer zwei.

»Kein Problem«, sagte ich. »Jeder, der das Wort ›flott‹ benutzt, ist sowieso aus dem Rennen.«

»Heißt das, dass ich bisher noch im Rennen war?«, wollte John Nummer eins wissen. Seine Carolina-Tar-Heels-Baseballkappe thronte wie ein Vogelnest oben auf seinem Kopf.

»Nein«, erwiderte ich und John Nummer drei fing schallend an zu lachen. Er und John Nummer zwei stießen ihre Fäuste aneinander. Ich schüttelte den Kopf. Jungs.

Um Viertel vor neun band ich meine Schürze ab und verkündete, dass ich jetzt Pause machen würde.

»Ich muss schnell was erledigen«, sagte ich zu Christina, »bin aber gleich wieder da.«

»Moment mal«, sagte sie. Sie hielt mich am Oberarm fest, und als ich ihrem Blick folgte, wusste ich auch, warum. Hereinmarschiert kam Travis, Fahrer eines Abschleppwagens und einer der Sonderlinge von Gracetown, der nie etwas anderes trug als Silberfolie. Hosen aus Silberfolie, ein Zwischending aus Jackett und Hemd aus Silberfolie, sogar einen kegelförmigen Hut aus Silberfolie.

»Warum in aller Welt läuft er bloß so herum?«, wunderte ich mich laut und das nicht zum ersten Mal.

»Vielleicht, weil er ein Ritter ist?«, schlug Christina vor.

»Oder ein Blitzableiter?«

»Oder eine Wetterfahne, um die *Winds of change* vorherzusagen.«

»Oooh, das war gut«, sagte ich und seufzte. »Ich könnte auch einen *Wind of change* gebrauchen.«

Travis kam auf uns zu. Seine Augen waren so hell wie Silber. Er lächelte nicht.

»Hey, Travis«, begrüßte ihn Christina. »Was darf's sein?« Meistens bestellte Travis nur Wasser, aber hin und wieder hatte er genügend Geld für ein Maple Scone, sein Lieblingsgebäck. Meins auch, übrigens. Sie sahen zwar trocken aus, waren es aber nicht, und ich liebte die Glasur aus Ahornsirup.

»Kann ich probieren?«, sagte er mürrisch.

»Na sicher«, erwiderte sie und griff nach einem Probierbecher. »Was möchten Sie denn gern probieren?«

»Nichts«, sagte er. »Nur den Becher.«

Christina warf mir einen Blick zu und ich fixierte Travis, um nicht zu lachen, was gemein gewesen wäre. Bei genauem Hinschauen erblickte ich ganz viele Spiegelbilder von mir in seinem Jacketthemddingsbums. Besser gesagt, einzelne Fragmente von mir, in den Falten der Silberfolie.

»Die Eierpunsch-Latte ist gut«, empfahl Christina. »Das ist unser Weihnachts-Spezialangebot.«

»Nur den Becher«, wiederholte Travis und zappelte aufgeregt. »Ich will nur den Becher!«

»Ist ja gut«. Sie reichte ihm den Becher.

Ich wandte den Blick von meinen Spiegelbildern ab, die ganz hypnotisierend wirkten.

»Ich kann nicht begreifen, dass Sie so angezogen sind, besonders an einem Tag wie heute«, sagte ich. »Bitte sagen

Sie mir, dass Sie unter der Silberfolie einen Pullover anhaben.«

»Welche Silberfolie?«, fragte er.

»Haha«, sagte ich. »Jetzt mal ernsthaft, Travis, frieren Sie nicht?«

»Nein. Du?«

»Äh, nein. Warum sollte ich frieren?«

»Keine Ahnung. Warum solltest du?«

Ich musste lachen, hörte aber sofort wieder auf. Travis betrachtete mich unter seinen markanten Augenbrauen.

»Ich frier ja gar nicht«, sagte ich und wurde rot. »Echt nicht. Mir geht es echt total gut, temperaturmäßig.«

»Temperaturmäßig«, höhnte er. »Es geht immer nur um dich, stimmt's?«

»Was?! Ich . . . ich spreche doch gar nicht von mir. Ich sag doch nur, dass ich nicht friere!«

Die Intensität seines Blicks machte mich ganz unruhig.

»Okay, vielleicht rede ich in diesem Moment von mir«, sagte ich. »Aber doch nicht immer.«

»Manche Dinge ändern sich nie«, sagte er verächtlich. Er marschierte los mit seinem Puppenbecher, aber an der Tür drehte er sich um und knallte mir noch einen abschließenden Satz vor die Füße. »Und gib dir gar nicht erst die Mühe, abgeschleppt werden zu wollen. Ich hab frei!«

»Na gut«, sagte ich. Er hatte mich tatsächlich gekränkt, aber ich wollte es mir nicht anmerken lassen. »Sehr interessant.«

»Ich hab noch nie gehört, dass Travis jemanden nicht abschleppen will«, sagte Christina. »Ehrlich, ich glaube, du bist die Erste.«

»Sei doch bitte nicht so beeindruckt«, entgegnete ich schwach.

Christina lachte, was mir nur recht war. Doch als sie den Serviettenständer auffüllte, kamen mir Travis' Worte wieder in den Sinn: *Es geht immer nur um dich, stimmt's?*

Das war beunruhigend dicht an dem dran, was Dorrie gestern Abend gesagt hatte: *Hast du wirklich in dein Inneres geschaut? Weißt du überhaupt, was du ändern musst?*

Oder so was in der Richtung.

»Hey, ähm, Christina . . .?«

»Ja?«

»Stimmt mit mir was nicht?«

Sie blickte von den Servietten auf. »Addie, Travis ist verrückt.«

»Weiß ich. Aber das heißt nicht unbedingt, dass alles, was er sagt, auch verrückt ist.«

»Addie!«

»Christina! Sag mir die Wahrheit: Bin ich ein guter Mensch? Oder bin ich viel zu sehr mit mir selbst beschäftigt?«

Sie überlegte. »Ist das entweder/oder?«

»Aua.« Ich presste die Hand auf mein Herz und taumelte zurück.

Sie grinste und dachte, ich machte Spaß. Machte ich auch, vermutlich. Trotzdem hatte ich die seltsame Befürchtung, dass das Universum mir gerade etwas mitteilen wollte. Es fühlte sich an, wie am Rand eines Abgrunds zu balancieren, nur dass der Abgrund in mir drin war. Ich traute mich nicht hinunterschauen.

»Wach auf«, sagte Christina. »Die Senioren kommen.«

Pünktlich wie immer kam der Silber-Sneakers-Van vor Starbucks zum Stehen, der Fahrer half den alten Herrschaften liebevoll aus dem Wagen und auf den Bürgersteig. Sie sahen aus wie eine Reihe gut verpackter Käfer.

»Hi, Clare«, sagte Christina, als die Türglocke ertönte und die erste Seniorin hereinkam.

»Eisig, eisig!«, sagte Clare und zog sich die bunte Mütze vom Kopf.

Burt marschierte ohne Umwege zum Tresen und bestellte einen *shot in the dark*, worauf Miles, der hinter ihm herschlurfte, rief: »Bist du sicher, dass deine Pumpe das aushält, Alter?«

Burt schlug sich auf die Brust. »Das hält mich jung. Und deshalb lieben mich die Damen. Stimmt's, Miss Addie?«

»Ganz genau«, sagte ich und ließ das Universum warten, indem ich nach einem Becher griff und ihn Christina gab. Burt hatte die größten Ohren, die ich je gesehen hatte (vielleicht, weil er über achtzig Jahre Zeit gehabt hatte, sie wachsen zu lassen?), und ich fragte mich, was die Damen davon hielten.

Als die Schlange immer länger wurde, verlegten Christina und ich uns automatisch auf unser bewährtes Stressmanagement. Ich übernahm die Bestellungen und die Kasse, während sie am Dampfschäumer wahre Wunder wirkte.

»Grande Latte!«, rief ich.

»Grande Latte«, wiederholte sie.

»Venti Soja Toffee Nuss Mokka Single Shot ohne Sahne!«

»Venti Soja Toffee Nuss Mokka Single Shot ohne Sahne!«

Es war wie ein Tanz, der mich alles andere vergessen ließ. Der Abgrund klaffte immer noch in meinem Inneren, aber ich musste ihm für den Moment sagen: *Tut mir leid, Schätzchen, keine Zeit.*

Als Letzte der Senioren kam Mayzie, mit ihren grauen Zöpfen und ihrem glückstrahlenden Lächeln. Mayzie war eine pensionierte Folkloreprofessorin in Hippieklamotten: abgetragene Jeans, ausgebeulter Streifenpullover und ein halbes Dutzend Perlenarmbänder. Das fand ich so toll an ihr, dass sie eher wie ein Teenager herumlief als wie eine alte Dame. Nicht, dass ich sie gern in tief sitzenden Jeans und einem Stringtanga gesehen hätte, aber ich fand es cool, dass sie ihr eigenes Ding durchzog.

Hinter ihr stand keiner mehr, also legte ich die Hände auf den Tresen und atmete durch.

»Hey, Mayzie«, sagte ich. »Wie geht es Ihnen heute?«

»Klasse, Schätzchen«, erwiderte sie. Heute trug sie purpurfarbene Glöckchenohrringe, die klingelten, wenn sie den Kopf bewegte. »Oooh, deine Frisur gefällt mir.«

»Finden Sie nicht, dass ich wie ein gerupftes Huhn aussehe?«

»Überhaupt nicht«, sagte sie. »Es passt zu dir. Es ist draufgängerisch.«

»Na, ich weiß nicht«, sagte ich.

»Aber ich. Du läufst schon viel zu lange mit einer Jammermiene herum, Addie. Das hab ich wohl gemerkt. Es wird Zeit, dass du in dein nächstes Selbst hineinwächst.«

Da war es wieder, das prickelnde Gefühl, am Rand eines Abgrunds zu stehen.

Mayzie beugte sich vor. »Wir haben alle unsere Schwachstellen, meine Liebe. Jeder Einzelne von uns. Und glaub mir, wir haben alle Fehler gemacht.«

Mir wurde ganz heiß. Waren meine Fehler so offensichtlich, dass sogar meine Kunden davon wussten? Diskutierten die Silber-Sneakers beim Bingo etwa über mein Techtelmechtel mit Charlie?

»Du musst dich selbst nur genau und ehrlich betrachten, ändern, was zu ändern ist, und weitermachen, meine Süße.«

Ich blinzelte sie benommen an.

Sie senkte die Stimme. »Und falls du dich fragst, warum ausgerechnet ich dir das sage – ich habe beschlossen, einen neuen Beruf auszuüben: Weihnachtsengel.«

Mit strahlenden Augen wartete sie auf meine Reaktion. Wie seltsam, dass sie ausgerechnet jetzt mit dem Thema Engel anfing, nachdem ich gestern Abend mit Dorrie und Tegan über Engel gesprochen hatte, und einen klitzekleinen Moment lang fragte ich mich ernsthaft, ob sie mein Engel war und vorbeikam, um mich zu retten.

Doch gleich danach holte mich die kalte, harte Wirklichkeit ein und ich hasste mich selbst dafür, dass ich so ein Narr war. Mayzie war kein Engel; heute war einfach nur der Tag der Idioten. Offenbar hatten sie alle zu viel Früchtekuchen gegessen.

»Muss man nicht tot sein, um ein Engel zu werden?«, fragte ich.

»Ach, Addie«, entgegnete sie vorwurfsvoll, »hältst du mich etwa für tot?«

Ich sah zu Christina hinüber, ob sie etwas mitbekommen hatte, aber Christina stand am Ausgang und steckte eine neue Tüte in den Mülleimer.

Mayzie verstand mein Schweigen als Erlaubnis weiterzusprechen. »Es ist ein Programm namens *Die Engel sind unter uns*«, sagte sie. »Man muss keine extra Ausbildung oder so was machen.«

»So ein Programm gibt es nicht wirklich«, sagte ich.

»Oh doch, das gibt es. Es wird im Gracetown-Zentrum für Himmlische Kunst angeboten.«

»In Gracetown gibt es kein Zentrum für Himmlische Kunst«, erwiderte ich.

»Manchmal fühle ich mich einsam«, vertraute sie mir an. »Natürlich sind die Silber-Sneakers ganz wunderbar. Aber manchmal sind sie ein bisschen ...«, jetzt flüsterte sie, »na ja ... ein bisschen langweilig.«

»Ohhh«, flüsterte ich zurück.

»Ich dachte, wenn ich ein Engel werde, ist das eine nette Möglichkeit, sich mit anderen Menschen zusammenzutun«, sagte sie. »Auf jeden Fall muss ich, um meine Flügel zu bekommen, nur das Wunder der Weihnacht verbreiten.«

Ich schnaubte. »Also ich glaube ja nicht an das Wunder der Weihnacht.«

»Aber sicher tust du das, sonst wäre ich nicht hier.«

Ich fuhr zurück und hatte das Gefühl, ausgetrickst worden zu sein. Wie sollte ich darauf bloß antworten? Ich schüttelte mich und versuchte es mit einer anderen Taktik. »Aber ... Weihnachten ist vorbei.«

»Oh nein, Weihnachten ist nie vorbei, außer du willst es.« Sie beugte sich über den Tresen und legte ihr Kinn auf die Handfläche. »Weihnachten ist ein Geisteszustand.«

Ihr Blick blieb an irgendetwas unter dem Tresen hängen. »Du meine Güte«, sagte sie.

Ich folgte ihrem Blick. »Was?«

Eine Ecke des zusammengefalteten Klebezettels ragte aus meiner Hosentasche. Mayzie griff über den Tresen und zog ihn ganz heraus. Das geschah so unerwartet, dass ich einfach dastand und ihr zusah.

»Schwein nicht vergessen«, las Mayzie laut, nachdem sie den Zettel auseinandergefaltet hatte. Sie legte den Kopf schief und beäugte mich wie ein kleiner Vogel.

»Oh, Mist!«, sagte ich.

»Was für ein Schwein sollst du denn nicht vergessen?«

»Äh . . .«, in meinem Kopf ging alles durcheinander, »das betrifft meine Freundin Tegan. Was möchten Sie denn trinken?« Meine Finger kribbelten vor Ungeduld, meine Schürze loszubinden und in die Pause zu gehen.

»Hmm«, sagte Mayzie und klopfte sich aufs Kinn.

Ich klopfte mit dem Fuß auf den Boden.

»Weißt du«, sagte sie, »manchmal, wenn wir vergessen, etwas für andere zu tun, wie du für diese Tegan, dann liegt das daran, dass wir zu sehr mit unseren eigenen Problemen beschäftigt sind.«

»Ja«, sagte ich heftig und hoffte, eine weitere Diskussion damit zu unterbinden. »Möchten Sie ihren üblichen Mandelmokka?«

»Dabei wäre es besser, wenn wir uns selbst vergessen.«

»Noch mal ja. Ich verstehe. Kleine Größe?«

Sie lächelte, als ob sie sich über mich amüsierte. »Kleine Größe, ja, aber dieses Mal eine andere Geschmacksrichtung. Veränderung tut gut, stimmt's?«

»Wie Sie meinen. Also, was soll es sein?«

»Toffee Nuss Mokka, bitte, zum Mitnehmen. Ich glaube, ich schnappe noch ein bisschen frische Luft, bevor Tanner uns wieder abholt.«

Ich gab Mayzies Bestellung an Christina weiter, die wieder hinter dem Tresen stand. Sie machte das Getränk fertig und schob es herüber.

»Vergiss nicht, was ich dir gesagt habe«, sagte Mayzie.

»Werde ich bestimmt nicht«, erwiderte ich.

Sie kicherte zufrieden, als hätten wir uns miteinander verbündet. »Also dann Tschüss«, rief sie. »Bis bald!«

Sobald sie weg war, zog ich die Schürze aus.

»Ich mach jetzt Pause«, sagte ich zu Christina.

Sie reichte mir den Milchdämpfer. »Mach den eben sauber und dann kannst du gehen.«

Kapitel Zehn

Ich stellte den Dämpfer in die Spüle und drehte den Wasserhahn auf. Während ich ungeduldig darauf wartete, dass das Becken volllief, drehte ich mich um, lehnte mich gegen den Rand der Spüle und trommelte mit den Fingern darauf herum.

»Mayzie hat gesagt, ich müsste mich selbst vergessen«, sagte ich. »Was, glaubst du, hat sie damit gemeint?«

»Frag mich nicht«, sagte Christina. Sie stand mit dem Rücken zu mir und säuberte die Dampfdüse. Ich beobachtete den Dampf, der über ihren Schultern nach oben stieg.

»Und meine Freundin Dorrie – du kennst Dorrie ja – hat etwas ganz Ähnliches gesagt«, sinnierte ich weiter. »Sie hat gemeint, bei mir würde sich alles nur um mich selbst drehen.«

»Na ja, darüber würde ich nicht mit dir streiten wollen.«

»Haha«, erwiderte ich. Langsam wurde ich unsicher. »Das war ein Scherz, oder?«

Christina blickte über ihre Schulter und grinste. Dann riss sie entsetzt die Augen auf und fuchtelte heftig mit den Armen. »Addie, das . . . das . . .«

Ich fuhr herum und sah, wie sich ein Wasserschwall über den Rand der Spüle ergoss. Mit einen Satz sprang ich zurück: »Ahhhh!«

»Dreh's ab!«, rief Christina.

Ich fummelte an dem Wasserhahn herum, aber das Wasser floss weiter in und über die Spüle.

»Es geht nicht!«

Sie schob mich beiseite. »Hol einen Lappen!«

Ich rannte ins Hinterzimmer, schnappte mir einen Lappen und rannte zurück.

Christina drehte immer noch am Wasserhahn und das Wasser floss weiter auf den Boden.

»Siehst du, dass es nicht geht?«, sagte ich.

Sie funkelte mich an.

Ich zwängte mich an ihr vorbei und presste den Lappen gegen den Rand der Spüle. Eine Sekunde später war er klatschnass und plötzlich erinnerte ich mich an einen Vorfall von früher, als ich vier Jahre alt gewesen war und den Wasserhahn an der Badewanne nicht zudrehen konnte.

»Scheiße, Scheiße, Scheiße«, sagte Christina. Sie hörte auf, am Wasserhahn zu drehen, und presste stattdessen ihre Hand unter die Öffnung. Das Wasser schoss bogenförmig zwischen ihren Fingern hindurch. »Ich hab keine Ahnung, was man tun kann!«

»Oh Gott. Okay, äh . . .« Ich warf einen Blick durchs Restaurant. »John!«

Alle drei Johns blickten von ihrem Ecktisch auf. Als sie sahen, was los war, kamen sie angerannt.

»Dürfen wir hinter den Tresen kommen?«, fragte John Nummer zwei, weil Christina absolut unerbittlich war, wenn es darum ging, dass Kunden sich hinter dem Tresen aufhielten. Starbucks-Regel.

»Na klar!«, schrie Christina. Sie blinzelte, als das Wasser ihr aufs T-Shirt und ins Gesicht spritzte.

Die Johns übernahmen. John eins und zwei gingen zur Spüle, während John Nummer drei ins Hinterzimmer marschierte.

»Geht zur Seite, meine Damen«, sagte John Nummer eins.

Das taten wir. Christinas Schürze und ihr T-Shirt waren klatschnass, ebenso wie ihr Gesicht. Und ihre Haare.

Ich zerrte einen Packen Servietten aus dem Spender. »Hier.«

Wortlos nahm sie sie entgegen.

»Bist du . . . bist du sauer?«

Sie gab keine Antwort.

John Nummer eins hockte sich neben die Wand und machte sich mit aller Kraft an den Rohren zu schaffen.

Seine Tar-Heels-Baseballkappe hüpfte bei jeder Bewegung auf und ab.

»Ich kann nichts dafür, echt nicht«, sagte ich.

Christina zog die Augenbrauen bis zum Haaransatz hoch.

»Na gut, ich hab vergessen, den Wasserhahn zuzudrehen. Aber dadurch bricht doch nicht gleich das ganze System zusammen.«

»Muss der Schneesturm gewesen sein«, sagte John Nummer zwei. »Vermutlich ist eins der Außenrohre geplatzt.«

John Nummer eins grunzte. »Ich hab's gleich. Wenn ich nur dieses ...«, weitere Grunzer, »... dieses eine Ventil ... verflixt noch mal!«

Ein Wasserstrahl traf ihn zwischen die Augen und ich schlug mir die Hand vor den Mund.

»Ich glaube nicht, dass du's gleich hast«, bemerkte John Nummer zwei.

Das Wasser schoss aus dem Rohr. Christina sah aus, als würde sie jeden Moment in Tränen ausbrechen.

»Oh Gott, es tut mir so leid«, sagte ich. »Bitte mach wieder ein normales Gesicht. Bitte.«

»Jetzt seht euch das mal an«, sagte John Nummer zwei.

Das gurgelnde Geräusch wurde leiser. Ein einzelner Wassertropfen löste sich zitternd vom Rand des Abflussrohrs und fiel zu Boden. Danach kam nichts mehr.

»Es hat aufgehört«, stellte ich entgeistert fest.

»Ich hab den Haupthahn zugedreht«, verkündete John

Nummer drei, der mit einem Handtuch aus dem Hinterzimmer kam.

»Echt? Das ist ja cool!«, rief ich.

John Nummer drei warf John Nummer eins das Handtuch zu, der seine Hose abtrocknete.

»Du sollst den Boden aufwischen, nicht deine Hose«, sagte John Nummer zwei.

»Ich habe den Boden bereits aufgewischt«, grummelte John Nummer eins. »Und zwar mit meiner Hose.«

»Ich ruf mal besser einen Klempner an«, sagte Christina. »Und Addie . . . ich denke, du solltest jetzt in die Pause gehen.«

»Soll ich nicht lieber mit sauber machen?«, fragte ich.

»Ich möchte, dass du in die Pause gehst«, sagte sie.

»Oh«, sagte ich. »Ähm, na gut. Das hatte ich ja eigentlich schon längst vor, aber dann tauchte der verrückte Travis auf und dann die verrückte Mayzie . . .«

Sie zeigte auf das Hinterzimmer.

»Es ist nur so, dass du gesagt hast, ich sollte noch dableiben. Ich meine, war ja auch völlig in Ordnung. Aber du . . .«

»Addie, bitte«, sagte Christina. »Vielleicht geht es dieses eine Mal wirklich nicht um dich, auch wenn es sich bestimmt so anfühlt. Bitte geh jetzt.«

Wir starrten uns an.

»Jetzt.«

Ich sprang auf und rannte ins Hinterzimmer.

»Mach dir keine Sorgen«, sagte John Nummer drei, als ich an ihm vorbeikam. »Bis du das nächste Mal etwas kaputtmachst, hat sie es vergessen.« Er zwinkerte mir zu und ich lächelte schief.

KAPITEL ELF

Ich zog das nasse T-Shirt aus und nahm mir ein frisches aus dem Regal. Es trug die Starbucks-Werbebotschaft für den DoubleShot: BRING ON THE DAY. Dann nahm ich mein Handy aus meinem Fach und drückte auf die Kurzwahl für Dorrie.

»Hola, Cookie«, meldete sie sich beim zweiten Klingeln.

»Hi«, sagte ich. »Hast du kurz Zeit? Mein Tag war echt schräg bisher und es wird immer noch schräger und ich muss einfach mit jemandem darüber reden.«

»Hast du Gabriel abgeholt?«

»Hä?«

»Ich sagte, hast du . . .« Sie machte eine Pause. Als sie weitersprach, klang ihre Stimme überaus kontrolliert. »Addie? Bitte sag nicht, dass du vergessen hast, zu Pet World zu gehen.«

Mir sackte der Magen in die Knie, wie ein Fahrstuhl, dessen Kabel gerissen sind. Ich klappte rasch mein Handy zu und riss meinen Mantel vom Haken. Als ich gehen wollte, klingelte mein Handy. Ich wusste, ich sollte nicht drangehen, ich wusste, ich sollte nicht drangehen ... aber ich gab nach und ging trotzdem dran.

»Hör mal«, sagte ich.

»Nein, du hörst mir jetzt mal zu. Es ist halb elf und du hast Tegan versprochen, um Punkt neun zu Pet World zu gehen. Es gibt überhaupt keine Entschuldigung dafür, warum du immer noch bei Starbucks rumhängst.«

»Das ist ungerecht«, wehrte ich mich. »Und wenn ... wenn mir ein Eisberg auf den Kopf gefallen wäre und ich im Koma läge?«

»Ist dir ein Eisberg auf den Kopf gefallen und liegst du im Koma?«

Ich presste die Lippen zusammen.

»Aha, dann lass mich folgende Frage stellen: Was auch immer deine Gründe sind, haben sie mit dir zu tun und irgendeiner albernen neuen Krise?«

»Nein! Und wenn du aufhören würdest, mich anzumachen und mich all die schrägen Sachen erzählen lassen würdest, die mir passiert sind, dann würdest du es auch verstehen.«

»Hörst du dir eigentlich manchmal selbst zu?«, fragte sie ungläubig. »Ich will wissen, ob es um eine neue Krise geht, und du sagst: ›Nein, und weißt du schon von meiner neusten Krise?‹«

»Das hab ich nicht gesagt.« Oder doch?

Sie stieß die Luft aus. »Das ist nicht cool, Addie.«

Kleinlaut sagte ich: »Okay, du hast ja recht. Aber selbst für meine Verhältnisse ist es ein ungewöhnlich schräger Tag gewesen. Ich will nur, dass du das weißt.«

»Natürlich war es das«, sagte Dorrie. »Und natürlich hast du Tegan vergessen, weil es immer, immer, immer nur um dich geht.« Sie seufzte ungeduldig. »Was war denn mit dem Klebezettel *Schwein nicht vergessen!?* Hat der dich nicht erinnert?«

»Eine alte Dame hat ihn mir weggenommen«, sagte ich.

»Eine alte Dame . . .«, sie unterbrach sich. »Aha. Du hast ihn nicht etwa verlegt, sondern eine alte Dame musste ihn dir wegnehmen. Wieder mal die alte Addie-Show. Auf jedem Kanal, in jedem Sender.«

Das saß. »Es ist nicht die Addie-Show. Ich bin nur abgelenkt worden.«

»Geh jetzt zu Pet World«, sagte Dorrie erschöpft und legte auf.

Kapitel Zwölf

Die Sonne glitzerte auf dem Schnee, als ich die Straße hinunterlief zu Pet World. Die Bürgersteige waren überwiegend frei geräumt, nur hier und dort waren ein paar Brocken von dem zur Seite geschaufelten Schnee heruntergefallen und meine Stiefel machten dumpfe Geräusche, als ich auf diese Stellen trat.

Während ich so vor mich hin trabte, bewies ich mir in einem inneren Monolog sehr schlüssig, dass die Addie-Show nicht auf jedem Kanal lief. Die Addie-Show lief nicht im Monstertruck-Kanal und auch nicht im Profiringer-Kanal. Und ganz sicher lief sie nicht auf dem Kanal, der die Sendung *Angeln gehen mit Orlando Wilson* ausstrahlte. Ich war kurz in Versuchung, Dorrie anzurufen, um ihr das mitzuteilen. »Heißt es vielleicht *Angeln gehen mit Adeline Lindsey?*«, würde ich sie fragen. Na also! Tut es nicht!

Aber ich ließ es bleiben, weil sie meinen Anruf zweifellos ebenfalls für einen Beweis meiner Ichbezogenheit gehalten hätte. Und was noch schlimmer war, sie hatte vermutlich sogar recht. Es war besser, erst Gabriel in meine heißen, kleinen Finger zu bekommen – also, eher meine kalten, kleinen Finger – und danach Dorrie anzurufen. Dann konnte ich sagen: »Siehst du? Ist doch alles in Ordnung.« Und dann würde ich Tegan anrufen und Gabriel könnte ins Telefon quieken oder so.

Oder nein, zuerst würde ich Tegan anrufen und ihr die freudige Botschaft überbringen und dann erst Dorrie. Und ich würde nicht Haha sagen, so kleinkariert war ich nicht. Ja, ich hätte die Größe, meine Fehler zuzugeben, und ich hätte die Größe, mich nicht zu ducken, wenn Dorrie mir Vorwürfe machte, weil mein neues, erleuchtetes Selbst keine Vorwürfe mehr nötig hätte.

In meiner Tasche klingelte das Handy und ich zog den Kopf ein. Heilige Scheiße, verfügt das Mädchen etwa über eine übersinnliche Wahrnehmungskraft? Ein viel schlimmerer Gedanke schoss mir durch den Kopf: *Es könnte auch Tegan sein.*

Und dann flackerte ein ganz verwegener, unglaublicher, aber hartnäckiger Gedanke auf: Und ... wenn es nun Jeb war?

Ich durchwühlte die Tasche nach dem Handy. Das Display zeigte DAD an und ich fiel in mich zusammen. Warum?, fluchte ich im Stillen. Warum konnte es nicht ...

Und dann hielt ich inne. Ich unterbrach diese weinerliche Stimme mitten im Satz, weil ich sie satthatte und weil sie mir nicht guttat, und überhaupt, konnte ich die endlosen Gedanken, die mir durch den Kopf gingen, nicht endlich in den Griff bekommen?

Im Kopf – und im Herzen – spürte ich, wie das Rauschen plötzlich verschwand. Wow. Daran könnte ich mich gewöhnen.

Ich drückte die Taste IGNORIEREN und steckte das Handy zurück in meine Tasche. Dad konnte ich später anrufen, nachdem ich ein paar Dinge in Ordnung gebracht hatte.

Eau de Hamster umgab mich, als ich Pet World betrat, und der unverkennbare Geruch nach Erdnussbutter. Ich blieb stehen, schloss die Augen und betete um Kraft, denn während Eau de Hamster in einer Tierhandlung zu erwarten war, konnte der Geruch nach Erdnussbutter nur eins bedeuten.

Ich ging auf die Kasse zu und Nathan Krugle blickte kauend auf. Er riss die Augen auf und kniff sie dann wieder zusammen, schluckte und legte sein Erdnussbutterbrot beiseite.

»Hallo, Addie«, sagte er voller Abneigung, so wie Jerry Seinfeld seinen Erzfeind, Newman, begrüßt.

Nein. Moment mal. Das machte mich zu Newman und ich war kein bisschen wie Newman. Nathan war Newman. Nathan war ein spindeldürrer, mit Aknenarben übersäter Newman mit einer Vorliebe für eingelaufene T-Shirts mit Star-Trek-Zitaten. Heute verkündete sein T-Shirt: IN DER EISESKÄLTE DES UNIVERSUMS WIRST DU ERSTICKEN.

»Hallo, Nathan«, erwiderte ich. Ich zog meine Kapuze ab und er gab eine Art Grunzen von sich, als er meine Haare sah.

»Nette Frisur«, sagte er.

Ich wollte etwas entgegnen, hielt mich aber zurück. »Ich möchte etwas für eine Freundin abholen«, sagte ich. »Für Tegan. Du kennst doch Tegan?«

Ich hoffte, dass die Erwähnung von Tegan, mit all ihrer überbordenden Liebenswürdigkeit, Nathan vielleicht von seinem Rachefeldzug ablenken würde.

Tat es aber nicht.

»In der Tat«, sagte er und seine Augen funkelten. »Wir gehen in dieselbe Schule. In dieselbe kleine Schule. Es wäre sicher nicht einfach, in einer so kleinen Schule jemanden zu übersehen.«

Ich stöhnte. Er konnte es einfach nicht lassen, als hätten wir vier Jahre lang nicht miteinander gesprochen und diesen einen bedauerlichen Vorfall noch nie thematisiert. Dabei hatten wir ihn in Wirklichkeit schon etliche Male durchgekaut, aber das hatte offenbar nur bei einer Seite Wirkung gezeigt.

»Aber warte mal«, sagte er mit der roboterhaften Stimme eines schlechten Moderators in einer Dauerwerbesendung.

»Du warst doch diejenige, die in einer so kleinen Schule jemanden übersehen hat!«

»Das war in Klasse sie-hieben«, brachte ich in einer Art Singsang zwischen zusammengebissenen Zähnen hervor. »Vor vielen, vielen Jahren.«

»Weißt du, was ein Tribble ist?«, fragte er.

»Ja, Nathan, das hast du . . .«

»Ein Tribble ist eine harmlose Kreatur vom Planeten Iota Geminorum IV auf der verzweifelten Suche nach Zuwendung.«

»Ich dachte, es wäre Iota-Gemi-Dingsbums V.«

»Und vor nicht allzu vielen Jahren . . .«, er zog die Augenbrauen hoch, damit ich verstand, wie wichtig das, was er als Nächstes zu sagen hatte, war, »da war ich auch so ein Tribble.«

Ich stützte meine Arme neben einem Ständer mit Hundeleckerlis auf. »Du warst kein Tribble, Nathan.«

»Und wie ein speziell ausgebildeter Klingonen-Krieger . . .«

»Nenn mich bitte nicht so. Du weißt, ich hasse es, so genannt zu werden.«

». . . hast du mich ausradiert.« Als er sah, wo sich meine Ellbogen befanden, blähte er die Nasenlöcher. »He«, sagte er und schnipste mehrfach mit den Fingern in Richtung meiner anstoßerregenden Körperteile. »Rühr die Doggy de Lites nicht an.«

Ich richtete mich auf. »Entschuldigung, tut mir leid«,

sagte ich. »Und es tut mir ebenfalls leid, dass ich vor vier Jahren deine Gefühle verletzt habe. Aber: Das hier ist wichtig. Hörst du mir zu?«

»Nach galaktischen Maßstäben sind vier Jahre nicht mehr als eine Nanosekunde.«

Ich seufzte entnervt. »Ich hab deinen Zettel nicht bekommen! Ich schwöre bei Gott, ich hab ihn nie gesehen!«

»Sicher, sicher. Nur, weißt du, was ich glaube? Ich glaube, du hast ihn gelesen, weggeworfen und ihn dann sofort vergessen, weil es dir ganz einfach egal ist, ob jemand anders leidet oder nicht, stimmt's?«

»Das stimmt nicht. Hör mal, können wir . . .«

»Soll ich dir sagen, was auf dem Zettel stand?«

»Bitte nicht.«

Er starrte ins Weite. »Ich zitiere: ›Liebe Addie, willst du mit mir gehen? Bitte ruf mich an und antworte mir.‹«

»Ich habe diesen Zettel nicht bekommen, Nathan.«

»Selbst wenn du nicht mir gehen wolltest, hättest du anrufen sollen.«

»Hätte ich ja auch getan! Aber ich habe den Zettel nicht bekommen!«

»Das Herz eines Siebtklässlers ist empfindsam«, sagte er in tragischem Tonfall.

In meinen Fingern kribbelte es, auf der Stelle in die ordentlich aufeinandergestapelten Reihen von Doggy de Lites hineinzugreifen und ihm eine Packung an den Kopf zu werfen.

»Okay, Nathan«, sagte ich. »Selbst wenn ich den Zettel bekommen hätte – was nicht der Fall war –, kannst du nicht mal damit aufhören? Menschen entwickeln sich. Menschen wachsen. Menschen ändern sich.«

»Ach, bitte«, sagte er abweisend. So wie er mich ansah, als wäre ich weniger wert als die Papierhülle eines Strohhalms, musste ich daran denken, dass er und Jeb Freunde waren. »Menschen wie du ändern sich nicht.«

Ich hatte einen Kloß im Hals. Das war einfach zu viel, dass er mir jetzt auch noch dieselben Vorwürfe machte wie jeder andere auf diesem Planeten.

»Aber . . .« Es hörte sich zittrig an. Ich versuchte es noch einmal und mit einer trotz aller Bemühungen brüchigen Stimme sagte ich: »Sieht denn niemand, dass ich es versuche?«

Nach einiger Zeit war er derjenige, der schließlich wegschaute.

»Ich möchte Tegans Schwein abholen«, sagte ich. »Gibst du es mir einfach, bitte?«

Nathan zog die Augenbrauen hoch. »Was für ein Schwein?«

»Das Schwein, das gestern Abend hier abgegeben wurde.« Ich versuchte, in seinem Gesicht zu lesen. »Winzig klein? Mit einem Zettel, auf dem draufstand: *Nur an Tegan Shepherd verkaufen?«*

»Wir ›verkaufen‹ keine Tiere«, belehrte er mich. »Wir lassen sie adoptieren. Und da war kein Zettel, nur eine Rechnung.«

»Und ein Schwein?«

»Ja, das schon.«

»Und es war wirklich winzig klein?«

»Kann sein.«

»Also, da hätte ein Zettel an der Transportkiste hängen sollen – aber egal. Kannst du es mir geben?«

Nathan zögerte.

»Nathan, um Gottes willen.« Ich sah Gabriel ganz allein in der kalten Nacht vor mir. »Bitte, sag nicht, dass es tot ist.«

»Was? Nein.«

»Und wo ist es?«

Nathan gab keine Antwort.

»Nathan, jetzt komm schon«, sagte ich. »Es geht hier nicht um mich. Es geht um Tegan. Willst du sie im Ernst bestrafen, weil du auf mich sauer bist?«

»Jemand hat es adoptiert«, murmelte er.

»Wie bitte? Was hast du gerade gesagt?«

»Eine Dame, sie hat das Schwein adoptiert. Sie kam vor einer halben Stunde und hat zweihundert Dollar hingelegt. Woher sollte ich wissen, dass es nicht verkauft werden durfte – ich meine adoptiert?«

»Wegen des Zettels, du Idiot!«

»Ich habe keinen Zettel gesehen!«

Die Ironie, die in seiner Antwort steckte, wurde uns beiden gleichzeitig bewusst. Wir starrten uns an.

»Ich lüge nicht«, sagte er.

Es war sinnlos, das Thema zu vertiefen. Es war schlimm,

schlimm, schlimm, aber statt auf Nathan herumzuhacken wegen einer Sache, die man nicht mehr ändern konnte, erschien es mir im Augenblick ratsamer herauszufinden, wie man den ganzen Schlamassel wieder in Ordnung bringen konnte.

»Okay, hast du . . . hast du die Rechnung noch?«, fragte ich. »Zeig sie mir.« Ich streckte die Hand aus und wackelte mit den Fingern.

Nathan fummelte an der Kasse herum und die unterste Schublade sprang auf. Er zog ein zerknittertes Stück blassrosa Papier heraus.

Ich griff danach. »Ein Teetassenschwein, zertifiziert und lizenziert«, las ich laut. »Zweihundert Dollar.« Ich drehte den Zettel um und las die ordentlich mit Bleistift geschriebene Nachricht am unteren Rand: »Bereits bezahlt. Wird von Tegan Shepherd abgeholt.«

»Verdammt«, sagte Nathan.

Ich drehte den Zettel noch mal herum und suchte nach dem Namen der Frau, die Tegans Schwein gekauft hatte.

»Bob bekommt andauernd neue Tiere geliefert«, verteidigte sich Nathan. »Sie kommen und sie werden adoptiert. Weil das hier eine Tierhandlung ist.«

»Nathan, du musst mir sagen, wem du das Schwein verkauft hast«, sagte ich.

»Kann ich nicht. Das ist vertraulich.«

»Ja, aber es war Tegans Schwein.«

»Hm, sie bekommt das Geld erstattet, denke ich.«

Eigentlich müssten Dorrie und ich das Geld bekommen, aber das sagte ich nicht. Das Geld war mir völlig egal.

»Verrat mir nur, wer es gekauft hat, und ich gehe hin und erkläre die Situation.«

Er wand sich und schien sich überaus unwohl zu fühlen.

»Du weißt, wie die Frau heißt, stimmt's? Wer war es?«

»Nein«, sagte er. Seine Blicke huschten zur offenen Kassenschublade, aus der ein Stück eines weißen Kreditkartenbelegs herausschaute.

»Selbst wenn ich es wüsste, könnte ich nichts tun«, fuhr er fort. »Über Transaktionen von Kunden darf ich nichts sagen. Und überhaupt, den Namen der Frau kenne ich gar nicht, also . . . äh . . .«

»Schon gut. Ich verstehe. Und . . . ich glaube dir, dass du die handschriftliche Notiz nicht gesehen hast.«

»Echt?«, fragte er ungläubig.

»Ja«, sagte ich wahrheitsgemäß. Ich drehte mich um, um zu gehen, wobei ich meine Stiefelspitze unter den Ständer mit den Doggy-de-Lite-Packungen schob und ihn anhob. Der Ständer kippte um, die Zellophanpackungen fielen herunter, rissen auf und übersäten den Boden mit Hundeleckerlis.

»Oh nein!«, rief ich.

»Oh, Scheiße«, sagte Nathan. Er kam hinter dem Tresen hervor, kniete sich hin und fing an, die Packungen aufeinanderzustapeln, die noch ganz waren.

»Es tut mir wahnsinnig leid«, sagte ich. Als er nach einem weiter weg liegenden Hundekuchen griff, beugte ich mich über den Tresen, schnappte mir den Kreditkartenbeleg und steckte ihn in die Tasche. »Jetzt wirst du mich noch mehr hassen, oder?«

Er hielt inne, richtete sich auf und stützte eine Hand auf sein Knie. Dann verzog er ganz komisch seinen Mund, es sah aus, als müsste er mit sich kämpfen.

»Ich hasse dich nicht«, sagte er schließlich.

»Nein?«

»Ich glaube nur, du merkst manchmal gar nicht, wie du auf andere Leute wirkst. Und das ist nicht nur meine Meinung.«

»Dann ... von wem redest du denn?« Ich spürte den Beleg in meiner Tasche, aber nach einem solchen Kommentar konnte ich nicht einfach weggehen.

»Vergiss es.«

»Kommt nicht infrage. Sag's mir.«

Er seufzte. »Nicht, dass du dir gleich was darauf einbildest, aber du bist nicht immer ätzend.«

Oh, vielen Dank, wollte ich sagen. Aber ich hielt den Mund.

»Du hast ... du hast so ein Leuchten in dir«, sagte er und wurde rot. »Du gibst den Leuten das Gefühl, etwas Besonderes zu sein, so als würden sie ebenfalls von innen heraus leuchten. Aber dann lässt du sie links liegen oder ... du weißt schon ... oder du küsst hinter ihrem Rücken irgend so ein Arschloch ...«

Mein Blick trübte sich, und das nicht nur, weil Nathan plötzlich Dinge von sich gab, die statt feindselig fast liebevoll klangen. Ich starrte auf den Boden.

»Das ist grausam, Addie. Und abweisend.« Er zeigte auf eine Tüte Doggy de Lite vor meinen Füßen. »Kannst du mir die bitte geben?«

Ich bückte mich und hob sie auf.

»Ich will gar nicht abweisend sein«, sagte ich verlegen. Ich gab ihm die Tüte. »Und ich suche auch nicht nach einer Entschuldigung.« Ich schluckte und war selbst überrascht, wie sehr es mich drängte, das endlich mal jemandem zu sagen, der Jebs Freund war und nicht meiner. »Aber manchmal brauche auch ich jemanden, der sein Leuchten an mich weitergibt.«

Nathans Gesicht blieb unbewegt. Er ließ meinen Satz zwischen uns in der Luft hängen, so lange, bis ich Bedauern spürte.

Dann schnaubte er. »Jeb ist nicht gerade der Typ, der seine Gefühle offen zur Schau stellt«, gab er zu.

»Findest du?«

»Auf der anderen Seite: Wenn es um dich geht, ist er total hin und weg.«

»War er«, sagte ich. »Jetzt nicht mehr.« Ich spürte, wie eine Träne über meine Wange lief und dann noch eine, und kam mir vor wie ein Idiot. »Also, ich geh jetzt.«

»Hey, Addie«, sagte Nathan.

Ich sah ihn an.

»Wenn wir noch ein Teetassenschwein reinkriegen, rufe ich dich an.«

Ich blickte hinter seine Akne und sein Star-Trek-T-Shirt und sah einfach nur Nathan, der, wie sich herausgestellt hatte, auch nicht immer nur ätzend war.

»Danke«, sagte ich.

KAPITEL DREIZEHN

Kaum war ich ein paar Meter von Pet World entfernt, holte ich den geklauten Beleg heraus. In die »Betreff«-Zeile hatte Nathan *Schwein* geschrieben. Bei den gedruckten Kreditkartenangaben stand *Constance Billingsley.*

Ich wischte mir mit dem Handrücken die Tränen aus dem Gesicht und holte tief Luft. Dann schickte ich Gabriel eine telepathische Nachricht: *Mach dir keine Sorgen, Kleiner. Ich bring dich zu Tegan, wo du hingehörst.*

Zuerst rief ich Christina an.

»Wo steckst du?«, wollte sie wissen. »Deine Pause ist seit fünf Minuten zu Ende.«

»Deshalb ruf ich an«, sagte ich. »Es gibt einen kleinen Notfall, und bevor du fragst, nein, es geht nicht um Addie. Bei diesem speziellen Notfall geht es um Tegan. Ich muss etwas für sie erledigen.«

»Und was musst du erledigen?«

»Ähm, etwas Wichtiges. Etwas, bei dem es um Leben und Tod geht, aber mach dir keine Sorgen, es muss niemand sterben.« Ich machte eine Pause. »Nur ich, wenn ich das hier nicht schaffe.«

»Addie«, sagte Christina. Ihr Tonfall sagte deutlich, dass ich andauernd so einen Mist baute, aber das stimmte einfach nicht.

»Christina, ich mache keine Witze und ich mache auch kein Theater, nur um Theater zu machen. Ich schwör's dir.«

»Na gut. Joyce ist gerade gekommen«, gab sie widerstrebend nach. »Ich denke mal, wir schaffen das hier zu zweit.«

»Danke, danke, danke! Ich bin, so schnell es eben geht, wieder da.« Ich wollte gerade auflegen, da sagte Christina mit blecherner Stimme: »Warte mal, bleib dran!«

Ungeduldig hielt ich mir das Telefon wieder ans Ohr. »Was?«

»Deine Freundin mit den Dreadlocks ist hier.«

»Brenna? Würg. Die ist nicht meine Freundin.« Ich hatte einen schrecklichen Verdacht. »Ist sie allein gekommen?«

»Jedenfalls nicht mit Jeb, falls du das meinst.«

»Gott sei Dank. Warum erzählst du es mir dann?«

»Ich dachte nur, es würde dich interessieren. Oh, und dein Dad kam vorbei. Er lässt dir ausrichten, dass er den Explorer genommen hat.«

»Er hat . . . was?« Mein Blick flog über das nördliche Ende des Parkplatzes. Wo der Explorer gestanden hatte, war ein Rechteck aus Schneematsch. »Warum? Warum in aller Welt hat er mein Auto genommen?«

»Dein Auto?«

»Sein Auto, ist doch egal. Was hat er sich dabei gedacht?«

»Keine Ahnung. Warum, brauchst du es für deine Erledigung?«

»Ja, ich brauche es für meine Erledigung. Und jetzt hab ich keine Ahnung, wie . . .« Ich unterbrach mich, weil es mich nicht weiterbrachte, wenn ich Christina etwas vorheulte.

»Vergiss es, ich denk mir was aus«, sagte ich. »Tschüss.«

Ich drückte auf ENDE und hörte dann meine Mailbox ab.

Sie haben drei neue Nachrichten, verkündete sie.

Drei?, überlegte ich. Ich hatte es nur einmal klingeln hören – allerdings war es relativ laut gewesen, als die Doggy de Lites herunterfielen.

»Addie, hier ist Dad«, sagte Dads Stimme in der ersten Nachricht.

»Ja, Dad, ich weiß«, murmelte ich tonlos.

»Ich bin mit Phil in die Stadt gefahren, weil deine Mom ein paar Lebensmittel braucht. Ich nehme den Explorer, also mach dir keine Sorgen, wenn du ihn nicht mehr siehst. Ich komme um zwei und hol dich ab.«

»Neieiein!«, rief ich.

Nächste Nachricht, informierte mich mein Handy. Ich

biss mir auf die Lippen und betete, dass es wieder Dad war, der sagte: »Haha, hab nur Spaß gemacht. Ich bin nicht weggefahren, ich hab den Wagen nur umgeparkt. Haha!«

Es war nicht Dad. Es war Tegan.

»Hola, Addikins!«, sagte sie. »Hast du Gabriel abgeholt? Hastu, hastu, hastu? Ich kann es gar nicht mehr abwarten, ihn zu sehen. Im Keller hab ich eine Wärmelampe gefunden – erinnerst du dich noch an das Jahr, als mein Dad versucht hat, Tomaten anzupflanzen? – und ich habe sie ihm hingestellt, damit er es schön warm hat in seinem kleinen Bettchen. Oh, und als ich da unten war, habe ich auch noch meine American-Girl-Sachen gefunden, inklusive einem kleinen Sessel, der genau die richtige Größe für ihn hat. Und einen Rucksack mit einem Stern drauf, obwohl ich nicht sicher bin, ob er einen Rucksack braucht. Aber man weiß ja nie, stimmt's? Okay, äh, melde dich. Meld dich so schnell wie möglich. Der Schneepflug ist nur noch zwei Straßen entfernt, wenn ich also nichts von dir höre, dann komm ich gleich zu Starbucks, okay? Tschüss.«

Mir sackte der Magen bis in die Knie und ich stand da wie angewurzelt, als die Mailbox die dritte Nachricht ankündigte. Es war noch mal Tegan. »Oh, und Addie?«, sagte sie. »Danke. Vielen, vielen Dank.«

Tja, das munterte mich echt auf.

Ich klappte das Handy zu und verfluchte mich, dass ich nicht wie geplant um Punkt neun zu Pet World gegangen war. Aber statt herumzuheulen, musste ich jetzt schleunigst etwas tun. Mein altes Selbst wäre einfach hier stehen geblieben und hätte sich selbst bedauert, bis ich Frostbeulen bekommen hätte und mir die Zehen abgefallen wären – und wie hätte ich dann an Silvester Riemchensandaletten anziehen können? Mal ganz abgesehen davon, dass ich nirgendwo hinging, wo man Riemchensandaletten hätte anziehen können. Aber egal.

Zum Glück war mein neues Selbst keine solche Heulsuse.

Also. Woher bekam ich jetzt sofort einen Schweinerettungswagen?

KAPITEL VIERZEHN

Christina? Keine Chance. Sie war heute Morgen wie üblich von ihrem Freund gebracht worden. Joyce, die Kollegin, deren Schicht gerade angefangen hatte, hatte ebenfalls kein Auto. Joyce kam bei jedem Wetter zu Fuß zur Arbeit. Sie hatte immer einen dieser Schrittzähler bei sich, der die Anzahl ihrer Schritte aufzeichnete.

Hmm, hmm, hmm. Dorrie ging nicht und Tegan auch nicht, weil a) ihre Straßen noch nicht geräumt waren (hoffentlich) und b) ich ihnen unter keinen Umständen verraten wollte, warum ich ein Auto brauchte.

Brenna auch nicht, auf gar keinen Fall. Wenn ich sie bäte, mich zum südlichen Ende der Stadt zu bringen, würde sie mich nach Norden fahren, nur um mich zu ärgern. Und das bei lauter Reggae-Emo-Fusion-Scheißmusik, die sich nach zugedröhnten Dämonen anhörte

Blieb nur noch einer. Ein einziger gemeiner, charmanter

Typ, der besser aussah, als es ihm guttat. Ich trat gegen einen Schneehaufen, weil er der letzte Mensch auf der Welt war, den ich anrufen wollte. Der wirklich allerletzte Mensch.

Na und?, sagte ich mir. *Tegan zuliebe musst du es auf dich nehmen. Entweder das oder Gabriel ist verloren.*

Ich klappte mein Handy auf, suchte nach dem Namen und drückte auf WÄHLEN. Ein Klingeling, zwei Klingeling, drei Klinge. . .

»Jo, Mama!«, meldete sich Charlie. »Was is'?«

»Hier ist Addie«, sagte ich. »Ich brauche jemanden, der mich fährt, und ich frage dich nur, weil es sonst keine Alternative gibt. Ich stehe vor Pet World. Komm und hol mich ab.«

»Da ist aber jemand sehr herrschsüchtig heute Morgen«, sagte Charlie. Ich konnte praktisch hören, wie er mit seinen Augenbrauen wackelte. »Das gefällt mir.«

»Wie auch immer. Komm und hol mich ab, ja?«

Er senkte die Stimme. »Was krieg ich dafür?«

»Einen Chai«, sagte ich ausdruckslos.

»Venti?«

Ich biss die Zähne zusammen, weil so, wie er es sagte, hörte sich selbst »venti« irgendwie lüstern an.

»In Ordnung, einen venti Chai. Bist du unterwegs?«

Er kicherte. »Moment mal, Baby. Ich steh hier noch in Unterhosen. In einer venti Unterhose, nicht weil ich fett bin, sondern weil ich . . .«, es folgte eine alberne, bedeutungsvolle Pause, ». . . venti bin.«

»Jetzt mach schon«, sagte ich. Ich wollte das Handy gerade zuklappen, als mir noch etwas einfiel. »Oh – und bring ein Telefonbuch mit.«

Ich legte auf, schüttelte mich kurz und verachtete mich zum x-ten Mal, dass ich mich mit diesem Sexprotz eingelassen hatte. Ja, gut, er war ein scharfer Typ – rein theoretisch – und früher hätte ich ihn wahrscheinlich sogar lustig gefunden.

Aber er war nicht Jeb.

Dorrie hatte den Unterschied zwischen den beiden eines Abends bei einer Party auf den Punkt gebracht. Nicht bei *der* Party, sondern bei einer normalen Party vor unserer Trennung. Dorrie und ich lümmelten auf dem Sofa herum und hechelten ein paar Typen durch, verglichen ihre Stärken und Schwächen. Als wir zu Charlie kamen, seufzte Dorrie.

»Das Problem bei Charlie ist«, sagte sie, »dass er einfach zu charmant ist und dass er es weiß. Er weiß, dass er jedes Mädchen in unserem Jahrgang rumkriegen kann . . .«

»Mich nicht«, unterbrach ich sie und balancierte meinen Drink auf den Knien.

». . . deshalb flattert er durchs Leben wie einer von diesen typischen Treuhandfonds-Fritzen.«

»Charlie hat einen Treuhandfonds? Das wusste ich nicht.«

»Ich will damit nur sagen, dass er leider keine Tiefe hat.

Er musste in seinem ganzen Leben noch nie um etwas kämpfen.«

»Ich wünschte, ich müsste auch um nichts kämpfen«, sagte ich wehmütig. »Ich hätte auch gern einen Treuhandfonds.«

»Nein, hättest du nicht«, sagte Dorrie. »Hörst du mir überhaupt zu?« Trotz meines Protests nahm sie mir meinen Drink weg.

»Nimm Jeb zum Beispiel«, sagte Dorrie. »Jeb wird später einmal die Art von Mann sein, der samstags seinem kleinen Sohn beibringt, Fahrrad zu fahren.«

»Oder seiner kleinen Tochter«, sagte ich. »Oder Zwillingen! Vielleicht kriegen wir mal Zwillinge!«

»Charlie dagegen wird auf dem Golfplatz sein, während sein Kind auf der Xbox Leute umbringt. Charlie wird amüsant sein und liebenswürdig und er wird seinem Kind allen möglichen Scheiß kaufen, aber er wird nie richtig *da* sein.«

»Wie traurig«, sagte ich. Ich holte mir meinen Drink zurück und nahm einen großen Schluck. »Heißt das, sein Kind wird nie Fahrrad fahren lernen?«

»Nur wenn Jeb hingeht und es ihm beibringt«, sagte Dorrie.

Wir saßen da und sahen ein paar Minuten lang den Jungs beim Billardspielen zu. Charlie lochte seine Kugel ein und ballte triumphierend die Faust.

»Was hab ich gesagt!«, jubelte er. »Krass, Baby!«

Jeb warf mir quer durch den Raum einen Blick zu. Sein Mund zuckte. Ich fühlte mich warm und glücklich, weil die Botschaft in seinen Augen lautete: *Du gehörst zu mir und ich gehöre zu dir und danke, dass du nicht Dinge sagst wie »Krass, Baby«.*

Ein Zucken in den Mundwinkeln und ein liebevoller Blick . . . was würde ich nicht dafür geben, das zurückzubekommen. Stattdessen hatte ich alles aufs Spiel gesetzt für einen Typen, der in dieser Sekunde mit seinem lächerlichen grauen Hummer auf den Parkplatz rumpelte.

Er bremste dicht neben mir und bespritzte mich mit Schnee.

»Hey«, sagte er und ließ die Scheibe herunter. Dann deutete er mit dem Kinn auf meine Haare und grinste. »Wie siehst du denn aus, pink?«

»Lach nicht«, warnte ich ihn. »Schau mich nicht mal an.« Ich ging zur Beifahrerseite und zerrte mir die Oberschenkelmuskeln, als ich hineinkletterte. Es war ein Gefühl, als stiege man in einen Panzer. Was ich genau genommen ja auch tat.

»Hast du das Telefonbuch?«

Er schnippte mit den Fingern und ich sah, dass es auf dem Sitz neben mir lag. Ich schlug den Regionalteil auf und suchte nach B. Baker, Barnsfeld, Belmont . . .

»Ich bin froh, dass du angerufen hast«, sagte Charlie. »Ich hab dich vermisst.«

»Halt die Klappe«, sagte ich. »Nein, hast du nicht.«

»Du bist wirklich unhöflich zu jemandem, der, ohne zu zögern, vorbeikommt, um dich in der Gegend herumzukutschieren«, sagte er. Ich verdrehte die Augen. »Ehrlich, Addie. Seit du mit Jeb auseinander bist – was mir übrigens leidtut –, hatte ich gehofft, es könnte was aus uns beiden werden.«

»Das kann es ganz bestimmt nicht und ich meine es ernst: Halt den Mund.«

»Warum denn?«

Ich überhörte ihn. Bichener, Biggers, Bilson . . .

»Addie«, sagte Charlie. »Ich hab alles stehen und liegen gelassen, um dich abzuholen. Kannst du nicht wenigstens mit mir reden?«

»Tut mir leid, nein.«

»Warum?«

»Weil du ein Arschgesicht bist.«

Er brach in schallendes Gelächter aus. »Seit wann treibst du dich mit JP Kim herum?« Er klappte das Telefonbuch zu und ich schaffte es gerade noch, meinen Finger als Lesezeichen zwischen die Seiten zu legen.

»He!«, sagte ich.

»Ernsthaft, warum willst du nicht mit mir zusammen sein?«, fragte er.

Ich hob den Kopf und funkelte ihn an. Er musste doch wissen, wie sehr ich unseren Kuss bedauerte und wie grässlich ich es fand, mit ihm in diesem lächerlichen Hummer zu sitzen. Aber als ich seinen Gesichtsausdruck sah, wurde ich unsicher. War das . . .? Ach du liebe Güte. Lag da so etwas wie Traurigkeit in seinen grünen Augen?

»Ich mag dich, Addie. Weißt du, warum? Weil du rattenscharf bist.« Er sprach dieses Wort genauso betont lüstern aus wie »venti«.

»Nenn mich nicht rattenscharf«, sagte ich. »Ich bin nicht rattenscharf.«

»Aber sicher bist du das. Und du kannst gut küssen.«

»Das war ein Irrtum. Weil ich betrunken und blöd war.«

Ich bekam einen Kloß im Hals und musste aus dem Fenster gucken, bis ich mich wieder unter Kontrolle hatte. Dann drehte ich mich um und versuchte, das Thema zu wechseln. »Übrigens, was ist denn mit Brenna?«

»Brenna«, sagte er nachdenklich. Er lehnte sich an die Kopfstütze. »Brenna, Brenna, Brenna.«

»Bist du immer noch hinter ihr her?«

Er zuckte mit den Schultern. »Sie scheint . . . sie scheint jemand anderen zu haben, wie du bestimmt weißt. Jedenfalls hat sie mir das gesagt. Ich für meinen Teil versteh's nicht.« Er schüttelte den Kopf. »Wenn du die Wahl zwischen Jeb und mir hättest, würdest du dich für Jeb entscheiden?«

»Ohne zu zögern«, sagte ich.

»Aua«, sagte er. Er starrte mich an und hinter seiner selbstsicheren Haltung sah ich wieder diese Traurigkeit. »Früher hätte Brenna sich für mich entschieden. Aber ich hab mich wohl einfach zu blöd benommen.«

»Ähm, ja«, antwortete ich düster. »Ich war dabei. Ich hab mich sogar noch blöder benommen.«

»Deshalb wären wir ja so ein tolles Paar. Aus uns beiden könnte man Limonade machen, stimmt's?«

»Hä?«

»Aus Zitronen«, erklärte er. »Das heißt aus uns. Wir sind die Zitronen.«

»Ja, ich hab's kapiert. Ich . . .« Ich sprach nicht weiter. Wenn ich es getan hätte, wäre etwas dabei herausgekommen wie: *Ich wusste nur nicht, dass du dich so siehst. Als Zitrone.*

Er beendete das Thema. »Also, was meinst du, Pink? Trixie schmeißt eine super Silvesterparty. Hast du Lust?«

Ich schüttelte den Kopf. »Nein.«

Er legte seine Hand auf meinen Oberschenkel. »Ich weiß, es geht dir gerade gar nicht gut. Lass mich dich trösten.«

Ich schubste ihn weg. »Charlie, ich liebe Jeb.«

»Das hat dich doch neulich auch nicht abgehalten. Auf jeden Fall hat Jeb dich fallen gelassen.«

Ich schwieg, weil er recht hatte mit dem, was er sagte. Nur, dass ich nicht mehr dasselbe Mädchen war wie noch vor wenigen Tagen. Nicht mehr sein wollte.

»Charlie, ich kann nicht mit dir zusammen sein, wenn ich jemand anderen liebe«, sagte ich schließlich. »Selbst wenn er mich nicht mehr will.«

»Boah«, sagte er und legte die Hand aufs Herz. »Das war aber mal eine Abfuhr.« Er lachte und verwandelte sich von jetzt auf gleich wieder in den unausstehlichen Charlie. »Und was ist mit Tegan? Sie ist geil. Glaubst du, sie würde mit mir zu Trixies Party gehen?«

»Gib mir das Telefonbuch wieder«, befahl ich.

Er ließ es los und ich zog es auf meinen Schoß. Ich klappte es wieder auf, überflog die Einträge und . . . Treffer!

»Billingsley, Constance«, las ich laut vor. »Teal Eye Court 108. Weißt du, wo Teal Eye Court ist?«

»Keine Ahnung«, sagte er. »Aber kein Problem, wir haben ja Lola.«

»Warum geben Jungs ihren Autos eigentlich immer einen Namen?«

Er tippte auf seinem GPS herum. »Schnellste Strecke oder hauptsächlich Highways?«

»Schnellste Strecke.«

Er drückte auf AUSWAHL und eine sexy Frauenstimme sagte: »Bitte folgen Sie der angezeigten Strecke.«

»Ahhh«, sagte ich, »hallo, Lola.«

»Mein Mädchen«, sagte Charlie. Er legte den Gang ein, der Hummer rumpelte über den Schneehaufen und verringerte an der Ausfahrt des Parkplatzes die Geschwindigkeit. Nach Lolas Angaben bog er rechts ab, fuhr einen halben Block hinunter und dann hinter der Ladenzeile in eine schmale Gasse.

»Nach null Komma einer Meile links abbiegen«, schnurrte Lola. »Jetzt links abbiegen.«

Charlie drehte das Steuerrad nach links und lenkte den Hummer in eine schmale, ungeräumte Sackgasse.

Ein Klingelton, dann wieder Lolas Stimme: »Sie haben Ihr Ziel erreicht.«

Charlie hielt an. Er sah mich an und hob die Augenbrauen. »Hier wolltest du hingefahren werden?«

Ich war genauso verblüfft wie er. Ich verdrehte den Hals, um das Straßenschild an der Ecke der Sackgasse zu entziffern – ja, da stand Teal Eye Court. In dreißig Metern Entfernung lag die Rückseite von Starbucks. Die ganze Fahrt hatte höchstens dreißig Sekunden gedauert.

Charlie bekam einen Lachanfall.

»Sei still«, sagte ich und zwang mich, nicht rot zu werden. »Du wusstest genauso wenig, wo es war, sonst hättest du Lola nicht fragen müssen.«

»Sag bloß nie wieder, du wärst nicht rattenscharf«, sagte Charlie. »Du bist rattenscharf in Großbuchstaben.«

Ich machte die Beifahrertür auf, sprang hinaus und landete im Tiefschnee.

»Soll ich auf dich warten?«, rief er.

»Ich glaube, ich schaff's allein.«

»Bist du sicher? Es ist weit.«

Ich machte die Tür zu und ging los.

Er ließ das Beifahrerfenster hinunter. »Wir sehen uns bei Starbucks – ich warte auf meinen Chai!«

KAPITEL FÜNFZEHN

Ich watete durch die zugeschneite Gasse zu dem Gebäude Teal Eye Court 108 und betete, dass Constance Billingsley kein kleines Kind hatte. Ich war mir nicht sicher, ob ich einem kleinen Kind ein kleines Schwein wegnehmen könnte.

Ich betete ebenfalls, dass sie weder blind noch gelähmt war oder ein Zwerg wie die nur knapp neunzig Zentimeter große Dame, die ich neulich im Fernsehen gesehen hatte. Auch einer winzig kleinen Frau könnte ich unmöglich ein winzig kleines Schwein wegnehmen.

Der Eingang zu den Wohnungen war frei geräumt worden. Ich kletterte über die Schneehaufen und sprang auf den weniger gefährlichen Bürgersteig. Einhundertvier, einhundertsechs ... einhundertacht.

Ich straffte die Schultern und klingelte.

»Ja, hallo, Addie!«, rief die grau bezopfte Frau aus, die die Tür aufmachte. »Was für eine Überraschung!«

»Mayzie?«, sagte ich verwirrt. Ich schaute auf den Kreditkartenbeleg. »Ich . . . äh . . . ich suche eigentlich Constance Billingsley?«

»Constance May Billingsley, das bin ich«, sagte sie.

In meinem Hirn ratterte es. »Aber . . .«

»Denk doch mal nach«, sagte sie. »Würdest du dich Constance nennen, wenn du die Wahl hättest?«

»Äh . . .«

Sie lachte. »Ich glaube nicht. Jetzt komm rein, ich muss dir was zeigen. Nun komm schon, komm!«

Sie führte mich in die Küche, in der auf einer mehrfach zusammengefalteten blauen Decke das hinreißendste kleine Schwein saß, das ich je gesehen hatte. Es war rosa und schwarz und sah samtweich aus. Es hatte ein komisches gequetschtes Schnäuzchen und sah mich neugierig und aufmerksam an. Sein Ringelschwänzchen war gespannt wie eine Spiralfeder, auch ohne dass man daran zog und wieder losließ, und ja, es hatte genau die richtige Größe, um es sich in einer Teetasse gemütlich zu machen.

Es grunzte und ich schmolz dahin.

»Gabriel«, sagte ich. Ich ging neben der Decke in die Knie und Gabriel stand auf und kam auf mich zu. Er schnüffelte an meiner Hand und war so süß, dass es mir ganz egal war, dass er mich mit Schweineschnodder vollschlabberte. Außerdem war es gar kein Schnodder. Gabriel hatte nur eine feuchte Schnauze, das war alles. Weiter nichts.

»Wie hast du ihn genannt?«, fragte Mayzie. »Gabriel?«

Ich blickte auf. Sie lächelte wissend.

»Gabriel«, sagte sie probeweise. Sie hob Gabriel hoch. »Wie der Engel Gabriel!«

»Hä?«

Sie machte ein »Achtung-ich-zitiere«-Gesicht. »Die Zeit ist reif, das Walross sprach, von mancherlei zu reden – von Schuhen – Schiffen – Siegellack, von Königen und Zibeben. Warum das Meer kocht und ob wohl die Schweine manchmal schweben.«

»Okay«, sagte ich. »Ich habe keine Ahnung, wovon Sie reden.«

»Und ob wohl die Schweine manchmal schweben«, wiederholte Mayzie. »Ein Schweineengel, verstehst du? Der Engel Gabriel!«

»Ich glaube nicht, dass meine Freundin so sehr in die Tiefe gegangen ist«, sagte ich. »Und bitte, reden Sie nicht schon wieder von Engeln. Bitte nicht.«

»Aber warum denn nicht, wenn das Universum sich doch gerade den Spaß erlaubt, sie uns zu zeigen?« Sie sah mich voller Stolz an. »Du hast es geschafft, Addie. Ich wusste, dass du es schaffst!«

Ich legte die Hände auf die Oberschenkel und richtete mich auf. »Was hab ich geschafft?«

»Du hast den Test bestanden!«

»Welchen Test?«

»Und ich ebenfalls«, fuhr sie überschwänglich fort. »Das

glaube ich wenigstens. Wir werden es schnell genug herausfinden, denke ich.«

Etwas zog sich in meiner Brust zusammen. »Mayzie, haben Sie Gabriel ganz gezielt gekauft?«

»Na ja, ein Zufall war es jedenfalls nicht«, erwiderte sie.

»Sie wissen schon, was ich meine. Sie haben meinen Zettel gelesen, meinen Schweinezettel. Haben Sie Gabriel gekauft, um mich in Schwierigkeiten zu bringen?« Ich spürte, wie meine Unterlippe anfing zu zittern.

Sie riss die Augen auf. »Aber Süße, nein!«

»Ich bin zu Pet World gegangen und Gabriel war nicht da . . . haben Sie eine Ahnung, wie verzweifelt ich war?« Ich kämpfte gegen die Tränen. »Und ich musste mich mit Nathan rumschlagen, der mich nicht leiden kann«, schniefte ich. »Aber jetzt mag er mich vielleicht doch.«

»Ganz bestimmt«, sagte Mayzie. »Wie könnte jemand dich nicht mögen?«

»Und dann musste ich mich mit Charlie herumschlagen, über den möchten Sie ganz bestimmt überhaupt nichts wissen.« Ich wischte mir mit dem Handrücken unter der Nase entlang. »Obwohl ich komischerweise sogar ganz gut damit fertig geworden bin.«

»Erzähl weiter«, sagte Mayzie aufmunternd.

»Ich glaube, er ist sogar noch mehr durch den Wind als ich.«

Mayzie sah sehr interessiert aus. »Vielleicht wird er mein nächster Fall.«

Diese Worte – *mein nächster Fall* – erinnerten mich daran, dass Mayzie nicht mehr meine Freundin war, falls sie es je gewesen war. Sie war nur eine exzentrische Person, die das Schwein meiner Freundin hatte.

»Wollen Sie Gabriel zurückgeben?«, fragte ich und versuchte, meine Stimme möglichst beiläufig klingen zu lassen.

»Aber sicher. Es war nie meine Absicht, ihn zu behalten.« Sie hob Gabriel hoch, sodass sie Nase an Schnauze waren. »Obwohl ich dich vermissen werde, Mister Gabriel. Es war nett, in dieser einsamen Wohnung Gesellschaft zu haben, auch wenn es nur für kurze Zeit war.« Sie setzte ihn zurück in ihre Ellbogenbeuge und küsste ihn auf den Kopf.

In meinen Stiefeln krampfte ich die Zehen zusammen. »Werden Sie ihn heute noch zurückgeben?«

»Ach, meine Liebe. Du hast dich über mich geärgert, stimmt's?«

»Wie auch immer, bitte geben Sie mir Gabriel.«

»Und ich hatte gedacht, du wärst glücklich, dass ein Engel nach dir Ausschau gehalten hat. Hast du dir das nicht gewünscht?«

»Jetzt ist aber wirklich Schluss mit Engeln«, sagte ich. »Ich mein's ernst. Wenn das Universum Sie zu meinem Engel bestimmt hat, dann will ich mein Geld zurück.«

Mayzie kicherte. Sie kicherte und ich hätte sie am liebsten erwürgt.

»Adeline, du machst dir das Leben so viel schwerer als nötig«, sagte sie. »Dummes Mädchen, es geht nicht darum, was das Universum uns gibt. Es geht darum, was wir dem Universum geben.«

Ich machte den Mund auf, um ihr zu sagen, wie dumm und verlogen und verrückt das war – aber dann sagte ich doch nichts, weil sich etwas in meinem Inneren in Bewegung setzte. In große Bewegung, wie ein Erdrutsch, und ich konnte nichts dagegen tun. Das Gefühl war so überwältigend und ich war so klein ...

Also ließ ich es zu. Ich öffnete mich weit und ließ es zu ... und es fühlte sich fantastisch an. So fantastisch, dass ich nicht wusste, warum ich dagegen angekämpft hatte. So überaus fantastisch, dass ich dachte: *Ach du meine Güte, war das immer schon da? Ein Bewusstseinszustand, der weder angespannt noch verknotet ist und in dem sich nicht alles um mich selbst dreht?* Es fühlte sich verdammt gut an. Und verdammt rein. Und vielleicht konnte ich wirklich von innen heraus leuchten, wie Nathan gesagt hatte, und vielleicht konnte ich ... dieses Leuchten einfach zulassen und mein altes Verzwicktes-verzwacktes-das-Leben-ist-ätzend-ich-bin-ätzend-ich-kann-nichts-daran-ändern-Selbst zum Teufel schicken. Gab es diese Möglichkeit in meinem Leben? Konnte ich, Adeline Lindsay ... mich tatsächlich weiterentwickeln?

Mayzie brachte mich zur Tür. »Ich glaube, es wird Zeit für dich zu gehen«, sagte sie.

»Äh, okay«, erwiderte ich. Aber ich ging nur widerstrebend, weil ich gar nicht mehr böse auf sie war – ich hatte sogar ein schlechtes Gewissen, sie allein zu lassen. Ich wollte, dass sie ebenso intensive Gefühle empfand wie ich in diesem Moment, und bezweifelte, dass das in ihrer Einpersonenwohnung möglich war, die noch dazu gleich ohne Schwein sein würde.

»Hey!«, sagte ich. »Kann ich, äh, kann ich Sie mal besuchen kommen? Ich verspreche Ihnen auch, nicht langweilig zu sein.«

»Ich glaube nicht, dass du überhaupt langweilig sein könntest, selbst wenn du es versuchen würdest«, entgegnete Mayzie. »Und ich fände es ganz wunderbar, wenn du mich mal besuchen kommen würdest.« An Gabriel gewandt fügte sie hinzu: »Siehst du, was für ein gutes Herz sie hat?«

Erneut machte es *Klick* in mir. »Und ich werde Ihnen Ihr Geld von Pet World zurückholen. Ich werde Nathan dieses ganze verrückte Durcheinander erklären.«

Sie kicherte. »Wenn das überhaupt jemand kann, dann du.«

»Ja dann . . .«, sagte ich und fühlte mich sehr zuversichtlich. »Ich bring Ihnen Ihr Geld und ich bring Ihnen diese Grahamkekse mit Schokoguss mit, die Sie so gern mögen. Und dann trinken wir Tee, okay? Wir machen jede Woche ein Damenteekränzchen. Oder Kaffee. Wie finden Sie das?«

»Das halte ich für eine hervorragende Idee«, sagte Mayzie. Sie überreichte mir Gabriel, der Halt suchend mit den Beinen strampelte. Ich atmete seinen himmlischen Geruch ein. Er duftete nach Schlagsahne.

KAPITEL SECHZEHN

Gabriel drückte sein Schnäuzchen gegen meinen Mantel, als ich mich durch den Schnee in der Gasse kämpfte. Ich wünschte mir, der Silber-Sneaker-Bus würde wie durch ein Wunder auftauchen und mich mitnehmen, obwohl ich erst sechzehn statt sechsundsiebzig war. Aber wenigstens konnte ich es mit Muskelkraft durch diese Schneemengen schaffen. Mit sechsundsiebzig wäre das unmöglich gewesen.

Gabriel wurde unruhig und ich sagte: »Halt durch, mein Kleiner. Gleich sind wir da.«

Auf dem halben Weg zu Starbucks sah ich zwei Blocks weiter Tegans Civic an einer Ampel halten. Hey, in zwei Minuten würde sie hier sein! Ich ging schneller, weil ich vor Tegan ankommen wollte. Ich wollte Gabriel unbedingt noch in eine Teetasse setzen – oder in einen Kaffeebecher –, etwas Niedlicheres konnte ich mir kaum vorstellen!

Als ich mit der Hüfte die Tür öffnete, sah Christina von der Espressomaschine auf. Joyce, die andere Bedienung, war nirgends zu sehen.

»Endlich!«, rief Christina. »Kannst du dich um diese Kunden kümmern?«

Sie deutete auf einen Jungen und ein Mädchen, die am Tresen standen. Ich musste zweimal hingucken.

»Stuart!«, sagte ich, denn es handelte es sich um Stuart Weintraub vom Stuart-und-Chloe-Herzschmerz-Duo. Nur dass das Mädchen, das neben ihm stand, nicht Chloe war; tatsächlich war sie mit ihren kurzen Haaren und der süßen kleinen geschwungenen Brille so ungefähr das genaue Gegenteil von Chloe. Sie lächelte mich schüchtern an und mein Herz schmolz dahin, weil sie so nett aussah und Stuarts Hand hielt und keinen knallroten Lippenstift trug. Sie wirkte nicht wie ein Mädchen, das mit einem Typ, der nicht ihr Freund war, schmuddelige Knutschorgien auf Toiletten veranstaltete.

»Hey, Addie«, entgegnete Stuart. »Du hast ja die Haare ab.«

Mit einer Hand griff ich mir in die Haare, mit der anderen hielt ich Gabriel fest, der versuchte, aus meinem Mantel herauszukrabbeln. »Äh, stimmt.« Mit dem Kinn deutete ich auf das Mädchen an seiner Seite. »Und wer ist das?« Das war vielleicht ein bisschen sehr direkt, aber lieber Himmel! Stuart Weintraub war nicht nur ohne Chloe da, er hatte auch nicht mehr diese traurigen Stuart-Augen!

Ich meine, er hatte schon noch Augen, aber sie sahen glücklich aus. Das machte ihn supersüß.

Juhu, Stuart, dachte ich. *Juhu, es scheint doch noch Weihnachtswunder zu geben.*

Stuart grinste das Mädchen an und sagte: »Das ist Jubilee. Jubilee, das ist Addie. Wir gehen in dieselbe Schule.«

Ahhhh, dachte ich. *Wie hinreißend, dass er mit jemandem zusammen ist, dessen Name an ein köstliches Weihnachtsdessert erinnert.* Wie hinreißend, dass er ein köstliches Weihnachtsdessert bekommen hatte – obwohl er jüdisch war.

»Vielen Dank«, sagte Jubilee zu Stuart und wurde rot. Zu mir sagte sie: »Schräger Name, ich weiß. Aber ich bin keine Stripperin, echt nicht.«

»Äh . . . okay«, sagte ich.

»Nenn mich Julie«, sagte sie.

»Nö, mir gefällt Jubilee«, sagte ich. Ihren Namen laut auszusprechen, ließ in meinem Kopf etwas klingeln. Tegan . . . die Kusspatrouille . . . ein Typ, der nicht Jeb war, reckte seine Faust in die Luft . . .

»Könntest du bitte ihre Bestellung aufnehmen?«, drängte Christina und verscheuchte die vage Erinnerung aus meinem Kopf. Na dann. Stuart war mit einem zauberhaften Mädchen namens Jubilee zusammen und sie war keine Stripperin. Das war's, was zählte.

»Jetzt sofort?«, sagte Christina.

»Äh . . . ja«, erwiderte ich mit Nachdruck. Vielleicht mit

zu viel Nachdruck. »Eine Sekunde, ja? Ich muss nur noch schnell eine winzige Kleinigkeit erledigen.«

»Addie«, sagte Christina warnend.

Rechts von mir bewegte sich Tobin in seinem Purpursessel. Wachte er gerade auf? Er blinzelte mich an und sagte: »Was? Du bist Addie?«

»Äh, ja, ich bin Addie«, sagte ich und dachte: *Siehst du? Ich wusste doch, dass du dich nicht an meinen Namen erinnerst.* Ich rückte Gabriel zurecht, um ihn weiterhin unter meinem Mantel versteckt zu halten, und er gab ein komisches Geräusch von sich, das sich anhörte wie ein Fiepen. »Ich geh nur schnell nach hinten . . .«

Gabriel fiepte erneut. Lauter.

»Addie«, sagte Christina und versuchte, ihre Stimme unter Kontrolle zu halten. »Was hast du da unter deinem Mantel?«

»Addster!«, sagte Charlie von der Bar. »Krieg ich jetzt meinen Chai?« Er grinste, und als ich sah, um wen er seinen Arm geschlungen hatte, wusste ich auch, warum. Oh mein Gott, es war wie in der Weihnachtswunderzentrale.

»Hi Addie«, sagte die ätzende Brenna. »Hübsche Frisur.« Es hätte ironisch gemeint sein können, aber ich war mir nicht sicher, weil sie mir heute nicht ganz so ätzend vorkam, wie ich sie in Erinnerung hatte. Heute wirkte sie eher aufgekratzt als höhnisch. Ob das an Charlies Arm lag?

»Im Ernst«, sagte Tobin. »Du bist wirklich Addie?« Er

stieß Angie an, die aufwachte und sich die Nase rieb. »Sie heißt Addie«, sagte er. »Glaubst du, es ist die Addie?«

»Die Addie?«, fragte ich. Wovon redete er? Ich wollte schon nachfragen, wurde aber durch den Anblick von Tegans Civic, der auf den Parkplatz fuhr, abgelenkt. Auf dem Beifahrersitz saß Dorrie, die Tegan an der Schulter gepackt hatte und auf sie einredete. Ich konnte mir fast denken, was sie sagte. Wahrscheinlich so etwas wie »Also, vergiss nicht, dass es Addie ist, über die wir sprechen. Höchstwahrscheinlich steckt sie in irgendeiner Krise und hat Gabriel überhaupt nicht abgeholt.«

»Adeline«, sagte Christina. »Das ist nicht ... das ist doch kein Schwein, oder?«

Ich schaute nach unten und sah Gabriels Kopf über dem Reißverschluss meiner Jacke auftauchen. Er fiepte und blickte sich um.

»Doch«, sagte ich stolz, denn jetzt war die Katze aus dem Sack, sozusagen. Ich rubbelte Gabriels Ohren. »Aber nicht irgendein Schwein, sondern ein Teetassenschwein. Sehr selten.«

Jubilee sah Stuart an und grinste. »Du wohnst in einer Stadt, in der Leute elfengroße Schweine mit sich herumtragen?«, sagte sie. »Und ich dachte schon, dass mein Leben irgendwie schräg ist.«

»Nicht elfengroß. Teetassengroß«, sagte ich. »Apropos, ich brauche einen der Weihnachtsbecher, okay, Christina? Zieh's von meinem Lohn ab.« Ich ging in Richtung Auslage, aber Tobin hielt mich am Ellbogen fest.

»Bist du die Addie, die mit Jeb Taylor zusammen ist?«, fragte er.

Das warf mich um. Tobin wusste nicht, wie ich hieß, aber er wusste, dass ich mit Jeb zusammen war?

»Ich . . . äh . . . na ja.« Ich schluckte. »Warum?«

»Weil Jeb mich gebeten hat, dir was auszurichten. Scheiße, ich hab's total vergessen.«

Mein Herz schlug bis zum Hals. »Du sollst mir was ausrichten? Was denn?«

Tobin sah Angie an. »Ich bin ein Idiot. Warum hast du mich nicht erinnert?«

Sie lächelte benommen. »Dass du ein Idiot bist? Okay: Du bist ein Idiot.«

»Oh, super, vielen Dank«, sagte er. Sie kicherte.

»Was sollst du mir ausrichten?«, brachte ich hervor.

»Ach ja!«, sagte er und wandte sich wieder mir zu. »Er lässt dir ausrichten, dass er aufgehalten wurde.«

»Von Cheerleadern«, fügte Angie hinzu.

»Wie bitte?«

»Cheerleader?«, fragte Jubilee ganz aufgeregt. Sie und Stuart kamen auf uns zu. »Oh mein Gott, Cheerleader!«

»Die Cheerleader waren mit ihm zusammen im Zug, aber der Zug ist stecken geblieben«, sagte Tobin.

»Ich war auch in dem Zug!«, rief Jubilee. Stuart lachte – so wie jemand lacht, dessen Liebste sich wie ein Trottel benimmt. »Hast du Jeb gesagt? Dem hab ich ein Stück Mikrowellenpizza gegeben!«

»Du hast Jeb . . . was gegeben?«, fragte ich.

»Wegen des Sturms?«, fragte Charlie.

Verwirrt sah ich ihn an. »Warum sollte sie Jeb wegen des Sturms ein Stück Mikrowellenpizza geben?«

»Quatsch«, sagte er. Er sprang vom Hocker und zog Brenna mit sich zu den Purpursesseln, wo wir anderen standen. »Ich meine, der Zug ist wegen des Sturms stecken geblieben, Arschgesicht.«

Bei dem Wort »Arschgesicht« zuckte Tobin zusammen und sah Charlie an, als wäre er ein Geist. Dann schüttelte er sich und sagte: »Ähm, ja. Genau. Und dann haben die Cheerleader Jeb entführt, weil sie ihn dringend brauchten.«

Charlie lachte. »Korrekt.«

»Dieses *brauchen* meint er nicht«, sagte Angie.

»Aha«, sagte Brenna und stupste Charlie in die Rippen.

»Wieso brauchten?«, fragte ich total verwirrt. Ich registrierte am Rande, dass draußen eine Autotür zugeschlagen wurde und dann noch eine. Aus dem Augenwinkel sah ich, wie Tegan und Dorrie auf das Café zukamen.

»Ähm«, sagte Tobin und bekam diesen mir inzwischen bekannten nach innen gerichteten Blick, der bedeutete, dass keine Antwort mehr zu erwarten war.

»Ja und was noch?«, sagte ich und versuchte es mit einer neuen Strategie.

»Wie, was noch?«, fragte Tobin.

»Was hat Jeb mir noch ausrichten lassen?«

»Oh«, sagte Tobin. »Ja! Ja, da war noch was!« Er schob energisch das Kinn vor, aber nach ein paar Sekunden gab er auf. »Oh, Scheiße«, sagte er.

Angie hatte Mitleid mit mir. Ihr Ausdruck wechselte von verwirrt zu freundlich.

»Er hat gesagt, er würde kommen«, sagte sie. »Er hat gesagt, du wüsstest schon, was er meint.«

Mir blieb das Herz stehen und das fröhliche Starbucks-Geschnatter erstarb. Es war, als hätte jemand die Außenwelt auf *stumm* gestellt oder das, was in mir vorging, übertönte alles andere. Er hatte gesagt, er würde kommen? Jeb würde kommen?!

Ein Klingeln drang in mein Bewusstsein und, durcheinander, wie ich war, schoss mir der Gedanke durch den Kopf: *Jedes Mal, wenn eine Glocke ertönt, bekommt ein Engel seine Flügel.* Ein Schwall kalter Luft brachte mich in die Wirklichkeit zurück und mir wurde klar, dass es die Türglocke gewesen war, die das Geräusch erzeugt hatte.

»Addie, da bist du ja!«, rief Dorrie und kam mit einer knallroten Mütze auf dem Kopf auf mich zu.

Neben ihr strahlte Tegan mich an. »Und er ist auch da! Wir haben ihn auf dem Parkplatz gesehen!«

»Ich habe ihn gesehen«, sagte Dorrie. »Er sieht aus, als hätte er tagelang in der Wildnis gesteckt, nur damit du vorbereitet bist. Ehrlich gesagt, erinnert er einen an Bigfoot. Aber . . .«

Sie hörte auf zu sprechen, als ihr Blick auf Stuart und

Jubilee fiel. »Stuart mit einem Mädchen!«, flüsterte sie, laut genug, um ein Haus einstürzen zu lassen.

»Ich hab's gesehen«, flüsterte ich zurück. Ich grinste Stuart und Jubilee an, die beide so rot wurden wie Dorries Mütze.

»Hi Dorrie«, sagte Stuart. »Hi Tegan.« Er legte den Arm um Jubilee und streichelte ihre Schulter, halb nervös, halb einfach nur süß.

»Gabriel!«, quiekte Tegan. Sie rannte auf mich zu und nahm mir Gabriel aus dem Arm, was auch gut war, weil meine Muskeln allmählich erlahmten. Mein ganzer Körper erlahmte, denn schon wieder ertönte die Türglocke –

und es war Jeb –

und er sah total fertig aus –

und ich fing an zu schluchzen und gleichzeitig zu lachen, weil er wirklich aussah wie Bigfoot, mit strähnigen Haaren und sturmgeröteten Wangen und schwarzen Stoppeln auf seinem markanten Kinn.

Seine dunklen Augen flogen von einem zum anderen und dann sah er mich. Er rannte auf mich zu und riss mich in seine Arme und ich umarmte ihn mit allem, was ich hatte. Alles in mir jubelte.

»Oh Mann, Addie, das waren ein paar total verrückte Tage«, murmelte er mir ins Ohr.

»Wirklich?«, erwiderte ich und mir wurde ganz schwindelig bei der Erkenntnis, dass er wirklich und wahrhaftig da war.

»Zuerst ist mein Zug stecken geblieben. Dann tauchten diese Cheerleader auf und wir landeten alle in diesem Waffelhaus und ich musste ihnen bei ihren Lifts helfen . . .«

»Ihren Lifts?« Ich lehnte mich ein Stück zurück, sodass ich ihm ins Gesicht sehen konnte, hielt ihn aber weiter umschlungen.

»Und sie hatten alle ihre Handys im Zug gelassen, um sich auf Spirituelles konzentrieren zu können oder was auch immer. Und dann wollte ich dich vom Waffelhaus-Telefon aus anrufen, aber der Manager hat gesagt: ›Tut mir leid, geht nicht. Nur für Notfälle, Mann.‹«

»Autsch«, sagte Tobin und zuckte zusammen.

»Siehst du, was passiert, wenn Jungs von Cheerleadern besessen sind?«, sagte Angie.

»Obwohl es unfair ist, generell Vorurteile gegen Cheerleader zu haben«, sagte Jubilee. »Die sollte man nur bei denen haben, deren Namen sich auf *Oje!* reimen. Stimmt's, Stuart?«

Stuart grinste.

Jubilee winkte Jeb zu. »Hi Jeb.«

»Julie«, sagte Jeb. »Was machst du denn hier?«

»Sie heißt nicht Julie, sondern Jubilee«, flüsterte ich hilfsbereit.

»Jubilee?«, wiederholte Jeb. »Boah.«

»Nein«, sagte Christina und wir alle acht drehten uns um und sahen sie an. »Die Einzige, die hier *boah* sagt, bin ich und ich sage es jetzt, okay?«

Keiner gab eine Antwort, deshalb sagte ich schließlich: »Äh, okay. Aber komm schon, sooo schräg ist der Name nun auch wieder nicht.«

Sie sah mich an, als täte ihr etwas weh. »Addie«, sagte sie. »Sag mir auf der Stelle: Hast du ein Schwein in meinen Laden mitgebracht?«

Ohhhh. Das.

Schwein im Laden ... wie kam ich da bloß wieder raus?

»Es ist ein echt süßes Schwein«, wandte ich ein. »Zählt das gar nicht?«

Christina zeigte auf die Tür. »Das Schwein muss verschwinden. Sofort.«

»Gut, gut«, sagte ich. »Ich muss Tegan nur einen Becher geben, damit sie es hineinsetzen kann.«

»Glaubst du, dass man Flobie in Trinkbehälter stecken kann?«, sagte Stuart leise zu Jubilee.

»Entschuldige, aber was hast du gesagt?«, fragte ich.

Kichernd stieß Jubilee Stuart an und sagte: »Vergiss es. Bitte.«

Dorrie stellte sich dicht neben mich. »Gut gemacht, Addie«, sagte sie. »Ich habe echt an dir gezweifelt, aber das war falsch und ... du hast es jedenfalls gut gemacht.«

»Danke«, sagte ich.

»Hallo?«, sagte Christina. »Hat mich jemand gehört, als ich gesagt habe, dass das Schwein verschwinden muss?«

»Hier braucht wohl jemand eine Fortbildung in Sachen Kundenservice«, sagte Tobin.

»Das könnte vielleicht Don-Keun übernehmen«, schlug Angie vor.

Christinas Augen blitzten und Tegan ging rückwärts auf die Tür zu. »Ich geh ja schon, ich geh ja schon!«

»Warte!«, rief ich und ließ Jeb kurz los, um einen Becher mit Schneeflockenmotiv vom Regal zu nehmen und ihn Tegan zu geben. »Für Gabriel.«

»Wenn jetzt der Regionalmanager kommt, flieg ich raus«, sagte Christina resigniert. »Schweine sind kein Bestandteil der Starbucks-Philosophie.«

»Hier, mein Süßer«, sagte Tegan und schob Gabriel in den Becher. Er strampelte ein bisschen, aber dann schien er zu begreifen, dass der Becher genau die richtige Größe für ihn hatte und ihm eine angenehme Behausung bot. Er setzte sich auf die Hinterbeine und quiekte und jeder von uns machte *Ohhhhh*. Selbst Christina.

»Wunderbar«, sagte Dorrie. »Jetzt aber los, wir sollten lieber gehen, bevor Christina plötzt.«

Ich grinste Jeb an. Er grinste zurück. Sein Blick fiel auf meine Haare und er hob die Augenbrauen.

»Hey«, sagte er. »Du hast eine neue Frisur.«

»Oh ja«, sagte ich. Es schien ewig lange her zu sein. Diese blonde Heulsuse, die sich über Weihnachten selbst so leidgetan hatte, war das wirklich ich gewesen?

»Sieht gut aus«, sagte er. Er zwirbelte eine Locke zwischen Daumen und Zeigefinger. Dann strich er mir mit den Fingerknöcheln über die Wange.

»Addie, ich will dich«, flüsterte er und ich wurde knallrot. Hatte er das wirklich gesagt? Dass er mich wollte, hier bei Starbucks?

Dann begriff ich, was er gemeint hatte. Es war eine Antwort auf meine E-Mail, auf den Teil, in dem ich geschrieben hatte: *Wenn du mich noch willst, gehöre ich dir.*

Meine Wangen brannten immer noch und ich war froh, dass niemand von den Anwesenden Gedanken lesen konnte, denn das gerade war eine typische egozentrische Fehlinterpretation gewesen. Aber selbst wenn jemand hier die Fähigkeit hatte, Gedanken zu lesen – und wie hätte ich das wissen können? –, eine Krise war es jedenfalls nicht.

Ich stellte mich auf die Zehenspitzen und legte Jeb die Arme um den Hals.

»Ich werde dich jetzt küssen«, warnte ich ihn, weil ich wusste, wie er zu Gefühlsausbrüchen in der Öffentlichkeit stand.

»Nein«, sagte er freundlich, aber bestimmt. »Ich werde dich küssen.«

Seine Lippen berührten meine und in meinem Kopf fing es an zu klingeln, ein süßer, silberheller, reiner Klang. Wahrscheinlich war es die Türglocke, die klingelte, als Dorrie und Tegan hinausgingen. Aber ich war viel zu beschäftigt, um das zu überprüfen.

Isabel Abedi

Lucian

Immer wieder taucht er in Rebeccas Umgebung auf, der geheimnisvolle Lucian, der keine Vergangenheit hat und keine Erinnerungen. Sein einziger Halt ist Rebecca, von der er jede Nacht träumt. Und auch Rebecca spürt vom ersten Moment an eine Anziehung, die sie sich nicht erklären kann. Aber noch bevor sie erfahren können, welches Geheimnis sie teilen, werden sie getrennt. Mit Folgen, die für beide grausam sind. Denn das, was sie verbindet, ist weit mehr als Liebe.

Auch als E-Book erhältlich

Arena

560 Seiten • Klappenbroschur
ISBN 978-3-401-51024-8
www.arena-verlag.de